講談社文庫

クラウド・ナイン

服部真澄

講談社

目次

プロローグ　6
ブラッド・ゼロ　11
クラウド・ナイン　263
解説　細谷正充　515

クラウド・ナイン

プロローグ

耳が割れんばかりの雷鳴《らいめい》が、遠近《おちこち》に断続した。

宙《そら》からは天火が迸《ほとばし》り、暗闇を幾度となく切り裂く。烈々とした閃光《せんこう》が枝分かれしながら現れては消える。

空一面が明滅《めいめつ》しつつ鳴り渡る様子は恐ろしくもあるが、一種荘厳でもあり、魂《たましい》を揺すぶられて見惚《みほ》れる。

と、発光とともに凄《すさ》まじい音が轟《とどろ》きを伴って上がった。近くに落ちたのか。

皆はその刹那《せつな》に、残光の方角を見た。火柱《ほばしら》が立ったのは、ステージの上であった。

火の粉《こ》はやがて金の砂子《すなご》のようになり、ちらちらと舞い散った。その金の花吹雪のなかから姿を現したのは、ブルーノ・マーニーであった。

万雷《ばんらい》の拍手がわき起こった。

ブルーノの背後には、プロジェクションマッピングで、草書体の漢字が大きく浮かび上がった。

〝神〟

大規模会議場のメイン・ホール。

講演のアトラクションではあるが、およそ三千人の聴衆の体には、ボディソニックで再現された雷鳴の余韻が残っている。

「遥《はる》かな昔、人々が稲妻を神の御業《みわざ》と見ていたことは疑いもありません。漢字で〝神〟と書くのもその名残《なごり》なのです……」

ブルーノは話し始めた。

「〝申〟は稲妻を視覚でシンボリックに捉えた形です。〝申〟を構成する〝日〟と〝―〟とを組み合わせた字型は、雷光がジグザグに折れ曲がりながら大気を貫き、天から地へと落ちる様子を模しています」

ステージ上に浮いた文字の旁《つくり》がデフォルメされ、稲妻の画像へと変化した。

「稲妻が神業《かみわざ》であったのは、東洋だけではありません。ご存じのように、西欧の神々や王でさえ、この災いを斥《しりぞ》けることはできませんでした。ギリシャ神話では、神々の王・ゼウスが稲妻を武器に巨神族・タイタンを破り、宇宙を掌握しています。キリスト教では、モーセが神の加護によって雹《ひょう》と稲妻を用い、エジプトの王《パロ》にダメージを与えたことが出エジプトの契機の一つとなりました……」

聴衆は、いまや時代を動かす存在となっている巨大企業トップの言葉に耳を傾けた。

「このように、稲妻はときに天罰として一薙《ひとな》ぎで森を焼き払い、人をも貫き通して倒し、轟きとともに地に放たれました」

肯定のざわめき。

「しかし、人間が有史以来、誰一人として成し得なかったことを西暦一七〇〇年代にやり遂げた男がおりました。彼は何と、神の下したこの天罰を避けることに成功してみせたのです」

ブルーノは目を細めた。

「その男の名は、ベンジャミン・フランクリン。小学校さえ終えず、印刷工から社会経験を始めた彼は、この稲妻を電流であると考え、避雷針を発明したのです。私は彼に、大いに触発されています」

ブルーノは稲妻が起こる原理を簡略化して説明した。

雲と地上の電位差が激しくなると、雷雲——積乱雲——のなかは発電所の如くになり、電気を放つ。この放電現象が落雷である。

落雷のなかで光熱と音を伴うのが、稲妻、雷。放電経路がジグザグなのは、電気は絶縁体を破壊し、道を作りながら進むにあたり、空気中の電子がイオン化しやすい経路を選ぶからである……と。

「稲妻の持つ神秘のベールは、蜃気楼《しんきろう》のように薄らぎました。いまでは、積乱雲の卵を見つけるフェイズドアレイ・レーダーなど、最新機器の観測結果をビッグデータとして用い、いつ頃、どのエリアで雷が起こるかさえも予測が可能になっています」

ブルーノは続けた。

「一介の人間にすぎぬベンジャミン・フランクリンがそうしたように、神話のなかで神々が行っていた事象の多くが、いずれは人間の手で再現されるようになるでしょう」

彼は聴衆を見回した。

「皆様方の多くは、彼に負けじと神秘にチャレンジし、科学的な働きの解明と開発に尽力しておいでの方々です。かつて崇《あが》めていた神と同等の力を手にするとき――、それは一種のチャンピオン・フラッグでもありますが――、私はわくわくそのときを待ちつつも、怖くもあるのです。我々の一人一人が神となったら、はたしていかなる日々が到来するのだろうか、と……」

ブラッド・ゼロ

Chapter 1

伯母は、アニラという。

伯母のことを、アニラはまだ若いという大人が近所に何人かいるのを、サンジャイは信じられなかった。彼の目にはかなりの年寄りに見える。

「まったくもう、金持ちときたら……」

檻《おり》によりかかり、いつも伯母は吐き捨てるようにそういい始めるのだった。

檻のなかには犬たちがいる。犬にやるためにためているバケツの水には蠅《はえ》が落ち、動かなくなっている。天井から吊した蠅取り紙は、もはや地色のブルーが見えないくらい真っ黒だ。

伯母のしわがれた声は、犬たちの凄《すさ》まじい吠え声にかき消されることもなく、犬舎《けんしゃ》じゅうに響いた。アニラはタバコを嚙《か》み続けている。顎《あご》の動きは、時折りむせて咳《せ》き込むときのほかは、止まることがない。ニコチンのせいで喉を潰したと、自分でも認めている。

彼女の顔の右半分には、薄いあばたがあった。皮膚《ひふ》にはひきつれた跡が残り、皺《しわ》のようにしか見えない。

このあばたのことは、皆が見て見ぬふりをしていた。アニラは女にしては頭がよいと見られている。かつては町の学校に通っていた。インド政府は一九五〇年から社会的身分差別を禁じ、いまでは学校でもスケジュールド・カーストの民が二十五パーセントまでは優先入学できるようになっている。アニラはそのメリットを生かし、教師になろうとした。教師の職にも優先枠がある。

しかし、その優遇措置が、悪い伝統に染まった上位カーストの男たちにしてみれば生意気に見えたのだ。

その昔は経典を見聞きすることさえ禁じられていたほど下位の家系だった者が、自分たちをさしおき、教壇《きょうだん》に立つという。しかも、アニラは女だ。女は男に従属して生きるもので、女は何ごとも独立して行ってはならないと、古代文献の『マヌ法典』に書かれている。彼らにとっては、下位の女の自立などとんでもないことであった。

学校から帰るバスのなかで、アニラは三人の男たちにレイプとリンチを受けた。顔には硫酸がかけられた。

ひきつれた頰《ほお》は、そのなごりだが、皮肉にもそれはアニラに、ムンバイの郊外にある一軒の小屋と、暮らしの糧《かて》とを恵んだのであった。

男たちは裁判にかけられたものの、極刑は望めず、アニラは州が下した裁定に従わざるを得なかった。政治的な力を持つ上位カーストの彼らは、罰せられるかわりに和解を強《し》いてきたのだ。犬がいるこの小屋は、そのとき示談金がわりに与えられたものである。

サンジャイが、伯母がきっと話したくないであろうそんな事情に気づいたのは、つい最近の話である。

それはさておき、彼にとってアニラは、いくら話しても飽きない、不思議な人間であった。女なのに独立している唯一の存在ということと関係していたかもしれない。サンジャイのまわりのたいていの家では、どのカーストでも男が家族を代表している。家を自分で持ち、自ら商売をしている女性は伯母ぐらいのものなのだ。

サンジャイは、化繊《かせん》の布を裂《さ》いて穂にした手製の猫じゃらしを、バケツにそっと浸《ひた》した。死んだと思われた蠅が、穂にすがるように手足をかすかに動かすことがある。そんなときには彼は息をつめ、穂の助け船に蠅を乗せ、乾いた場所に運んでやった。運がよければ、こうしてすくい上げた蠅のうち何匹かは、羽ばたく力を取り戻す。命拾いして、とりあえずは好きなところへ飛んでゆくのだった。

「また、そんなことやっているの」

アニラの目が蝿を捉《とら》えた。

「いい加減にしなよ。ぐずぐずしないで餌《えさ》をやっとくれ」

サンジャイは腰を上げる。

ズボンのベルトにチェーンでぶら下げた何十というケージや房の鍵がしゃらしゃらと音を立てた。朝晩ごとに、サンジャイはおよそ二時間半ずつかけて、犬たちに水と餌とを配った。

幼い頃は、大型の犬が怖かった。興奮状態にある犬は、ケージを端から端までせわしなく往復しては鞠《まり》のように身を弾《はず》ませ、扉部分にタックルしてくる。セントバーナードやラブラドールレトリーバー、ダルメシアンは、皆見上げるほどで、組み敷かれたら圧死しそうに思えた。

いまは慣れていた。

慣れるほかなかった。

彼らには名がついている。名前はケージか檻に掲《かか》げられた白いプレートにサインペンで手書きされている。いつのまにか、サンジャイは合わせて三百頭を数える犬と猫との名前を残らず覚えていた。

「三百、それしか飼えないね」

ある日、アニラがそう決めた。上下していた数を、区切りがいいからと、三百頭ぴったりに定めた。死んだら補充する。

ケージは二階建てになっている。一階には大型犬用の、二階には中型犬用か猫用のそれが積み重なり、びっしりと並ぶ。十頭が一緒に過ごす大きな檻も二十房あまりにのぼる。

サンジャイが近づいていくと、たいていの犬は敏捷《びんしょう》に立ち上がり、駆け寄ってきて金網から鼻先を出し、争って指を舐《な》めようとちろちろ舌を出す。

だが、もちろん、横たわってちらとこちらを見上げるだけのものや、体を寄せ合って眠りきりのものたちもいる。

「本当にまあ……、金持ちたちときたら、身勝手だ」

アニラは右足を引きずっている。彼女のいうことは、決まっておなじであった。

この小屋で飼っている犬は皆、まじりけのない血統種であった。

フォックスハウンド、ハスキー、ゴールデンレトリーバー、プードル、ブラックロシアンテリア、ロットワイラー。大型犬が多いが、ケージにはフレンチブルドッグやテリア類もいる。

ただし、犬や猫は売り物ではないし、ここはブリーダーの施設でもない。動物たちは、毛並みの悪さや、育ちすぎ、失明、尾の欠け、足に障害を持つ等、体のコンディションから小売市場で最後まで売れ残り、結果的には無料で放出されたものばかりであった。

　ペットの買い手の多くは、まず見た目がよく健康な動物を選ぶ。それを身勝手な贅《ぜい》沢《たく》だと、アニラはいつも呟《つぶや》いている。

　いっぽう、在庫処分ができなかった犬たちは、放たれて野犬と化す。動物を殺すべからずという国柄から、殺処分はなかった。

　その狭間に位置しているのが、アニラの営んでいるこの舎――きわめて現代的かつ、特別の価値を持つ施設――である。

　子犬は十匹もいない。あとはすべて成犬や成猫、そして年老いたものたちで、サンジャイは彼らとともに歳を重ねてきていた。

「猫も増えてきたねえ」

　アニラがいった。

　十年前なら、この舎にいるのは犬だけであった。このところは、ムンバイの富裕層のあいだで、部屋飼いの猫がブームである。しぜん、猫の数も増え、いまでは六十頭は猫だ。

国が急激に経済大国になっていくと同時に、まず豊かな階級から暮らしが変わり始め、この郊外の家からも、高層マンション群が遠目に見える。

あのマンションに近づけば、敷地の周りを高いフェンスが囲み、武器を携《たずさ》えた制服姿のガードマンがひっきりなしに見回っているのを、サンジャイは知っていた。あそこのなかは別天地だと、掃除夫の仕事で内部に通ったことのある者がいっていた。刈り込まれた芝生に、外の世界では貴重な水がスプリンクラーでふんだんに撒《ま》かれている。イングリッシュ・スタイルに整えられた庭園、ビオトープ、ハーフのゴルフ・コース、プール、フレンチ・レストラン、高級スーパー、ジム。先進国にある設備は、およそ何でも揃《そろ》っているという。

ゲーテッド・コミュニティと呼ばれるこの種の要塞のごとき高級住宅街が、どこの都市部にもできはじめていた。コミュニティのメインゲートを抜けることができるのは、富裕層だけだ。

アニラがいっている〝金持ちたち〟とは、この手のコミュニティに住むクラスのことだ。

さっき蘇《よみがえ》った蝿は、フェンスの向こうまで飛んでいくことがあるのだろうか。サンジャイは高級マンションを眺めるのが好きだった。ゲートの内側に漂っているのは花やパフュームの匂いで、ここのように蠅の好む腐臭はしないのだろうとも想像した。

この舎の臭いはひどい。

サンジャイは生き物が好きで、世話も苦にならないほうだが、何にせよ、足の悪い伯母と二人では、できることが限られている。

犬の散歩は、どうこなしても、七頭ずつ二十分を日に三回、一日二十一頭が限度だ。学校に通わなければもう少し連れ出せるのだが、サンジャイは学校も好きだ。アニラが日中散歩させる二十頭を加えても、日に四十一頭。それに加えて、仕事が休みの土日には、母のタラがそれぞれ日中に三十頭を連れ出してくれる。それでも、およそ週に一、二度しか、犬たちは舎を出られない。掃除もなかなかは行き届かなかった。

犬猫たちの糞尿《ふんにょう》の清掃のためにアニラが雇っているのは、スラム住まいの女だった。雇いの女は仕事を自分の娘に手伝わせている。まだ八歳くらいの子で、父は誰だかわからないという。犬舎の掃除が終われば、彼女たちはスラムでの雑魚寝《ざこね》に戻るのだ。

それでも人手は足りない。自然、犬舎のなかには臭いが満ちる。

「だけどさ、うちの犬のほうが人よりはましの待遇さ」

アニラはよくそういう。

確かに、スラムで暮らす者たちよりは、ここの動物たちのほうが、屋根があり、餌にこと欠かないだけまともかもしれなかった。

それでも、ここ何年かで、うちの暮らしは昔よりずっとましになってきたと、サンジャイの母にしてアニラには妹にあたるタラはいう。タラはバイオテクノロジー企業のIT部門で働いていた。

サンジャイにも父がいない。スラム街の少女とは違い、両親は見合いで結ばれた。結婚は母が十六歳のときで、十八歳で未亡人になった。

未亡人は、不吉な存在だと忌《い》まれてきた。因習により、再婚はほぼできない。ほんの何十年か前までは、未亡人は前世の業から夫を亡くすのだといい、亡くなった夫に殉死《じゅんし》しなければその罪は浄められないと信じられていた。夫を亡くしたとたん、親や親戚から絶縁され、持ち物を取り上げられて、未亡人だけの集団生活所に追いやられることさえ、ごく普通にあることであった。

いまだに未亡人を見る目からは冷たさが消えていない。

ところが、アニラは因習などどこ吹く風であった。未亡人のタラを学校に通わせ、サンジャイの面倒を見た。

生計は、この動物たちで養ってきた。彼らが稼いでくれる。

虐げられている女でも、家を持っていることが知れ渡ると、不思議にからかいの対象から外れるようになる。さらに、アニラもタラも、外を歩くときは大型犬たちに守られていた。シェパードを手なずけ、いつも一頭は連れている。

姉の助けで、タラは電子工学を専攻した。慣習により、カーストによって就けない職業が定まっているが、IT業界は歴史的に見ても新しくできた産業のため、しがらみがまったくなく、どんなカーストでも就ける。給金もいい。タラは外国資本の企業に雇ってもらうことができた。

それもこれも——この犬たちのおかげであった。

「こっちの子たちには、いい餌をおやり」

アニラがとある檻を指した。檻のネームプレートには、犬たちの名前の前に『DEAl.1＋』と大きく書いてある。

サンジャイは、ビタミン剤を砕いて混ぜた粉末をペットフードに混ぜ、バケツに入れる。餌のバケツを、いわれた房の犬たちに見せた。

アニラに指示されなくても、手順はすっかりわかっている。

犬たちが嬉しそうに食事を終えてしまうと、サンジャイはその檻の扉を開けた。十頭の犬たちは慣れたもので、我先にと檻を出てくる。

行き先も心得ている。誘導すら待たず、犬たちは通路を駆けていき、別室へと入っていった。サンジャイは餌のバケツを持ち、犬たちの後から羊飼いさながらに追ってゆく。

「伏せ」

室内で号令をかけると、彼らはおとなしく待った。サンジャイは手を洗い、スプレータイプのアルコールで拭《ぬぐ》った。処置は一頭ずつだ。

アニラは、このことについて、いつも一つの長い話を物語った。

〝何でうちにたくさんの犬がいるのか、あんたは知っているかい?〟

話の始まりは、サンジャイの耳に残っている。子どもの頃何度も聞いた。年齢のせいだろうか、何度聞いても飽きなかった。

〝この犬たちは、世界中で病気の犬の役に立っているんだよ……〟

サンジャイは驚いた。信じがたい話に聞こえた。この犬たちが、〝世界中の犬たちを助ける〟という。アニラが魔法の杖でも持っているかのように、かつてのサンジャイは彼女を仰《あお》ぎ見た。

いまでは、その秘密がわかっている。檻のプレートの記号『DEA1.1+』は、犬の血液型を示している。別の檻やケージのプレートにも、『DEA1.1+』、『DEA1.1 −《マイナス》』と、犬たちの血液型が付されていた。

人間にはおおまかにいってA、B、O、ABの血液型があるが、犬にはもっと複雑な血液のタイプがある。

犬の赤血球抗原は、DEAという世界基準の分類法でいえば、十三ある。人間の輸血と同様に、犬の血液にも適合、不適合があり、輸血のときには型を調べ、適切な型の血液をつかわなくてはいけない。なかでも抗原性が強いDEA1.1型の有無は重要だ。

アニラが犬舎に飼っているのは、輸血のための血液ドナー犬なのである。

アニラは犬のほかにも猫を血液ドナーとしている。猫には猫の血液型があり、輸血のニーズも増えてきていた。動物たちは、血液型別に檻やケージに入れられているのであった。

世界各国で、ペットの医用輸血用血液は慢性的に不足の状態だ。

〝アメリカには、ペットの血液バンクがいくつかある〟

アニラは昔そうきいてからというもの、すぐさま実行力を発揮し、このムンバイで、ペットの有料供血を仕事にしはじめた。

「ラヴィ」

サンジャイは犬を一頭ずつ呼ぶ。

「頭を出せ」

命令に応じ、ラヴィは素直に頭を台に乗せた。

採血は、主に頸動脈《けいどうみゃく》からだ。すでに、採血部分の毛は刈り込んである。頸動脈の血管は太く、採血が早く終わる。どの犬も、三週間に一度は採血をするローテーションになっている。

採血室は、きわめて清潔にしていた。器具は滅菌し、犬たちには必要な予防接種と血液検査を行っており、採血の量は、犬の体重一キロあたり二十ミリリットルまでと決めていた。猫はもっと少なく、一キロあたり十二ミリリットルにしている。採血した血は、やはり滅菌された血液用バッグに詰めて、四℃の冷蔵庫で血液型別に保存してある。

かつて理科系の教師を目指していたアニラは、レイプ事件後、看護師の資格をとった。

血に触れたり人の下の世話をする仕事は、上級カーストには人気がない。体から出るものは、汗まで含めて、長い間不浄とされてきたためだ。アニラはそれらのことも熟知していた。ペットの飼育をし、採血から供血をし、販売する仕事は、アニラにこそできるビジネスであった。

外国資本の取引先に対しては、アニラは「ラボテクニシャン」と名乗っている。オーダーは、断らなくてはいけないほどある。

〝日本なんかはね、ペットの数が子どもよりも多いというよ。なのに、犬猫用の血液バンクがいくつあるか知っているかい？　ゼロなんだよ。バンクの設立が法律で禁じられているっていうじゃないか。許可されているのはボランティアの行う献血だけさ。信じられるかい？　飼い主は、ペットを我が子なみにかわいがっているというから、血はいくらあっても足りないのに〟

アニラはいつもそう話す。各国の取引先のなかでも、日本の動物病院からのオーダー数はトップクラスだ。

アニラの始めたビジネスは、タラやサンジャイが加わったことによって、よりシステマティックになってきていた。タラは、ドナーの犬・猫の血液型をリスト化し、血液の売買をサイト上で行うオンライン・システムを作り上げた。通常の採血のほかに、条件が合えば、契約した動物病院から発注がありしだい、オーダーに即して採血し、国際宅配便にのせることも行う。ただし、特別料金だ。いまでは、タラもサンジャイも看護師の資格を取っている。

サンジャイは、ラヴィの頭を撫《な》でてやった。ラヴィは尾を振り、餌場へ行った。採血が終われば、犬は餌をもらえる。あとは順繰りに作業が続く。

馬がいななないた。

アニラは二ヵ月ほど前から、馬も一頭飼い始めていた。目が優しくて温和《おとな》しい馬だが、腹が空くと小さくいななく。

アニラは、ビジネスを拡大するといっていた。

輸血ドナーの馬は、特別な馬だとアニラはいった。速く走れる血統でもないし、高いわけでもない。ただし、特別な血液型をしている。三十種ともいわれる馬のどの血液型にも適合する型で、こういう血液型の馬を「ユニバーサル・ドナー」というのだそうだ。一ヵ月に一度、馬からも血を採る。馬の場合は八リットルで、小一時間はかかる。サンジャイはやり方を覚えた。輸血バッグの買い手はサラブレッドの育成牧場だ。

ただ、サンジャイには、割に合わないように思えた。ひと月分の馬の餌ときたら、相当な量になる。

餌のほうが、高くつくんじゃないかな、と、尋ねてみたことがある。

だが、アニラはいった。

〝いまはそう思えるだろうけどね、サンジャイ。この馬が、我々を向こう側に連れていってくれるのさ……〟

アニラが採血室に入ってきた。

「サンジャイ、それが終わったら、二百ミリバッグを三十個分、別によけておいておくれ」

犬の血液バッグは、二百ミリと百ミリ、五十ミリに分けている。小型犬の輸血は少なくて済む場合があるからだ。

「よけるって？」

「頼まれて、ただで分ける先があるんだ。販売用の在庫とは別にしといておくれ」

「わかった」

サンジャイは、三十個をリストから省いた。

このときのことを、後になってサンジャイはよく思い返した。

分けておいたバッグは、母のタラが勤めに行くとき持っていったようだ。友達にでも分けてやるのだろうかと、サンジャイは思った。

そして、いつのまにか、同じ場所には封をされた発泡スチロールの箱が入っていた。大事なものが入っているのだと、タラはいっていた。クライアントに届けるから、開けてはダメだと、サンジャイは厳しくいわれた。

サンジャイは、気にもとめていなかった。それどころではなかった。暮らしが変わろうとしていた。三人は、小屋をたたむために整理をしはじめていた。

必要な荷物を詰める。といっても、家族のぶんは、身の回りのものだけだ。家具は置いていく。たいしたものはなかった。

血液バンクのビジネスをやめるわけではない。

大変なのは、動物たちに関する手続きだった。三百頭の犬猫を航空便で運ぶためには、動物専門の輸送業者を使うしかなかった。少なくとも四百万インドルピーは必要だ。

アニラはどう工面《くめん》したのか。

サンジャイは、彼女が金を得た事情のおよそ半分は知っていたが、どちらにしても、まわりには秘密だった。

そのときには、アニラが口にしていたことが本当になっていた。

〝我々は、向こう側に行く〟
向こう側とは、塀の向こうのゲーテッド・コミュニティではない。
太平洋の遥か向こう。
家族は揃って、アメリカに移住することになったのだ。

Chapter 2

1

『オッド・アイ』の役員会議室は、笑い声とさざめきに満ちていた。

ミーティングテーブルは、ワイングラスやオードブルで埋め尽くされている。

シャンパンを手に、テーブルを囲みながら談笑しているのは、『オッド・アイ』取締役会のメンバー十二名。

タキシード、ブラックドレス、ビジューがあしらわれたシルクのジャケット。仕立てはいずれも体のラインにぴったりだ。一流のクチュールによるものだろう。

それぞれが名だたる投資家や弁護士、あるいは人事管理の専門家、元大物官僚や政治家などで、みな、この手のパーティには慣れきっている。セッティングにしてもメンバーにしても、この場より素晴らしいパーティはいくらでもある。

ただ、今日は特別だ。

『オッド・アイ』取締役会長兼社長のブルーノ・マーニーはまだ来ていなかった。

取締役たちの視線は、時折り、ちらりとサイドテーブルのほうに向けられる。そのたびに口元に浮かびそうになる微笑《ほほえ》みを、皆必死にこらえている。

シェフお手製のタワーケーキが、ゴールドプレートとともに置かれていた。

プレートには、ブルーノがかつて口にした名言が刻まれている。

『人々に軽いめまいを起こさせるような事象を創らなければ、我々も先には進めない』

名言プレートが意味するところは、ひとつだった。

さよならパーティ。

ブルーノ・マーニーは、このところ、ずっと口にしていた。

そろそろ、いいだろう、と。

億万長者はアーリー・リタイアを好むものだが、ブルーノが自らこの手のことをいい出すとは、誰も思っていなかった。それだけに、皆内心胸を撫で下ろしていた。

彼と話していて冷然としたノーを浴びせられ、自分の無能さに愕然としたり、突然解雇の憂《う》き目に遭《あ》うが如《ごと》き心配も、今後はなくなるだろう。

ブルーノは実質、社で独断専行のできる唯一の人間だ。いまだに、彼は入社志望者を最終段階で一人一人、自ら面接する。が、会社も生き物だ。カリスマのような創始者から解き放たれるときが、いよいよ来る。

ブルーノが以前から口にしていたのは、『マイクロソフト』社創立者のウィリアム・ヘンリー・〝ビル〟・ゲイツ三世が五十二歳でリタイアし、チャリティーに専念していること。

さらに最近口にするようになったのは、『アップル』社の創立者スティーブン・ポール・ジョブズが五十六歳にして膵臓癌《すいぞうがん》で死したことと、自分には自由な時間が足りないということ。

ブルーノは四十八歳。

まだまだ若い。ただ、彼並みの経験をすれば、人生が飛ぶように過ぎていくことに気づいてもおかしくはない。

そもそも『オッド・アイ』じたい、ロケットなみの速度で時代を変えてきたのだ。大学院生がガレージで始めたベンチャー企業からスタートし、起業からわずか七年で、利益百億ドルの超大企業にのし上がった。

ブルーノが姿を見せると、拍手が湧いた。

ブルーノは一見、爽《さわ》やかだ。

彼の目はただ茶色く丸い穴ではない。自分が何者であるか、何をすべきかがわかっていて、意思や本心が表示されている。その手の目を持つ人間を前にすると、人はいともやすやすと心を許すものだ。ブルーノは得な顔つきをしていた。

ブルーノがTPOを気にしないことは、彼の着るものからも明らかだ。地味なジャージージャケットの下に、ネイビーブルーのボートネックTシャツ。寒くなると、ジャケットとTシャツのあいだに、厚手のフードつきパーカーを挟む。

すでに彼のトレードマークになっているこの格好は〝キャンパスライフのように自由に学び、遊ぶ〟ことを社風にしてきた『オッド・アイ』のスタイルを物語ってもいた。

だが、いまのブルーノには、あまり似合っていない。彼もいわゆる中年の体型になりつつあるのだ。いかんせん、若ぶって見えてしまう。それに、ITの波で似たような若いトップが輩出《はいしゅつ》し、社交的にもビジネスウエアの基準が緩《ゆる》くなったいまでは、ラフなものを着ている経営者に誰も驚かなくなった。

おそらく、もっとグレードアップできるはずだと、誰もが思い始めている。

「やあ。皆さん」

いつものように軽く手を挙げ、風を切って入ってきたブルーノの背後から、制服を着た大勢のウェイターたちが、どうっとなだれ込んできた。

「何だ?」

「どうした」

場内は騒然とした。

彼らはわっとタワーケーキを取り囲むと、瞬《また》く間に巨大なトレイごと持ち上げ、下げていった。ほぼ同時に、もう一団のウェイターたちが、六人がかりでワゴンを引いてきた。新しいタワーケーキが載っている。

「表明が遅くなりましたが」

ブルーノは切り出した。

「私はこれからも経営を続けることに致しました」

——どういう風の吹き回しか?

一同は戸惑った。

自分の意に染まないことは一切お断りの運営が、また始まったのだ。

「本当の成功はこれからです。変幻自在に、よりよい社会をつくる企業として、ともに進化していきましょう」

熾烈《しれつ》なビジネス界を勝ち抜き、トップに上り詰めたブルーノにそういわれると、それも悪くないと皆、感じ始めてしまう。

またもブルーノの〝気分〟に振り回されたことを、心のなかでは毒づきながらも、皆拍手をした。

「ブラボー！」

と。新しいケーキは、リスタートのそれである。

拍手が鳴りやまないうちに、ブルーノはまたも唐突に話題を変えた。

「ところで」

彼は、役員たちを見渡した。役員たちはがぜん、我が身が心配になる。ブルーノの目つきは、誰かの首根っこを押さえようとするときのものだった。

「ワールドカップの件で『オッド・アイ』が世界じゅうの笑いものになったのは誰の責任でしたかね？」

室内が静まった。

ざっと、担当者と思われる人物のまわりから、潮が引くように人々が離れた。

いけにえになったのは、エヴァ・ハンドラーR《リサーチ》＆D《デベロップメント》統括本部長だ。

「あ、あの件は……」

「なぜ当てられなかったのか、すぐに調べてくださいますか」

言葉つきが丁寧になったときほど、ブルーノは本気だ。

この場の役員たちにとって、ブルーノの気まぐれはいつものことであり、誰一人として不思議に思わなかったが、部外者がいたら感じ、口にしたことであろう。

いったい、なぜブルーノ・マーニーはいまさら、サッカーごときに関心を持ち出したのだろう、と。

2

ブルーノ・マーニーの去就は、木挽橋《こびきばし》隆一《りゅういち》とも大きな関わりがあった。

エレベーターの扉が開いた。隆一が降りたフロアは、ひっそりと静まりかえっている。このフロアは改装されたばかり。以前に比べればぐっと上品になった。吹き抜けのエレベーターホールに敷き詰められた絨毯《じゅうたん》の地色は、烈々とした火焔《かえん》の赤。アンティークものだ。

絨毯の柄《がら》に使われている色を、目の端で数える。闇のような黒、煤《すす》けた焦茶、灰をまぶした赤、点々と飛んでいるのは深い湖底の藍《あい》のゆらめき。

暇なわけではない。人生は基本的に味気なく、つまらないことの繰り返しだ。とくに、上司に呼びつけられて彼女のオフィスに向かうときなどは。しかし、社会的に見ればつまらない事象に彩りを添えるのは、結局自分自身ではないか？

ペルシャ絨毯には、遊牧民がいつも腰を下ろしていたアラビアの、夜のともし火の気配が織り込まれている。そう思えば、一瞬で現実を忘れられるのだ。

役員付の秘書ブースにたどりつくだけでも、二十メートルは歩かされた。壁はといえば、マザーパール色の総大理石が鏡面《きょうめん》さながらに磨《みが》き立ててあった。

これを会社のプライドの高さと捉えるよりも、光のグラデーションが描く輪のなかを歩んでいくと考えたほうが、生きているという感じがするというものだ。

ようやく部屋の入り口となり、秘書のロージーに声をかけられた。

「あら。それなりに改まってるじゃない」

お馴染《なじ》みの声の渋さに、ほっとした。ジャズ・シンガーみたいに、グルーヴ感がすごい。何かを呼び覚まされる声だ。だから、ボスたちは彼女を簡単には手放せないのかもしれない。

隆一は、上司に対して少しは敬意を表そうと、クローゼットの奥から正統派のテイラード・スリーピースを引っ張り出して着た。ただし、揃いのスラックスはやめにした。いつもの白いカットソーに、ベストとジャケットだけを重ね着し、ボトムスはグレーデニムにスニーカー。ゆるさは西海岸ふうでもある。

「技ありね。さまになってる。でも……、彼女は一緒じゃないのね」

ロージーはつまらなそうだ。

このフロアへは、トイプードルの小ウメを連れては入れない。ペルシャ絨毯の上は歩行禁止になってしまった。彼女は絨毯をぬらす。風呂場をぬらし、劇場をぬらし、オフィスもぬらす。絨毯はこじこじもする。

「ボスは何してる？」

「どうぞ、入って。今日は一日じゅうあのビデオを見てる。何か企んでるのかもね」

含みのあるいい方をされた。

「何で呼ばれたのかな」

尋ねてみたが、ロージーは鼻に皺を寄せ、肩をすくめた。

「ごめんね、私にもさっぱり」

ロージーが先に立ってノックし、扉を開けてくれた。

エヴァ・ハンドラーR&D統括本部長は、ばかでかいラウンジ・ソファにもたれたまま、顔だけをこちらに向けた。もう一方の手はリモコンを握ったままだ。

大画面プロジェクターには、サッカーの試合が大写しになっている。

オン・エア中のプログラムではないことは、すぐにわかった。前月に行われたワールドカップの一戦だ。

反射的に、胃がぎゅっと締め付けられた。奇跡的なオーバーヘッドシュートを決めたプレイヤーが大写しになったところだ。

ボスはそこで画面を一時停止させた。完全に、わざとだろう。

が、とりあえず、隆一はとぼけて通す。

「あなたまで彼のファンとは知らなかったな」

「……どこがいいのかしらね。サラブレッド並みのみごとな大腿筋《だいたいきん》かな。それとも、独特な離れぐあいのセクシーな目かしら？　あるいは、百八十五センチの身長、タフなドリブル……」

アメリカのスポーツシーンで、瞬く間に時の人となったサッカー・プレイヤーのパブロ・モス。

パブロの画像と隆一とを、本部長はかわるがわるに見比べた。

「この試合後に、パブロに関して急上昇したツイートとソーシャル・ネットワークの書き込みを分析したデータによれば、パブロの魅力はそんなところね。試合後すぐにコマーシャルが殺到し、すでに大手七本が決まっている。『ヴォーグ・オム』誌は、彼にモデルのオファーを出した」

『オッド・アイ』の社内では、何かにつけてデータへの言及がある。検索エンジン・サービスとビッグデータを軸に急激な成長を遂げ、いまや世界に三万人の雇用者を持つ巨大企業だけに、データの意味付けや解析に躍起《やっき》なのだ。

「私だったら、どちらかといえばあなたに一票入れるけどね」

エヴァ・ハンドラー本部長がいった。

「それ、皮肉ですか」

「そう思うの？」

エヴァは、非の打ち所がない着こなしをしていた。ネイビーブルーのジャケットは、正統派のダブル。なのに、素材はざっくりとしたリネンニットで、くたっと体に添う。袖を肘まで腕まくりし、クラシックな堅苦しさを吹き飛ばしていた。インナーは杢《もく》グレーの着込んだTシャツだ。足もとでも負けた。彼女は日焼けした脚をクロスさせている。素足に履いたキャンバス地のスリッポンは、誰かが一足買うごとに、子どもに一足がプレゼントされるメーカーのものである。

エフォートレス・ファッションとチャリティー。いずれも、ITセレブにはいまや、つきものだ。

「まあ、かけて」

顎で示され、脇のスツールで話を待った。

ローテーブルの上には、タブロイド新聞が載っていた。

隆一はうんざりした。

パパラッツィが、セレブのプライヴェートに張り込んではスナップを撮るゴシップ欄。サッカー界のニューヒーロー、パブロ・モスは、ゴシップでもさっそく脚光を浴びている。

本部長は、タブロイド紙には触れず、話を進めてゆく。

「あなたも知ってると思うけど、うちは株主から研究開発体制の効率化を求められてるの」

『オッド・アイ』の売上高は、全世界で約四百億ドル。そのうち研究開発費は六十億ドルで、約十五パーセントにあたる。売上高の割に研究開発費が高い。

これは、同種のIT企業のトップで、あの『アップル』社の五倍にもなっているため、余剰をそぎ落とせという話になっていた。

表向き、『オッド・アイ』は新しいビジネスを掘り起こすため、研究開発に費やす力は惜しまないと発表しているが、実際には内部的な引き締めも行われている。

クリエイティブが求められる分野にまで、業界の傾向だから横並びにせよとむやみに命じるのは、それこそ〝データ優先〟の弊害なのだが、知っている限りでも、プロジェクトがいくつかなくなり、チームが解散になった。異動も大幅に行われた。解雇された者も少なくない。

「あなたにも無縁なことではないわ」

「……レイオフですか？」

無理もない。

「いままで、あなたは特別扱いされてきたわよね、リック。でも、もうそれは通用しない。それはわかっているはずよ」

「さすがに、そうですよね……」

隆一は呟いた。

社内ではリック、リッキーで通っている。ロサンゼルス本社の研究開発部門に籍を置きながら、ごくたまにしか出社せず、報酬を得ていた。さしたる成果を上げることもなく、愛犬を連れての出社も大目に見てもらっていた。

むしろ、なぜ真っ先に解雇されなかったのかが不思議だ。嫌だけれど。

「のんきに構えてるのね」

いいながら、本部長はビデオの画面を切り替えた。

新たに流れはじめたビデオは、ミーティング・ルームでのもの。男の社員二人がエヴァ・ハンドラー本部長にきりきり舞いさせられているところだった。

「なぜ、予測が外れたの？」

本部長は滑《なめ》らかな額に青筋を立てたまま頭をそびやかし、男たちをかわるがわるに睨《にら》みつけた。

「どうなの。分析は得意なんでしょう。いってみて。早い者勝ちよ」

けしかけられて、男たちは互いの顔色を窺《うかが》いあった。本部長はさらにたたみかける。

「どっちなの？『オッド・アイ』を世界じゅうの笑いものにしたのは」

彼女は、ブルーノ・マーニーにいわれた台詞《せりふ》を彼らに向かって繰り返した。一瞥《いちべつ》で男たちを凍りつかせ、締め上げるエヴァの態度は、取調官さながらだ。

彼女の剣幕に気圧《けお》されている男たちにしても、普段なら、頭ごなしに怒鳴られたところで、動じる人間たちではない。彼らはいずれも、本社でも別格扱いされており、業界ではワールドクラスの大物だ。そうでなければ、ビッグプロジェクトを任されるはずもない。どちらかといえば不遜《ふそん》で、むろん頭は切れるし、トラブルシューティングの術《すべ》も心得ている。

にもかかわらず、場を圧倒しているのは明らかに彼女のほうであった。

「正直、あなた方のチームには失望させられたわ。少なくとも、最低限のハードルだけはクリアしてくれると思ってたのに」

「いや、しかし……」

男の一人が、ようやく喉から声を絞り出した。彼は、各支社の優れたエンジニアから選び抜かれたフィンランド系の若手で、いわば社の〝頭脳〟を形成するメンバーだ。

「前大会同様に、ベスト8《エイト》まではすべて当てましたから……」

「リップマン、あなたも落ちたわね。ワールドカップの前大会って、四年も前のことよね。四年前の実績なんて、この業界では古代の話。古代と同じだなんて、進歩してないだけでなく、逆戻りしたってことじゃない」

本部長はにべもない。

対して、もう一人の男、デュカスが弁をふるった。

「システムの確度は上がってます。まずかったのは準々決勝だけだ。あんなはずじゃなかった。あれは番狂わせなんだ。その証拠に、準決勝と決勝ゲームの勝敗は当てました。ゴール数も点差も予測通りなんですよ。部分にとらわれずに、総体的に見てください」

話すにつれて、指揮者のような身振り手振りが加わっていく。

雄弁なデュカスは、システム・テクノロジーを世間にわかりやすく説明する伝道者《エバンジェリスト》だ。

が、彼の弁明も、彼女には通用しなかった。

「あなたたちのカリスマに魅了されてるメディアだって、そんなことじゃいいくるめられないわね。決勝の結果を当てたのはうちだけではない。ブックメーカーから素人まで、九割が当ててるってデータに出てるんだから。順当な結果だっただけでしょう。第一、開催前の記者会見で、最低でもベスト4《フォー》まで的中させると豪語していたのはデュカス、あなたよね。見事に外してる。プロジェクトの責任者なんだから、何とかしなさいよ」

「……対策はすでに講じています。有力な情報発信者をセレクトして、我が社の試みに好意的なメッセージをウェブサイトに流してもらってますし、ほかにも……」

「いま必要なのは、その手のフォローじゃないわ」

冷たくあしらわれた。

デュカスはIT業界で〝神の声〟を持つとまでいわれるセレブリティだが、本部長の前では形無しであった。

「あなたたちは四年に一度のビッグチャンスを逃した。社が最も力を入れてきた案件なのよ。それがどう？　面目が丸つぶれになったのよ。ともかく、予測を外したはっきりした原因を調べなさい。それができなければ……、わかるでしょ？　この楽園に、あなた方の椅子はなくなるわ」

本部長が、ぴしりといったところで、ビデオは終わった。

「どう？」

隆一は、感想を促された。

本部長はミーティングのムービーを停め、画面はもとの如く、パブロ・モスのどアップに戻っている。

「どうって……、いい気味です」

「え」

「リップマンやデュカスのしゅんとした顔を見られるなんて、めったにないことでしよ。そもそも、できすぎな奴らなんだ。たまにはコケて怒鳴られないと、人間らしくない。しかも、アメリカが準決勝に進出する快挙を当てられなかったなんて、傑作だ」

一瞬の間があり、本部長は噴き出した。

笑いが止まらないようだ。クリネックスを取って、とうとう彼女は、ひくひくしている鼻を拭った。

「はっきりいうのね。リック」

「あなたがいってた通りです。だが、彼らのいいぶんにも一理ある。何にでも、番狂わせはあります」

『オッド・アイ』では社を挙げて、鳴り物入りのプロジェクトを立ち上げていた。ビッグデータを駆使して今年のワールドカップの決勝トーナメントの勝敗を全試合、予測するというものである。

といっても、この試みは初めてではない。

四年前の前大会のときは、世間をあっといわせた。同じ予測を行い、一回戦の勝者すべてを的中させている。

だからこそ、今年こそはと期待も高まった。わずか四年のあいだにではあるが、ビッグデータ処理や解析のノウハウは飛躍的に進歩を遂げている。当然、予測の精度は上がるはず……だった。

しかし、結果は肩すかしに終わった。前回同様にベスト8までは当てたが、準々決勝の第一戦で外した。

当然、ブーイングの嵐だ。

社には『オッド・アイ』の予測にもとづいて賭けを行い、負けた人間からの苦情が殺到した。責任を取れ、と。

もちろん、ギャンブルは自己責任で、社にそんな責務はない。ただ、全世界に十六億人いるというサッカー・ファンのあいだで相当の注目を集めた企画だけに、ウェブをはじめとした各種メディアでのこき下ろされ方も大きかった。

「あらゆるパーティで嗤《わら》われたわ。君の率いるチームのアルゴリズムも、たいしたことがなかったってね……」

ネットユーザーたちの吠え方も凄かったが、やはりリアル・ライフの住人からのさんざんな言われようのほうが、エヴァには気になったらしい。

問題は、外したその一戦が、アメリカ合衆国代表がらみであったことだ。

『オッド・アイ』は、アメリカ代表はベスト8止まりに終わるだろうと予測した。アルゼンチンと戦った準々決勝では、アルゼンチン80対アメリカ20パーセントの確率で、アメリカが敗れるだろうと。

ところが、合衆国代表は粘り、終盤まで優勢で戦ったうえに、ロスタイムにパブロ・モスがオーバーヘッドシュートをみごとに決め、ベスト4入りを果たした。

ワールドカップ第一回以来二度目の準決勝進出とあって、サッカー競技に冷淡な米国民も、やにわににわかサポーターと化し、大リーグもかすむほどの熱狂となったのだ。

「で、あなたのことだけど」

本部長が切り出した。

「正直いって、こちらにも困惑している部分があるの。リック、あなたはなぜ自分から社を去らないの？　ブルーノ・マーニーの差し金なの？」

「誤解しないでください。ブルーノ・マーニーの差し金なの？」


「そうかしら。あなたは創業者との近しさというメリットを享受していたはずだけど」

確かに、厚遇を受けていた。

それもこれも――、ブルーノの養女、アリシアと婚約していたためだ。

アリシア・マーニーは二十六歳。鼻《はな》っ柱《ぱしら》が強く、傲慢《ごうまん》で感情的。ビジネス界にはとうてい向かないが、ブルーノはたった一人の〝娘〟を溺愛《できあい》していた。

ただ、身内びいきの分が大きいとはいえ、アリシアは生まれながらの令嬢特有のエクスクルーシブな人脈を持っている。セレブティーンの頃からファッション・アイコンでもあった。メディアを走らせるほどキャッチーなアリシアの存在感が、『オッド・アイ』のブランドイメージに寄与していたことは否めない。

そのアリシアのおかげで、隆一はまったりと社内を泳いでいた。

『オッド・アイ』は、世間一般からの情報収集に余念がないにもかかわらず、自社の外部への情報開示は必要最低限のものしか行わない。

ゆえに、巨大企業『オッド・アイ』の内部は、一般には窺い知れないとよくいわれる。インサイドに入っても、それは同じだ。セクションによっては誰がどんな案件に携わっているのか、よくわからない。

特に、研究開発部門では業務内容が秘される傾向が顕著で、アリシアのフィアンセということを除けば、隆一の存在など誰も大して気にとめていなかった。

だが、いまは違う。

婚約は解消された。アリシアの一方的な通告で。

「……で、噂は本当なのかしら」

ようやく、本部長の視線はタブロイド紙に戻った。

ゴシップ欄では、パブロ・モスのデートが大々的にスクープされている。二人は互いに見つめ合いながら、早朝のビーチをさっそうと散歩中。ショートパンツにギンガム・チェックのシャツを着た彼女は、二匹の犬を連れている。

犬たちは小ウメにそっくりだ。トイプードルだというだけでなく、毛並みに現れている濃淡や目鼻立ちから、飼い主の見上げ方まで似ている。

なぜなら、小ウメの弟と妹だから。

笑顔で犬を走らせている女性は、チャーミングなアリシア・マーニーなのだ。

ゴシップ欄はパブロとアリシアについてこう書いている――〝新しい恋人の選び方は、まさにアリシアらしく華麗である。全米の半分が、この組み合わせをすばらしくお似合い、かつ魅力的なカップルと感じている〟と。

「あなたたち、うまくいってなかったの？」

本部長がいう。

どうなんだろう？

隆一は自問した。

いままでのようではなかったことだけは確かだ。破綻《はたん》していたとは、認めたくはなかったが。ただ、こういう目に遭うことが意外かといえば、そうでもない。アリシアには過去何人ものボーイフレンドがいたし、婚約も三度目だった。

「あなたに何の力もないのなら——、私も考えなきゃいけないし」

エヴァの視線に、冷たさが加わった。

「プライヴェートはどうあれ、ぼくはここを辞めるつもりはありませんし、仕事をおろそかにするつもりもありません」

正直にいって、型破りなこの会社が気に入っている。だが、急場《きゅうば》しのぎに聞こえただろうか。

「あなた、話が下手ね」

「どういえばお気に召すんです？」

「アリシアとは別れているも同然だ。だから彼女を見返すつもりでどんな策略でも使う……っていえたら褒めるのに」

実際のところ、エヴァの台詞は、隆一の心の一部分を代弁しているといってよかった。

「あなたが彼女から見捨てられて、置いてけぼりにされたというなら、即刻、解雇がいちばんいいのかもしれないわね。だけど、私は自分の直感を試してみたいの」

「それ、どういうことですか」

「だって、少なくとも、あなたはあのアリシアが一度は気に入った男の一人でしょ。失礼ながら、身体的データからすればパブロ・モスとは比べものにならない。だったら、どこかに別の良さがあるはず。私は、データに現れないものにも関心がある。それと、もうひとつ。私は、あなたの能力を試すいい方法があると気づいたの」

「試す？」

「仕事よ、リック。あなたは、我が社のエースたちがデータでは摑《つか》めなかったアメリカ代表チームの勝因を探り出して報告しなさい。期間は三週間。その結果が『オッド・アイ』にとって有益と判断されなければ、あなたの命運もこれまでよ」

「……三週間とは短い」

本部長は、そのことに関してもすでに答えを用意していた。

「温情として、あなたに一人の助手をつけてあげる。彼女を使いこなしなさい。それも仕事のうちよ。それと……、いっておくけど、このことは、むろんブルーノの意向でもあるの」

隆一は宣告を受け取った。

優秀な部下をつけられて成果が上がらなければ、確実に解雇されるのだ。

3

オフィスに戻ると、すでにアシスタントがスタンバイしていた。

ここではすべてがスピーディに運ぶ。

隆一のオフィスは小さいながら個室だが、シンプルなデスクと椅子が一対しかない。あとはコーヒーマグにしおたれた花。

アシスタントは、壁を背にしてフロアに体育座りをし、タブレットを膝に置いている。足下には小ウメが寝そべっていた。

「椅子やなんかは、自分でステーションにオーダーしてくれ」

入室しながら、隆一は声をかけた。

この『オッド・アイ』では、個室を自分の好みで仕上げることが許されている。有名なのは、赤いブランコに座って仕事をしているエンジニアだ。そのほうが実力を発揮できるなら、型にはまり続けることはない。社内に設置された『ステーション』と呼ばれる備品セクションに注文すれば、必要なものを届け、インテリアまで仕上げてくれる。簡単な備品なら当日に、短時間で届いた。

「ソファは入るかしら」

アシスタントは部屋のスペースを目で測った。

体ごとが黒目を思わせる女性だった。ペプシコーラのボトルをかなり寸詰まりにしたような体型、てかった肌、耳の後ろにまとめ、束ねた黒い髪。

初対面なのに、態度は堂々としたものだ。それも頷《うなず》ける。三十代後半にはなっているだろう。年輪は、隆一よりも太く密度の濃いバームクーヘン。多少のことではうろたえたりしない。本来の持ち場にいれば、もう管理職になっていてもおかしくない歳だ。

「マグの花はあなたの?」

彼女は立ち上がった。

「まあね」

「『オッド・アイ』では、オフィスにあるものが部屋の主《あるじ》のパーソナリティを表しているって本当かしら」

「それはどうかな」

「花びらがぼろっぼろに欠けてるから、くたびれて見える白い花。……だけど、いい匂いなのね」

「ジンジャーリリーさ。珍しくもない。どこの田舎にもあるだろう」

熱帯低気圧の風雨のあとに拾ってきた。夏から秋まで咲くこの花は、嵐に打ちのめされてこそ、がぜん強い芳香を放つ。

「香りがこの部屋を青っぽくしてる」

アシスタントは犬のように鼻をしゅっとすすった。

「そして痛々しい。そこだけは忘れないでくれ」

「了解《ラジャー》です」

「君を何て呼ぼうか」

「マヤと」

「ぼくのことだが、ボスはやめてくれ。リックでいいよ。堅苦しい口調もなしだ」

簡単に説明した。

「ぼくの普段の仕事は『オッド・アイ』ユーザーのためのサポートをバックアップすることでね」

「州のユーザー?」

「いや」

「では、国内のユーザー」

「いや。四十三ヵ国を統括担当してる」

「え、たった一人で？」

「そうなってるね」

「それにしては、めったに出社しないって噂だけれど」

マヤは痛いところを突いてくる。

「うちの社は、基本的にはユーザーサポートをしない。ブルーノの方針でね。それは知っていると思うが」

『オッド・アイ』には、ユーザーの問い合わせに答える電話窓口はない。メールでも、個々の質問にはまったく対応しない。

ブルーノは、かわりにサイト上でフォーラムを作り、ユーザー同士に問題解決の方法を話し合わせるという妙手を編《あ》み出した。

この方法は、きわめて不評ではあるが、だからといって、ユーザーは『オッド・アイ』の利用をやめるわけではない。それだけ便利な機能を提供しているという自負が、ブルーノにはある。

『オッド・アイ』の――いや、ブルーノ・マーニーの――理念は、最優秀の人材を抱える企業は、労力と時間のロスになるルーティンワークを後回しにし、社会を新たに変え、人々のためになるテクノロジーの拡大に人と金とを用いるべし、である。

トラブルが予測される事業であっても、ブルーノは臆せずに進める。たとえ訴えられても、そのときはそのときで対応する。やらずに終わるよりは挑戦を選ぶ。

結果的には、この強引な手法は華々しい成功を収めている。

いまでは、『オッド・アイ』は、ベーシックな研究開発部門やデータソリューションユニットのほかに、旅やレストランの予約事業、オークション事業、広告代理業務、クラウドソーシング、保険金融業務、ヘルスケア開発部門、企画・コミュニティ部門、モバイルアプリ部門、ニュースサイトなどを持ち、ビジネスを多岐にわたって展開し、さらに拡大を続けていた。

「つまり、ぼくの仕事はユーザーのフォーラムに目を通し、ときどき会社側のメッセージを匿名《とくめい》で紛《まぎ》れ込ませ、それを各国の翻訳サポートデスク、つまり〝チーム〟に送ることなんだ。在宅でもできることなのさ」

トラブルシューティングの文面パターンは状況に合わせ、セクション別に何種類も用意できている。

とびきりのクレーマーには、文面を変えて何度かフォーラムに情報を発信し、最後には〝その件は、すでに個人的に扱える範囲を超えていると思います。あとは弁護士を雇って『オッド・アイ』と交渉したほうがいいですよ〃的なサジェッションをする。それで役目は終了。

「なるほど。わかったわ」

マヤはうなずいた。

「何がわかったの」

「リック、あなたについて」

「ぼくについて？」

「私の分析はこう。意外にも、あなたは『オッド・アイ』の血管の一種になっているのじゃないかしら。トラブルはどのセクションにもつきものでしょ。サポートシステムを統括していれば、調整役として各部門の課題を眺め、やりとりをすることになるわ。ユーザーからの複雑な要望や苦情に応じ続けてきた結果、あなたはあらゆる部門の状況に、かなり詳しいのでは？」

「買いかぶりすぎだな、それは」

否定したものの、自分の仕事の一面をいい当てられて、隆一はマヤの鋭さを再認識させられた。

確かに、自分の仕事に熱中するあまり、他のセクションには関心を持たない社風ではある。

　そのなかで、隆一のもとには無数のユーザーたちからのクレームや不満が集まってき、状況を俯瞰《ふかん》できた。それらに対応するため、各セクションとのやりとりは欠かせない。

　問題解決のために各部門のデータベースに入ることに関しても、隆一には中程度の権限があり、部門別にそれなりの情報源もできている。みな小ウメを構いながらのおしゃべりが大好きだ。

『オッド・アイ』社内では、意外にも、誰と何を話してはいけないという規則はないし、社内の警備チームに社員の身体検査をする権限もない。武器の所持チェックなど安全面での検査はあるが、情報漏洩《ろうえい》防止のための持ち物検査は許されていない。

　不正を証明された者が罰せられるというだけだ。

「ところで、私のこと、何か聞いてます？」

　マヤに尋ねられて、隆一は貢《みつ》ぎ物を差し出した。ジョギング・シューズのレアものだ。マヤがほしがっているものは、社内トップの事情通、ロージーから聞き出した。

　マヤはしぶしぶという様子で受け取ってくれた。

「警察官だろう、君は」

「イエッサー。『オッド・アイ』へは出向なの」

マヤは敬礼してみせた。

「せっかく国際刑事警察機構《インターポール》（ＩＣＰＯ：International Criminal Police Organization）から研修に来ているのに、ぼくの手伝いをさせられるなんて気の毒だから、その分さ」

外部の人間からは驚かれるが、インターポールはＩＴのトップ企業と緊密な連携を取りたがっている。そのために大手企業に出向してくる局員がいるのは、業界では周知のことだ。

「君はシンガポールから来た」

ＩＣＰＯのデジタル犯罪捜査支援センターはシンガポールに設置され、総局長には日本の警察庁から出向した日本人が就いている。その影響か、日本人スタッフも多い。

マヤ・ディ・オルヴェイラも日本人だ。ブラジル系で、日本名は織部《おりべ》マヤ。警視庁からＩＣＰＯに派遣され、そこからさらに『オッド・アイ』に出向してきた。

社から隆一に送られてきたマヤのプロフィールには、そうあった。

「うちで三、四年は技術研修を積むんだろう？　それから戻って役職につく」

「そうなの。表向きは」

聞き捨てならないことを、マヤはあっさりと口にした。

「実際には、すぐ戻るかもしれなくて」

「何だって？」

「リック、あなたにはどのみちいっておかないと」

「おい、まさかだろう……」

『オッド・アイ』では、同僚に子どもっぽいいたずらを仕掛けることが奨励《しょうれい》されている。うまくやり遂げれば拍手喝采《かっさい》を浴びる。マヤはすでにその社風に染まったのだろうか。

隆一の戸惑いをよそに、マヤは淡々と続けた。

「捜査を命じられてるの。終われば戻る予定よ」

「じゃ、君はそもそも……」

「まだ疑いの段階だけど、追ってることがあるの」

「研修は隠れ蓑《みの》で、ここにいながら何かを捜査している、そういうことか」

マヤは頷いた。

「あきれたな。本部長は知っているの？」

「いいえ」

「ブルーノは？」

「ご存じね」

「よくブルーノが許したな」

「何でも〝試みる前に臆するな〟が『オッド・アイ』式のやり方だそうね。ワールドカップの勝敗に関する『オッド・アイ』の予測が外れたのは、集めたデータや分析のせいではなかったと証明したいのかも。その点では、私の捜査があなたのお役に立つかもしれないの」

「だといいけどな」

体裁《ていさい》はともかく、自分の方が助手として巻き込まれたのかもしれないと、隆一は思いはじめていた。

だが、この社では、驚いてばかりはいられない。

「で、何を調べてる？」

「国際的な違法賭博」

「ギャンブル？　インターポールと何の関わりがあるんだ」

「国際スポーツ賭博に関する不正の摘発は、ＩＣＰＯの重要な業務なの」

すでに彼女のペースだ。

「ご当地だけで行われるギャンブルは、当該国の地元の管轄で、私たちには口出しできないわ。だけど、オリンピックやワールドカップ、パンパシフィック水泳、アジア大会みたいに大きな国際スポーツイベントで違法賭博が行われた場合は、犯行が国境をまたぐから、現地の警察当局だけでは検挙が到底無理なの。国際犯が多いから、ICPOが連絡役として携わっているわけ」

「となると」隆一は考えをまとめようとした。

マヤの言葉には、重要なキーワードが含まれていた。ワールドカップ、と。

「君らはこのあいだのW杯《ワールドカップ》に関して、不正があったと睨んでいるわけか」

「私見ですけど、ちょっといいかしら？」

「ああ、もちろん」

「『オッド・アイ』のトップ・アナリストたちのビッグデータ分析はなぜ間違っていたか、ご存じ？」

問い返された。

「何をいいだすんだ。いかにもそれを調べようとしているところじゃないか」

「だったら私、明快な答えを少なくともひとつ知っているわ」

「それは助かる。ぜひ聞かせてほしいな」

「ある要素のデータが足りなかったのよ。例えばアナリストたちは、これから話すことなど考えもしなかったでしょうね」

「つまり？」

マヤは口元を綻ばせた。

「W杯の本大会のなかで、不正の疑惑がなかった大会はゼロなの」

彼女のパーフェクトな指摘に、隆一は思わず笑い出した。

4

ひたすら、北部に向かって車を走らせる。

マリブから、赤屋根の古風なスペイン建築が残るサンタバーバラ、ソルバング、油田とワイナリーの町サンタマリアを抜け、アビラ・ビーチを経てサンルイスオビスポの方へ。

カリフォルニアの太平洋沿岸には、スペイン統治時代の景色が残っている。海岸部にはリゾートとヨーロッパふうの町並み、内陸部に少し入れば、果樹園と農地が連なる豊かな丘陵《きゅうりょう》地と渓谷《けいこく》。

〝アメリカの大いなる南〟と称されたこのあたりを舞台に小説を書いて時代のアイコンになったのは、どの小説家だっただろうか？

カリフォルニアの農地は年々減るばかりだが、このあたりばかりにはまだ緩慢《かんまん》な時間が流れているようだ。

国道は、丘陵の尾根を白蛇《はくじゃ》のようにうねりながら、緩やかな上り下りを繰り返している。牧草地帯と畑が、遠く向こうまで見通せる。農地の境を示すシンボリックな境《きょう》界木《かいぼく》が、ところどころで目を惹《ひ》いた。

小ウメはカーブごとに踊って吠えた。遠心力で強く振られるのが好きらしい。木挽橋隆一は、アクセルを踏み込んだ。久しぶりに車の反応がいい。

ハンドラー本部長がいったことを思い出した。

〝データには現れない、アメリカ代表チームの勝因を探りなさい。ただし、憶測だけではだめ。明らかな裏付けがいる〟

マヤが同乗している。

聞かなければならないことが山積している。なぜマヤは『オッド・アイ』に送られてきたのか。捜査のターゲットは何者なのか。

「簡単に確証がつかめる話じゃないの。手探りで行っていることだから」

「わかった。それで？」

先を促す。

「株式のインサイダー取引を証券取引委員会がチェックしているように、ＩＣＰＯがチェックしている賭博データに怪しい動きが見られることがあるの」

「何のデータ？」

「各国の政府に許可されているカジノや公認ギャンブルの取引記録。Ｗ杯についておかしなケースがあって」

「……というと？」

「これまで国際スポーツベットで賭けの記録がなかった一人のアメリカ人が、いきなり、かなり大勝ちしたの。Ｗ杯のアルゼンチン対アメリカ戦で」

『オッド・アイ』が予測を外したゲームだ。彼女は続けた。

「諸国のデータがシンガポールに集められて、どの国の取引も細かいところまで即刻入ってくるようになってるの。追跡もデータソリューションで容易になってて……」

「詳細ははしょって、先に進めてくれ」

「そうね。ともかく、あのゲームの勝敗くじで、世界で一番儲かった人物がいるの。

ありったけの国で、それぞれ限度いっぱいの賭けをして」

「いくら勝ったの」

「総額八百万ドル。各国に分散してるけど、総計したら突出した巨額になった」

「相当なもんだな。そいつの身元はわかってるのか」

「それが、彼は隠してないの。いまは『オッド・アイ』にいるわ」

「うちの社に？」

「エグゼクティブ・シニアとして迎えられてる。元国防高等研究計画局《DARPA》のドクター・マシュー・バーネット」

ことは予想を超えていた。

「そうなると、運がよかっただけでは済まないようだな」

国防高等研究計画局の研究開発は、八割以上が失敗しているといわれている。それだけ複雑で、常軌を逸した研究が多いということだ。裏を返せば——、成功した場合のインパクトはすごい。

「そうなのよ」

ドクターの彼なら、運を科学に変える手段を持っているかもしれない。

「ドクター・バーネットは、決して外れない未来予測のテクノロジーを編み出したのかもしれないな。極端にいえば、タイムトラベルとか」

「国防高等研究計画局なら、あり得ないストーリーじゃないわね。あそこは軍事研究の聖地ですもの」

量子《りょうし》テクノロジーを使えば、物質の時間転移は不可能ではないとする説もある。未来へ行ってギャンブルの結果を知り、戻って賭けに勝つ。誰もが見る夢だ。

「でも、私たちが追っているのはもっと現実的で、ありがちな線なの」

「SFではない？」

「普通も普通よ。これも私たちの業界特有の分析なんだけど、スポーツ賭博でこういう大勝ちがあるケースでは、大きく分けて三種類の不正が考えられるの」

餅《もち》は餅屋だ。犯罪のパターンは分類されているらしい。

マヤは続けた。

「ひとつは、代表選手を買収して負けさせる形。この方法は最も盛んね。つい最近も、アフリカの某国チームでは、七名もの代表選手が八百長《やおちょう》に関わったとされたことがあるの」

「チームの丸抱えに近いな。どうやるんだ」

「いわゆる無気力試合が、まずあるわね。だらだらプレイするだけじゃなく、相手がシュートしやすいよう、ゴール前にスペースを作ってあげることまでする」

「日本の相撲界でもあったな。わざと負ける八百長が」

「やり方もいろいろよ。主力選手が反則行為を連発してレッドカードを受け、意図的に退場したり、酷《ひど》いときにはオウンゴールまで」

「目立つだろうに」

「本大会では注目が集まるから、本当に巧妙に行われる。でも、メディアがうるさくない予選のノーマークの試合では、かなりあからさまなの」

前大会では、ヨーロッパ、アジア、アフリカ、オセアニア、南米と、五つの地域で疑わしい試合が七試合あったと、マヤは打ち明けた。

「二つ目は、審判を抱え込む方法。買収された審判は、負けさせたいチームのラフプレイでファウルを取り、ひどい場合は選手の退場に持ち込む。勝たせたい方のラフプレイは見逃す」

審判買収では、ワールドカップでの経験もある元国際審判員のブラジル人の主審が国内試合で八百長事件を起こし、逮捕されたことが記憶に新しいと、マヤはいった。その審判は八百長フィクサーに自ら取引を持ちかけ、八百長を行い、国内リーグを大混乱に陥《おとしい》れたという。

「あれはブラジルの国内警察のみが担当したケースだったけど、国際大会でも八百長フィクサーは跋扈《ばっこ》していて、審判買収に暗躍《あんやく》している。つい最近も、ICPOが立ち会って、FIFAが本大会の某審判に事情聴取したことがあったわ」

「そんなケースでは、どうやって確証を取るんだ」

「メールや電話の通信記録をまず取るわね。フィクサーは常に目星をつけられている、いわゆる〝いつもの連中〟。だから、彼らの組織と連絡していないかを確かめるわけ。銀行の入金記録も見る。でも、こっちは現金払いされがちだから、現場の仕事。つかむのは難しいし、地元警察の役割だけど」

パシフィックコースト・ハイウェイに入った。沿岸の美しい景色が、瞬く間に背後へと飛んでゆく。

「三つ目は？」

「マラドーナみたいな例」

二十世紀のトップ・プレイヤーの名が出た。ディエゴ・マラドーナは、類《たぐ》いまれな技巧と手練《てだれ》で球を自在に操り、グラウンドを我が物のように支配し、出身地のアルゼンチンのみならず、世界のファンを熱狂させた。

ただし、彼の華やかな名声には、薬物使用疑惑とドーピング疑惑が常につきまとっていた。栄光のあとの凋落《ちょうらく》だ。

「ドーピングのことか」

「マラドーナは、プレイヤー時代最後のW杯で、大きなミソをつけてる。二試合目のナイジェリア戦のあと、ドーピング検査で禁止薬物が五種類出たの」

「試合はどうだったの」

「マラドーナの活躍もあって、アルゼンチンが勝ったわ」

「でも、結局は薬物が検出されて落ちがついたんだろう？」

「そうなんだけど、試合の結果は覆《くつがえ》らなかった。試合は有効とされたの。彼はゴールは決めていなかったし、禁止薬物の摂取は意図的でなく、医師に渡されたダイエットのサプリメントに入っていたものだと主張した。ＦＩＦＡは、彼の申し出た事情は汲んだものの、違反は違反としてその大会ではマラドーナを即刻出場停止にしたし、一年と三ヵ月はプレイヤーとして試合に出ることを禁じた。こういうケースはグレーだけど、不正に使われがちな手ね」

「だとしてもさ、ドーピングは検査をすれば見抜けるんだろう」

「どうかしら。実をいえば、この一九九四年のマラドーナのケース以来というもの、ドーピング検査にひっかかった選手は、何と一人もいないの」

「一人も？　すなわちゼロ？」

「まさしく」

信じがたかった。

「すごいな。二十年以上にわたって違反者皆無か。驚くほどクリーンってわけだ」

「その間に、オリンピックでは多数のドーピング違反者が発覚しているわ。アテネの一大会だけで何件だと思う？」

「さあ？　一、二件かな」

「二十四件よ」

「とすれば、サッカーのデータはきれいすぎるな」

「数としてはゼロだけど、比較論からして、信頼できるかといえば首をかしげられてもおかしくない」

数にならないデータ。アナリストにはなかなか計上できない値《あたい》だ。

「実をいえば、W杯のドーピング検査方法に問題があるという指摘は、ここのところ、ずっとつきまとっていたの。以前は、大会前の検査は、最終出場選手のなかからアトランダムに二百五十六人を選んで行うというものだった。個人競技ではないから、数はサンプルとして決められていたの。これでは厳格ではないとして、いまは、ほとんどの選手から検体を得てるわ。それにプラスして、試合後も検査があるの。こちらは、各チーム二人が無作為に検査される。つまり、あとはチームの総合力と判断されるわけ。でも、今後はこちらも全員が対象になるかもしれないわね」

「だけどさ。検査が行き渡れば違反は無理だろう？　尿検査だっけ」

「W杯は最近までは尿検査だけだったの」

「厳しいんだってな。人前で尿を採るんだろう。見られてちゃ出しにくい。アスリートも大変だよな」

「資格のある同性のドーピング・コントロール・オフィサーの前でするのよ。どんなオフィサーに当たるかはわからないから、オフィサーを抱え込むのは難しいわね。それに、いまは血液も採られるようになったわ」

マヤはいった。

隆一はしばらく黙った。話を整理したかった。

「確認させてくれ。ＩＣＰＯが追っているのは大金を得たドクター・バーネットだよな。彼はどこかの八百長フィクサーにつながってるのか」

「通信記録や金融機関の調査では、組織との関わりは何も出てきていないわ。こっちの機関の協力を得て、引き続き調べているけど」

「ドクター・バーネットが直接動いている可能性もあるな。彼が絡んでいるとして、実際に行動したのは誰なんだ？　八百長手法の三パターンからすれば……、負けたアルゼンチンのプレイヤーか？　それとも審判の誰かなのか。ドーピングの線はないよな。このあいだの大会では誰一人として引っかからなかったんだから。つまり、いまのところ、勝利したアメリカ代表チームのプレイヤーは疑惑の対象からは外れることになる。そう考えていいのか？」

奇《く》しくも、ちょうどそのとき、車は『ビーグルス』のキャンプ地として知られる高原にさしかかっていた。

標高が高く、過ごしやすいエリア。ハイウェイからも、練習場のファサードと巨大なアド・ボードがいくつか見えた。

パブロ・モスのパネルが目を惹く。ジムのマシンで脚のトレーニングをしているシーン。鍛えられた大腿筋がみごとだ。

『ビーグルス』は、米プロリーグ・クラブチームのひとつだ。

耳の長い愛玩犬、ビーグルをマスコット・キャラクターにしたクラブで、パブロ・モスはここに在籍している。『ビーグルス』からアメリカ代表に選出されたのは、パブロただ一人だ。

クラブオーナーのビル・バリーは、ほかにもバレーボール・クラブやアイスホッケー・クラブなど、メジャースポーツのチームを抱えている。

ビル・バリーのメインビジネスは、カリフォルニアを中心に西海岸でチェーン展開しているスポーツ・ジム『エブリタイム・フィットネス』。

メジャースポーツで活躍するアスリートたちは、ジムのイメージ・キャラクターとして集客にも大きく寄与しており、むろんパブロも広告塔になっている。

そのあたりまでは、隆一も知っている。パブロ関係のミニ知識として。

マヤもパブロのパネルをうっとり見ていた。よだれが出そうな顔だ。

「まさか、今日のうちに彼に会えるとまでは思っていなかったわ」

「あれっ、君もパブロ・モスのファンなのか」

「間近でパブロと会える機会が、誰にでも与えられているわけではないでしょ。それは確率的にも確かなこと」

エヴァ・ハンドラー本部長のつてで、隆一はパブロ・モスに密着取材できることになっている。期間は今日を含めて三日間。

「クラブオーナーが、本部長の旧知の友人なんだそうだ。本部長は『エブリタイム・フィットネス』グループを我が社のクライアントにしている。データアナライズ部門が、フィットネス会員個別のトレーニング・データをスマホと連動させたメンバー向けアプリを受注しててさ」

「ランニングマシンやトレーニングマシンでの走行距離や消費カロリーがわかるっていうアプリ？」

「まあそんなところさ。会員のメディカル・データからダイエットプログラムを作ったり、筋肉の量や体格からトレーニングメニューを提案したり」

「『オッド・アイ』も手広くやってるのね」

「ハンドラー本部長にしても、ブルーノにゾッとさせられたものだから、ワールドカップの件の手がかりを得ようと必死なのさ。それでコネを使った」

パブロは勝利の立役者だ。まずは彼から、データ・アナリストたちがつかめなかった力の源《みなもと》をじかに聞き出せと命じられている。

隆一にとっては、ありがたいとばかりはいえない。いや、きわめて底意地の悪いやり方ではないか？

元フィアンセは、ワールドカップのスタジアムで例の試合を観戦していたのだ。

アリシアが対アルゼンチン戦の会場にいたことは、後から人づてに聞いて知った。

彼女はどこにいても目立つ。

凄いゲームだった。あの大歓声。サポーターたちのどよめきで、スタジアムには爆風が起こっていた。皆がひとつの心臓になったみたいに、どくどくと脈打っていた。

そのなかに、夢見るような瞳のアリシアがいた。

アリシアの存在がパブロをかき立て、恋が勝利への意欲に火をつけた、とか、そんなケースだって考えられる。

彼女が勝利の女神だったのだろうか?

隆一の想像のなかのアリシアは、困った顔になった。

〝わかるわけないわ、そんなの。そのあとの準決勝戦では負けたんだし。パブロはただ、ついてただけでしょう……〟

車のスピードが落ちた。アクセルを緩めたせいで。

今日はアリシアにも会うことになるのだろうか。『ビーグルス』から指定されたパブロとの待ち合わせ場所は、このキャンプ地ではない。

指定されたのは、ここからさらに小一時間ほど北に走った先――、サンルイスオビスポの町にある、アリシアの別邸だ。

アリシアは、日頃からその屋敷で週末を過ごしている。

「答えはノーよ」

マヤがいい、隆一は現実に立ち返った。

「何の話だったっけ」

あっさりと、マヤは核心にふれた。

「アメリカ代表を疑いから外していいかって話。実をいうと、パブロ・モスこそ最も疑わしいの」

Chapter 3

1

静かにしていた小ウメが、嬉しげに六回吠えた。

「何なの、この吠え方」

織部マヤは不思議そうだ。

「今日は土曜だって意味なんだ。月曜が一回、火曜が二回。こいつには曜日がわかってる」

隆一はハンドルを切った。サンルイスオビスポの町に降りるのだ。

土曜には、付近の渓谷を根城《ねじろ》にしている農家が、自慢の作物を町のダウンタウンに持ち寄る。

ファーマーズ・マーケットのテントが見えてくる。懐《なつ》かしさがこみ上げてきた。

麦わら帽子にサンドレスのアリシアが、むきだしの肩にかけたトートバッグいっぱいにオーガニックのトマトを詰め込む。隆一は地ビールの担当だった。

農家が自分の農園から持ってくるハーブ苗《なえ》は、大きくて丈夫だ。ポタジェ作りをするのだと意気込むアリシアの力んだ顔。みな、ついさっきのことだったように思える。が、それはすべてがおかしくなる前の話――、そう、昔のおとぎ話だ。

「ワインぐらいは買って行きましょうよ。手土産に」

「だったら選んできてくれ」

パーキングの木陰に車を停めた。

マヤを降ろして、ラップトップに向かい、隆一は〝調査〟にかかった。気にかかったことを入力していく。

まず、ドクター・マシュー・バーネットについて。彼は国防高等研究計画局で何の研究を行っていたのだろう？

そして、ギャンブルで大金を手にしたというのに、なぜ局を辞めてもリタイアせずに、『オッド・アイ』に入ってきたのか。バーネットは我が社で何を研究するつもりなのか。

疑問を書き込み、自分なりの情報ルートに乗せた。

マヤはワインの袋を手に戻ってきた。

車をスタートさせる。小ウメはすでに興奮のきわみで、しっぽをちぎれんばかりに振り始めた。残念ながら、隆一にはもうそこまでの気力はない。

町を離れて、上り勾配《こうばい》の道をしばらく走り、小さな渓谷を渡る。橋の向こうはライ麦畑だ。

麦畑とワイン用の葡萄畑が交互に続く丘のいただきに、中世ふうの屋敷が見えてきた。どこかスペインの古城を思わせる。かつては領主の家だったこともあるという。敷地ぎりぎりまで、麦畑と牧草地が迫っている。もっとも、手入れが行き届いているのは一区画前までで、屋敷の周囲一エーカーは雑草だらけになっていた。やはり、屋敷の敷地も農家に手入れを頼むべきだったと考えた。アリシアはどう反応しただろうか。

空は青い。

私道の小径《こみち》に入ってゆくと、車が停まっていた。八〇年代のシボレーC1500。ハリウッド・セレブに人気の旧式のピックアップトラックだ。窓はスモークガラスで、内部は見えない。

タフで頼もしいという点では、サッカー界のニュー・ヒーローにふさわしい車だ。

「パブロの愛車ね。セレブの特集記事で見たわ」

マヤがいう。

隆一は門を開けるリモコンを持っていた。以前ならだが。

今日はそうはいかない。パブロ側から教えられていた電話番号に、マヤが電話して来訪を告げた。

やがて、門が開けられた。

ガレージに入り、車のドアを開けると、小ウメはもはや待ちきれず、猛ダッシュでエントランス・ホールへ飛んでいった。

ホールの奥からも、弾丸のように犬たちがこちらめがけて飛び出してきた。

小ウメの兄弟、小マツと小タケだ。松竹梅から隆一がつけた名前だ。ただし、アリシアはマットとタークと呼んでいる。彼女は、小ウメを返せといってこない。Umeが発音しづらいかららしい。

小マツも小タケも、みっともないほど毛むくじゃらになっている。そのうえ、毛並みはどことなく汚れていた。

「なんか臭いぞ、おまえら」

まったく、おかしい。アリシアはトイプードルたちの手入れを怠《おこた》るような性格ではなかった。

彼らは隆一にまとわりついてきた。昔はアリシアだけに夢中で、見向きもしなかったのに。

ロビーを抜けていく。小マツと小タケが種々の小型犬コンテストに入賞したときのトロフィーと写真が飾ってあった。それに、さっそうと誇らしげなアリシア。

それとは別に、小ウメの写真もあった。小ウメはコンテストには出ず、応援席に隆一とともに控えていた。〝キュートなだけでなく、優雅でないと〟とダメ出しされていたからだ。

「彼女、いるのか？」

プードルたちに聞いた。

率先して、犬は奥へと駈けてゆく。

アリシアはいた。

いや、正確にいえば、アリシアとパブロ・モスが、だ。

艶《つや》の出たオークの床、鍛鉄《たんてつ》の装飾、石の壁。古風なテラスから遥かに広がる田園風景を背景に、時代物のソファから立ち上がったパブロは、まるで代々続いたこの家の当主のようだった。

アリシアは座ったままだ。

シャンパンの空き瓶と二つのグラス。彼女は酔ったような目をしている。下まぶたが腫《は》れぼったく赤い。だけど、この目にやられてしまう奴も多いのだ。

「相変わらず、素敵ね」

こちらを見るなり、アリシアはいった。

これは、ぼくのことだろうか？

そう聞こえたが、隆一には、誰にでもいうお愛想に思えた。

小ウメは、構わずアリシアに飛びついていく。あとの二匹は、多少及び腰だ。苦い顔をして、おざなりに彼女は犬を撫で回し、すぐにフロアに放《はな》って命じた。

「あんたたち、あっちに行ってなさい」

犬たちは従順に、でもなんだか寂しそうに、つるみながら犬用ラグを敷き詰めた隣の〝遊び部屋〟に行った。

「やあ」

パブロは犬に構わず、まずマヤと挨拶を交わし、続いて手を差し出してきた。隆一が応じると、ガシッと握り返された。

「待っていたよ」

その言葉とはうらはらに、パブロはどこか上の空だった。

パブロはいま、歓声を一身に浴びている人間のはずだ。人も羨《うらや》む精悍《せいかん》な容貌《ようぼう》、若さ、しなやかで強靭《きょうじん》な肉体、名誉。

なのに、すべてを手にしている人間特有の目の輝きとオーラが、いまの彼にはない。グラウンドで敵のディフェンスを突破し、ゴールに突進していくとき、逞《たくま》しく地を蹴ったその脚が、いまは地表のありかを探しあぐねているようだ。

「その、二人は……」

そんなパブロに向けて、まず聞きたくないことを聞こうと口を開いたとき、マヤが先に切り出してくれた。

「お二人は、つきあってるんですか」

助かった。率直すぎる質問だが。

「とんでもない」

「パブロと？　まさか」

同時に答えが返ってきた。

「デートの写真を撮られてましたよね」

と、マヤ。

「あれは話してただけ。下のアビラ・ビーチで歩いてたら、パパラッツィにしっかり撮られちゃって」

　海岸方面に車で降りれば、きれいなビーチや砂丘がいくつかある。

「そうなんですか？　でも、でしたらなぜ、モスさんは待ち合わせにこちらのお屋敷を指定されたんですか」

「待ち合わせに便利だと思ってさ」パブロ・モスが答えた。「『オッド・アイ』からリックが取材に来ると話したら、彼ならここをよく知っているから、顔合わせに屋敷を使えばいいといわれて」

　居心地が悪かった。隆一はアリシアに向かっていった。

「君もパブロのインタビューに立ち会うのか」

「お邪魔しないわ。お医者さんが来るし」

「誰の？」

「犬たちのよ」

「どこか悪いのか」

「いつもの健康チェックよ」

「そういえば、小タケや小マツのグルーミングはどうなってるんだ。あいつら臭いぜ」

このカウンターパンチは入った。入りすぎた。アリシアはうっと呻《うめ》いて、泣き出しそうな顔になった。

「ごめんね。臭くなっちゃった？　サボってたから。あたしね、ぜんぜん、やる気が起きないの……」

泣かせる気までは、なかった。

「だったら、ぼくが預かるか？　みんなまとめて」

「それはダメ。あの子たちがいないとダメ」

まるでだだっ子だ。ききわけがないにもほどがある。

「じゃあ、手入れしてやれよ。トリマーか誰かを呼べば済む。ベッキーに頼んだっていいのに」

三日に一度は家政婦のレベッカが来る。

「肝心のときになると、忘れちゃうのよ。それに、あたし自分でやりたいのよ。でも、体が動かないんだもの。大丈夫。今日はトリマーも一緒に来てるから」

失礼するわね、といってアリシアは席を立った。

「行っちゃったね……」

パブロは、懐《なつ》いている飼い主に去られた犬のように、寂しそうに呟いた。

隆一は、自分もこんなふうに見えるのだろうかと自省した。

「で、何の話だったっけ」

パブロの声は心細げだ。パブロ・モスはいまや時の人だ。

「君の活躍の話さ」

彼は眉間《みけん》に皺を寄せた。

「そんな資格はないんだ、実際のところ。どうしてみんながあんなに騒ぐのかわからない。空中で逆さになって、球《ボール》をちょっと蹴っただけのことでさ」

「そんなことはない。全米が君のオーバーヘッドシュートに沸いたんだぜ」

「運に恵まれただけさ。またやれといわれたって、やりようがない気がする」

「スーパーアスリートがそんなことをいうようじゃ困るな。ミラクルプレイと呼ばれるものは、そういうものだろう。何度もないから奇跡なんだし」

「正直いって、ぼくはいまの自分がいる立場が怖い。落とし穴が口を開けて待ち構えている気がする」

「いまが頂点だって思ってるのか？」

「これまでに比べれば、くらくらするほど高いところにいるよ」

「あのな。人生、下り坂がいちばん楽だっていうぞ。誰もが、君がいるような高みまで上れるわけじゃないんだ」

　思わず、アスリートのメンタルトレーナーなら絶対にいわない台詞が出、隆一は自分がなぜいつでも坂の下にいるのかを考えてしまった。

「あんた、いい人だな」

　パブロは微笑んだ。はにかみ混じりの、人懐っこい微笑み。あらゆる人が魅了されるのも当然だろう。

「バカをいうなよ」

　ちょっと絆《ほだ》されて、もうどうでもいい気がしていた。そもそも、人と人との心技体がぶつかり合うゲームに、正解なんかあるのだろうか、と。

「えーっと、すみません」

　黙っていたマヤが割り込んできて、攻勢をかけはじめた。

「モスさん、あなたはイングランド・プレミアリーグから放出されてロスの『ビッグルス』に〝落ちて〟来たんですよね。それが一年ほど前の話です。当時に比べたら、尋常じゃないくらいのパワーアップですよね。やっぱりトレーニングの成果ですか？　とくに最近です。なかでも、W杯中は絶好調でしたね。大会直前のテストマッチや壮行試合に比べても、格段にパフォーマンスが違いますもの」

「リック、この彼女は？」

パブロは助け舟を求める表情になっている。

「ぼくの助手なんだ。彼女はデータおたくでね」

隆一はパブロと目を合わせなかった。本当のことは、とてもいえなかった。

織部マヤからは、ICPOがパブロ・モスを疑った理由を打ち明けられている。

『オッド・アイ』のエースたちとは全く異なる観点から、彼らもビッグデータを蓄《たくわ》え、アナライズしていた。

ごく一般論でいえば、サッカーの場合は、一人の選手が一試合で何キロメートル走ったとか、出場時間に対するプレイ数の割合、といったことから始まって、スルーパス受け数、クロス受け数、ボールゲイン、ボールロスト、アシスト数、オフサイド数、シュート数、ミスシュートの数、シュートを打ったエリアの地点、空中プレイの数等々、とにかく思いつくかぎりのプレイのデータが収集されている。

たとえば、クリスティアーノ・ロナウドとメッシのどちらがより広い範囲からシュートを成功させてきたのかといったことも、これらのデータから明確に割り出されてきた。

精神的な切り替えの早さや、高揚感の影響力さえも分析されている。

ファウルを取られたあとのプレイはどうか。凹《へこ》むか挽回《ばんかい》するか。悪態《あくたい》をついたあとは気が晴れてプレイに集中できるのか。ゴールを喜ぶダンス・パフォーマンスやガッツ・ポーズによるエクスタシーは、その後のプレイをいかに活性化させるのか。

いままでは、選手がツイッターやブログで愚痴をもらした翌日のプレイはどうだったか、さえもデータ化されているのだ。

隆一が手元のタブレットで検索してみただけでも、すでにアメリカ・プロリーグでは三万を超える試合から五千万件に近いデータが蓄積されているらしい。

マヤによれば、ＩＣＰＯはその手のデータも活かしながら、彼らがこれまで専門的に収集してきた独自のデータに基づいてパブロを〝怪しいと睨んでいる〟という。

彼らが蓄えているデータは、『オッド・アイ』のエース、デュカスやリップマンたちには想像もつかないものであろう。

「アスリートの方々について、こんな面白いデータがあるっていうんですよ」

マヤは伝聞の形にして切り込んでゆく。

「知り合いから聞いたんですけど、インターポールには、極端に身体的パフォーマンスが変化したアスリートのデータが残っているそうなんです。オリンピックや国際大会の競技がらみで。予選や練習時の映像も保存されて、最新の技術で詳細に分析されてるんですって」

「インターポール？」

パブロがなぜかぶるっと震えた。

「ええ」

「インターポールがアスリートのビデオを分析してるっていうのか？」

「ええ。ジャンプとかキックとか、脚の上がり具合とかスピンとか、ひとつの細かい動作の変化だけじゃなくて、瞳孔《どうこう》の開き具合や呼吸の頻度《ひんど》まで」

「何のために？」

「ドーピング検査で違反が判明したアスリートたちの身体的変化を記録してるらしいですよ。教えてくれた知り合いは『ブラック・データ』システムなんて呼んでましたけど。それで、モスさんの身体的パフォーマンスの変化は、そこに記録されていたどのデータをも上回るほど極端にアップしているといわれたんです」

おい、やりすぎだろう。

隆一は慌てた。

マヤの言葉に含まれている棘《とげ》に、気づかないほうが無理というものだ。よほどの間抜けじゃない限り、彼女が何をいいたいかはわかる。

パブロは、そんなに動じていないように見えた。最初は。

「でもさ。それは個人競技の話だよな。サッカーの場合はチームプレイだ。監督の指揮、個々のプレイヤーの状態、相手の状態。すべてがあいまってゲームになる」

「勝てたのはあなた一人のおかげじゃないって、そういわせたいんですか」

「決まってるだろ」

「いいえ。リオネル・メッシの話ですけど、いままでは、同じチームのフォワードにメッシがいるかいないかで、チームに有意な力の差が出ることがデータにはっきり出ているんですよ」

マヤは引くどころか、さらに突っ込んだ。

「ぼくは単に調子がよかっただけさ。自分でも信じがたいほどだったけど。君は、ぼくがドーピングしてたっていいたいの？　まさかね。ぼくはきちんと検査を受けている。もちろん結果はクリーンだった。第一、誰も違反者は出てないんだし、この二十年というもの、W杯でそんなアンフェアなことをした奴は一人もいない。ただの一人も……」

彼の声は震えてきた。

「それはどうでしょうね。方法はないとも限りません。新しい薬剤の出現も危惧《きぐ》されていますし」

マヤは容赦なかった。

「そうまでいうなら」

パブロの歯が鳴り出した。明らかに彼は興奮している。

「仮定の話をしよう。たとえ、ぼくが試合でドーピングしていたとしても、今となっては君たちには証明しようがないじゃないか。そうだろう？」

「それは、おっしゃる通りです」

ＦＩＦＡの指定ラボはいま、スイスのローザンヌにある。大会によっては、サンプルは現地から空輸されてくる。そのための二、三日でも劣化が懸念されているほどだから、すでに終了後一ヵ月はたっているサンプルは、相当劣化しているはずだ。同じ理由で処分されたかもしれない。

だからといって、いま検体を新たに採取したところで、意味はない。

「確かに、証拠なしでは処分には至りませんね」

マヤは憮然としている。

「これは聞き流してくれていいんだけど」

隆一は口を挟んだ。

「〝隠された罪の問題〟っていうことが、ソクラテスとプラトンの間で、すでに紀元前から話題になってた。つまり——、神と当人を除いては誰にも明らかになっていない犯罪、ってことだけど」

「あんたまで」

パブロは拳を握りしめた。

「ソクラテスはいっている。〝人はどこへ行こうと、どんなことをしようと、彼は自分を見ている者を持つ。彼自身は自動的に法廷となり、良心と呼ばれる裁きの場所になる〟……てなことを」

「そんな話をしに来たのか。ひどい決めつけだ。あんた方の会社のデータ予測何たらがひどかったのを、ぼくのせいにしようだなんて、いかれてるぜ」

「思いあたる節《ふし》はないんですか？　あなたが知らないうちに、誰かに何か盛られた可能性だってありますよ」

マヤが重ねて尋ねた。

「何てこった！」

パブロは荒々しく立ち上がった。

「失礼にもほどがある。薬はやっていない。絶対にだ。あんたたちにはわからないんだ。ぼくの気持ちは……わかるわけがない！」

出て行け、と怒鳴りたいところだっただろう。自分のホームグラウンドなら。しかし、ここはアリシアの屋敷だ。

わなわなとした手つきで車のキーをがちゃつかせ、パブロは唇を嚙みしめながら席を立った。

「頭を冷やしてくる。話はここまでにしてくれ」

彼は出て行ってしまった。

2

「やっぱり不自然ね、彼。動揺が凄いもの」マヤはしたり顔になっている。

「何であんなに挑発したんだ」

「そうするしかなかったから。本人に直接疑問をぶつけるチャンスだもの」

「でも、そこまでするか？　君もいっていたように、仮に彼が何らかの方法でドーピングしていたとしても、ＦＩＦＡの検査をパスした以上、いまさら処分することなんてできないんだし」

隆一は疑問を口にした。

「はじめから、パブロのことを処分するつもりなど、私たちにはないの。ＦＩＦＡにだって、そんなことを頼まれてはいないわ」

またも意外なことを、マヤは明かした。

「何だって？　だったら、なぜ……」

パブロを責めたのか。

マヤは話し始めた。

「ＦＩＦＡよりも、ＷＡＤＡとの連携なの」

「聞いたことないな」

「業界では有名ね。世界アンチドーピング機構（World Anti-Doping Agency）っていう組織なの。ＷＡＤＡでは、スポーツのフェアプレイを守るため、不正薬物を検知する方法を開発しているの。俗に〝隠蔽剤《いんぺいざい》〟と呼ばれる薬物の検出に努めたり」

「隠蔽剤？　そんな薬があるのか」

「使われた禁止薬物を体外に早く排出する役割を果たす薬があるのよ。代謝促進剤ね。実際、これらを使うと発覚しにくかった時代があるの。でも、いまでは隠蔽剤も何種類か検出できるようになってるけど。ドーピングの世界では、新しい方法が常に編み出されてて、取り締まる側との追いかけっこなの」

「そうまでして勝ちたいものかな。アスリートたちは」

「お金がかかってるもの。とくにオリンピックのメダル獲得競争がヒートアップしている。こっちの場合は、八百長目的よりも賞金目的ね。発展途上国では、一生裕福に暮らせるだけの賞金が国から出たりするから。まして、禁止されてない薬物を発見して使えば、勝てるうえに咎《とが》められないんですもの。スポーツドクターを巻き込んで、検査機関との知恵比べね」

「効き目のいい薬が発覚しなかった例はあるの？」

「エリスロポエチンという造血ホルモンを注射したケースとか。ホルモンの働きで赤血球が増えて、酸素が筋肉へ運ばれる量が飛躍的に上がり、しかも持続するの。もとから体内で作られる物質なので、尿検査ではわからなかったんだけど」

「検査でわからないはずの方法が、なぜ発覚したんだ」

「そもそもは、人間の運動能力を向上させる物質を研究していたイタリア人の生物学者、コンコーニが見つけた方法なの。彼は、弟子とともに自転車競技者に造血ホルモンを試した。そして、結果を出した。開発当時は違反ではなかったの。皆知らなかったからね。ところが、コンコーニはそのことを公表していたから、方法は周知のことになった。そのうえ、エリスロポエチンは赤血球を増やすから、副作用として血液がどろどろになって詰まりやすくなることがわかったわけ。造血ホルモンを使うことじたい、選手にとっては危険なのよ。結果、禁止となった。このことがあって、多くのドーピング検査には尿検査のほかに血液検査が導入されるようになったの……」

だとすると。

マヤの話を頭の隅に流しながら、隆一は考えていた。

織部マヤが捜査しているのは、まだ一般には流布していない薬物なのだろうか。

「あなたたちったら」

叱る口調の声が響いて、思考を遮《さえぎ》られた。

戸口に、腕組みしたアリシアが佇《たたず》んでいる。

「聞いてられなくて戻ってきたの。我慢ならなくなっちゃったわ。あなたたち、ひどいことというのね……」

「え、聞いてた？　……あっ」

頭からすっかり抜け落ちていたことを、隆一は思い出した。

「君、あっちで聞いてたのか」

犬たちの様子を見るために、この屋敷のあちこちにはカメラが据《す》え付けられている。犬を撮るため、低位置に据えられているのでソファのほうは映っていない。だが、物音だけは流れてしまう。スマホやタブレットでも聞けるはずだ。

アリシアは不機嫌だ。

「ドーピングだなんて、あんまりじゃない。パブロはたぶん、亡くなった弟さんのことを考えながら戦ってたと思うの。だから、思いがけない力が出たの」

「ふうん。それが君の考えか」

「彼はチャリティーに関心があるのよ」

「へえ。君はパブロといつからの知り合いだっけ？」

「彼も犬を飼ってるのよ。その関係で、犬のお友達。半年くらい前からだったかな。動物の話と、チャリティー絡みの話をしてるの。弟さんは消防士だったんだけど、殉職したんですって。だから、遺族会とかに関して、彼は一生懸命で……」

「君にスポンサーになってほしい、とか？」

「動物たちや子どもたちのためなら、喜んでスポンサーになるわ」

「君のところには、金を目当てに寄ってくる奴が多いんだ。チャリティーとか、子どもたちとかをちらつかせてさ。だから、気をつけないと」

「何をいまさら。そんなの飽き飽きするほど聞いているわ。あなたとのことだって、気をつけろって人がいっぱいいたでしょ」

隆一はカッとなった。

「でも結局、パブロ・モスを支援するんだろう？　チャリティーに熱心なのはいいけどさ。君、いちど見てもらったほうがいいんじゃないか」

「何のこと？」

「少し前から思ってたんだ。もしかするとだけど……、君は双極性障害なんじゃないかって」

「何ですって」

きっと睨まれた。

「気分にむらがあるだろう。人の何倍もやる気になって頑張ったり、無気力になったり。躁《そう》状態と鬱《うつ》状態が交互に来ているのかもしれない」

「前にもいったはずよね。ぜんぜん心配ないのよ、私のことは」

アリシアは髪をかき上げた。

隆一には、理解できなかった。一年ほど前から、彼女は何の断りもなく行動し、芸術やスポーツ観戦や犬のことに、これまでなかったような情熱を注ぎはじめた。

ある朝のこと、家にいたはずの彼女の姿が見えないことから始まった。そのときは、ジョギングに出ていただけといわれたが、そのうち、行き先を告げずに留守にするようになった。文句をいうと、〝私を縛らないで〟という。犬を連れて、にわかに海外に旅立つこともあった。パリ、ロンドン、ドバイ、ヴェニス。

それからは、めまぐるしかった。

突然、アリシアは下院議員の選挙に出ると宣言した。彼女は早朝から深夜まで、電話やメールにかかりきりになった。

彼女を後押ししたいというメンバーは大勢いた。選挙の成功は疑いなかった。何にしても著名だし、ブルーノという大きな後ろ盾もある。もちろん資金も。当のブルーノも含め、大勢が夢中になって、コネやらってを使い、競うようにアリシアの大きな夢を叶えようとした。

隆一は蚊帳《かや》の外だった。アウトサイダーにして逆玉《ぎやくたま》の輿《こし》に近い人間に、出る幕などあるはずもない。

そうだ。

二人の楽しかった生活はアリシアの一時的な気まぐれに過ぎず、勝手気ままで華やかな彼女こそ、本来の姿なのだろう。

疎外感から、隆一は彼女のことを気にかけないよう努め、干渉しないようになった。

選挙本部も立ち上がり、人員も揃い、各界の大物たちも動き出し、順調に資金も集まりだしていた。なのに、いざこれからというときになって——、彼女はまたも予期せぬ行動に出た。

やっぱり出ない、とだだっ子のようにいい出し、誰がどうなだめすかしても、考えを変えなかった。

出馬の話はご破算《はさん》になった。

ブルーノの面子《メンツ》は潰れ、振り回された周りの友人や支援者からも顰蹙《ひんしゅく》を買った。

選挙の話がこうして霧散すると、彼女の生活はさらに気まぐれなものになった。すでに習慣のようになっていた夜更《よふ》かしがたたり、眠る時間が昼夜逆転に近くなった。昼間は眠さでだるそうで、我慢しきれずに仮眠を取ることも、毎日のようになった。

「君、薬をやってる？」

「断じて、やってないわ」

彼女はまた髪をかき上げた。

それは本当のようなのだ。昔、隆一は徹底的に家捜しをしたことがある。薬のたぐいは何も見つからなかった。睡眠薬や風邪薬、鎮痛剤さえも。

アリシアは薬の代謝機能が弱い体質で、副作用がひどいからと薬を嫌っている。アルコールは関係ないのだそうで、ワインやシャンパンはいいらしい。

アリシアは、日頃から好んで週末を過ごしていたこの屋敷に――彼女の所有している数ある邸宅の一つで、三年前に買った――これまでにもましてよく訪れるようになり、宙ぶらりんのいまは、ここを拠点にしている。

「今度は私が薬漬けだっていうの？　私が病気だっていうの？」

「わからないけどさ。でも、いちど専門家に見てもらったらどうかな。少しは気分が変わるかもしれないし」

「嫌よ」

「一流のアーティストにこの状態だった人が多いっていうよ。ゲーテとか、ゴッホとか」

なだめるつもりでいったが、アリシアは頑《かたく》なだった。

「ぜったい、嫌」

ノーが出た。こうなったら、いま考えを翻《ひるがえ》させるのは無理だ。彼女は、やると決めたことしかしない。

「ごめんなさい、もう失礼しましょう。モスさんとも仕切り直さなくてはならないし」

マヤが、見かねたようにいい出した。そうでなくても、アリシアとのやりとりは、みっともない私的な口喧嘩にすぎない。

「そうよ。帰ってよ。ろくにお構いもできなかったけど」

アリシアもつれない。

「小ウメはどこだ?」

「コ・ユーミーちゃん。ユーミー!」

アリシアは大声で呼んだ。クィーンと、哀しげな返事があった。ママと離ればなれにされるのがわかっている声だ。

トリマーらしいきれいな女性が小ウメを抱いてきた。小ウメもついでにグルーミングしてもらったらしく、こざっぱりしている。

と。

エレガントなチャイムの電子音がした。スマホの着信音だ。アリシアはディスプレイを確認した。

「あ、パブロだわ」

彼女は呟いた。

メッセージを読み進むにつれ、アリシアは青ざめ、怯《おび》えだした。

「大変。見て」

「どうした」

「ああ、どうしよう……？」

アリシアの声は震えていた。隆一はディスプレイをのぞき込んだ。

〝もうだめだ。これ以上は耐えきれない。怖いが腹を括《くく》って、ぼくは次なる世界へ行く。キャスとキャムのことが心配。とりあえずはあいつらのこと、それだけは頼みます〟

「キャスとキャムって？」

「彼の愛犬たちよ」

パブロは自ら自分を破滅へと追い込もうとしているのか？　それにしても、なぜだろう。隆一は当惑していた。ぼくらが彼を責め立てたせいだろうか。しかし、何の証拠もないことだ。この状態でオープンにすれば、ぼくらの方こそ名誉毀損《きそん》で訴えられかねない。パブロはそんなにヤワなのだろうか。感受性が強すぎやしないか。

メッセージを見て、皆の心にあることをそのままずばりと口にしたのは、マヤだ。

「これは死ぬつもりだわ」

三人は、互いに顔を見合わせた。

Chapter 4

インド、ムンバイでのあの日、タラはオフィスのトイレの個室にいた。

サリーのスカート状になっている部分をめくりあげる。下腹部は汗ばんでいた。二百ミリリットルの血液バッグをラップにくるみ、帯状に腰に結《ゆ》わえつけてある。布を下ろしてスカート部分を整え、体の前面にサリーの裾を垂らしてドレープさせると、臍《へそ》の下の不自然な膨らみが隠れた。

個室を出、タラは自分の顔がこわばっていないかどうか、トイレの鏡で確認した。

大丈夫。

目を閉じて両手で顔を覆い、深呼吸をして頬をもみほぐす。

見つかるはずがない。タラは自分にいい聞かせた。

同じ行動を、もう五回は繰り返してきた。今日で最後だ。今回を乗り切れば、仕事は一段落する。

サリーの下には、血液バッグが六つ隠されている。アニラの小屋で、サンジャイが犬たちから採血し、販売用のものとは別に仕分けてあったものだ。

そのまま、物品管理棟に向かった。

タラの仕事は、実験用ロットの在庫管理や備品調達のシステム管理だった。

彼女は、この外資系薬剤会社に雇われているインド人のなかでは、すこぶる信用を置かれるようになっていた。姉のアニラが飼っていた犬たちのおかげだ。

「動物を調達したいんだ」

と、あるときラボの研究スタッフに頼まれた。

「マウスですか？　それともラット？」

実験用の動物といえば、たいていはマウス類だ。その手のものは業界の市場で購入できる。

「マウス類の実験は日本で済んでいるんだ。次の段階では犬や猫に応用していく。それから家畜にも。牛馬や豚、鶏、羊……。いまうちの部門では、動物のためになる製剤の研究をしていてね」

「製剤って？　何の研究ですか」

この会社の雇用契約書には、社内で得た情報を外部に洩《も》らさぬこと、と書かれており、皆それにサインしている。

とはいっても、研究スタッフは開発中の新たなマテリアルの内容をなかなか明かしたがらない。

実をいえば、製剤のノウハウは、この会社にはなかった。新たなマテリアル——物質素材、あるいは製剤——を作る製造部門も工場もない。

国際的に、医薬マテリアルの開発は分業になる傾向がある。開発、実験、製造を、それぞれ別の国で行ったほうが、コストの上で効率的なのだ。

ムンバイのこの社では、新マテリアルを用いた各種の実験のみが行われている。つまり、社のスタッフに尋ねても、マテリアルの製造方法に関する細かなノウハウはわからない。特許関係の法務のほうは、日本人の発明者と出資者が行っていて、マテリアルは日本の大学で作られている。

ムンバイには、日本で作られた研究用のマテリアルが送られてくる。こちらでは、開発社の指示に基づいて、実験が行われる。

が、このときは、タラはある程度のことを聞かされた。研究スタッフは、タラの姉・アニラが動物をたくさん飼育していることを聞きつけていた。

「実験用の犬や猫が欲しいんだ」

「どんな実験をされるんです？」

最初はぞっとした。マウスが解剖され、細胞片になる様子はよく目にしている。

話があったとき、タラは尋ねた。生死に関わり、彼らが苦しむような実験には、犬でも猫でも、自らは提供したくなかった。

「すでに臨床実験の段階なんだ。動物たちは死なないし、危険でもない」

スタッフは、きわめて安全だと保証した。ラットでは実証を得ているとタラは聞かされ、実際に、生きて元気に活動している実験後のラットたちも見せられた。

それでも、簡単には頷けなかった。

「何を試すのか聞かせていただかないと」

要点が話されたのはそれからだった。

「動物のためになるものでもあるんだ。輸血を試すだけだから」

タラには馴染みのある言葉が出てきた。

「輸血？」

「人工血液をそれぞれ試すだけなんだ」

研究スタッフは明かした。

「新しいマテリアルは、動物たちの人工血液でね。このマテリアルが世に出れば、いずれ、どの血液型の動物にもためらわず輸血できることになる」

タラは我が耳を疑った。

アニラがペットの血液バンクをしていることから、タラにも動物の血液型について一般的な知識がある。

動物にも、人間と同じように、抗原抗体反応があり、血液型を調べずに輸血をすると、型が不適合の場合、急な溶血《ようけつ》反応などを引き起こしてしまう。犬の場合は、初めての輸血では重篤になることがきわめて少ないが、二度目に反応が強く現れる。一度目の輸血で抗体ができるためだ。猫の場合は、初めての輸血から重篤になる可能性がある。彼らは抗体をもとから持っているためだ。

動物によって少しずつ状況は異なるが、いずれにしても、不適合のケースを防ぐためには、レシピエントとドナーの血液を採取し、クロスマッチテストをおこなわなければならない。

「本当なんですか？」

いずれの型にも適合する血液が合成されたとは、タラには信じがたかった。

どう作ったのか、この新マテリアル――人工血液――には血液型がなく、すべての血液型に適合するのだという。

ごくおおざっぱに聞いただけでも、通常なら輸血の前に小一時間ほどかかる血液マッチングテストの必要が、医療行為から省かれることがわかった。大けがなどで迅速《じんそく》な輸血が必要なケースに、即刻対処することが可能になる。

「驚くだろう。しかも、ウィルスの感染が激減する」

これにも、タラは唖然《あぜん》とした。

人間の血液製剤については、輸血で大きな問題となった肝炎やエイズなど、ウィルスの感染を防ぐスクリーニングが必須だが、それでも百パーセントではなく、すり抜ける病原体もある。

ペットの場合は、人間と比べて遥かに後《おく》れた状況だ。ウェブサイトなどで最先進国の動物病院を見ても、その手の機材はたいてい置いていない。ウィルスのスクリーニングまではどこも手が回っていない。

家畜の場合は、国によっては規制がしだいに強まっている。が、ペットの輸血では、ウィルス感染があり得るとして、飼い主にあらかじめ納得してもらったうえで輸血しているのが現状だ。

アニラのドナー犬たちも、血液検査や糞便の検査、予防注射まではしているが、ウィルスのスクリーニングはしていない。

——すごいことになる。

血液型を問わずに輸血できる血液ができたとすれば、ペット業界ではビッグ・ビジネスになるだろう。

「だから、さまざまな血液型の犬や猫にこのマテリアルを輸血して、生体の反応を見たいというわけさ」

「輸血のあと、その子たちの血液型は変わってしまうんですか？」

「変わらないよ。自身の血液型はそのままなんだ」

「人工血液は、体に入った後どうなるんです？　何か悪影響があるんですか」

「詳細を見るために、これから生体実験していくわけだからね。ただ、いえるのは、生命に危険は及ばないということ。何も輸血で全血液を入れ替えるわけではないしね。それに、動物の体内では自分が作る新たな血液がどんどんできてきて、最終的には人工血液は排出されてしまうんだ」

納得できる話だった。

タラはアニラにわけを話し、犬と猫を集めてもらった。

最初に連れてきたのは、普段からドナーとして飼っている子たちではなかった。万が一を考えてしまうのは、やはり人の子だ。

ところが、研究スタッフにいわれていた通り、実験は安全に続いた。輸血から人工血液排出までワン・クールが終わってしまうと、動物たちは返されてきた。

……というよりも、実験後の動物たちはラボでは不要になるので、結局は処分を嫌ったアニラが引き取った。

このままでは、実験が繰り返されるたびに犬猫が増えてしまう。命に別状がなかったことも踏まえ、子飼いのものを入れ替わりに連れてくることにした。

何といっても、研究所に預けている期間の餌代や散歩の手間が省けるうえに、採血で疲れたドナーたちにとって、血液の補充を受けるのはいい保養になった。

アニラのドナー犬たちは人に慣れており、実験にはうってつけだった。彼らはタラにも懐いている。

タラは供血にも慣れていた。

臨床実験への動物たちの提供を仲介するようになったのがきっかけになり、看護師の資格もあるため、タラはごく自然に、研究補助スタッフ――ラボテクニシャン――に近い扱いになっている。血液バッグのロット管理も彼女の役割になった。

管理棟の玄関には一応ガードマンがいるが、タラのほうはちらとも見ない。もちろん、タラは入庫用のＩＤカードを持っている。

身体検査もされない。

ただし、保冷庫には電子的なセキュリティが施されている。

ロットの持ち出しを防ぐための処置として、保冷庫の入口の床には、ベルト状のセンサーが据《す》え付けられていた。入るときには否応なしに踏むため、着衣も含めた体重が表示される。出るときも同様で、申請していない物品を持って出れば、重量の差が表示されてブザーが鳴るしくみだ。血液バッグはひとつが二百ミリで、およそ二百十グラムになる。

保冷庫のなかは暗い。

入室すると薄い明かりがついた。タラは扉が閉まるのを確認し、奥へと進んだ。

保冷庫のなかの壁には、まるで検視セクションの死体置き場のように、コンパートメント形式の冷蔵庫の扉が並んでいる。

庫内には、他のセクションが使っている冷蔵庫もあり、アイテム別にブースが決まっている。扉ごとに、電子キー用のスロットがついている。ごく単純な機能のもので、ログまでは取られていないことを、タラは知っている。

タラのIDカードの電子キーで解錠できるのは、人工血液関係の冷蔵庫だけだ。担当する冷蔵庫は、最近あらたに四庫ぶん増えていた。

そのうちのひとつを、タラは開けた。トレイには、臨床実験用の血液バッグが並んでいる。

つい二週間ほど前から、ここには新たに日本の大学から送られてきたバッグが置かれるようになっていた。

動物実験用のものではない。そろそろ、アニラの犬猫たちはお役御免になって、実験は次の段階に入る。

この庫内に並んでいるのは、いよいよ新たに開始が予定されている実験のためのもの――そう、ヒトの臨床実験用の人工血液バッグである。

タラは、この企業に長く勤めるうちに、インドという国が国際的なバイオ業界のなかで担《にな》っている、とある役割に気づいていた。

インドには、世界各国で開発中の新薬が大量に送られてくる。

動物ではなく、ヒトの臨床実験用として。

それも無理はない。臨床試験への参加を望む人間が、あとからあとから出てくるからだ。

タラは、ふと、アニラの犬舎を掃除する母娘を思い浮かべた。小銭しか稼げないアニラの動物小屋の掃除係でも、スラム住まいの人たちのなかでは、かなりまともな仕事だ。

スラムの路上生活者のなかには、片足しかない子や、目が片方潰れていたりする子を多く見かける。物乞いをするためには、体が不自由なほうが同情を買えるため、自ら体に傷をつける。

彼らの実入りがいいのを見て、自分の指を自ら切り落とした子を見たこともある。とくに親のいない子はマフィアに目をつけられ、体に障害を負わされてしまう。そうまでして得た金は、ほとんどピンハネされ、僅《わず》かに一滴の湿りを得たのみで体を引きずり、あるいは彼らの仲間となって生きる。

女に生まれれば、十代にならないうちから売春で日銭を稼ぐ。

そんなどん底の暮らしから比べれば、多くの報酬を得られる臨床試験のほうが、ずっとましなのだ。

いい薬に当たれば、体の不調も治るかもしれない。彼らはそう口々にいう。

だが、副作用にあたることもある。ひどいケースでは、死亡例も聞く。

〝人体実験場だ〟とする、外国の社会団体の非難をよそに、引き受け手の多いこの国には、臨床試験のオーダーが殺到してくる。政権も、せめて賠償等がスムーズに運ぶよう、法体制を整備しているさなかだが、世界でも指折りの臨床試験大国であり続けていることに変わりはなかった。

タラの勤める社では、世界各国の製薬会社から寄せられる臨床試験のオーダーを、ひっきりなしに捌《さば》いている。社の営業部には、世界の製薬会社を回る営業マンたちがいた。臨床試験ブローカーだ。

そのブローカーの一人が、研究スタッフに洩らしているのを、タラは耳にとめたことがある。

「開発国の日本では、この新しいマテリアルの臨床試験はまず無理だ。わずか数ミリの新薬でも難しいのに、二百ミリリットルの新しい製剤をヒトの体内に入れて試すことは、役所から認められない……」

日本ではできないことが、インドではできる。命の軽重《けいちょう》を量られたようで何だか悔しい一方で、試験の代金で窮状を凌《しの》いだり、開発された新薬によって助かる人間たちがいることを考えた。

タラは、そうなっている状況だけを受け止めた。

何よりも依頼主は、より多くの人のためになると請け合ったのだ。

タラは思いを集中させた。

まずは、自分たちの家族三人が這《は》い上がるためにしている現在の行動に。

彼女は庫内のヒト用血液バッグを見つめた。送られてきたばかりのものだ。

幸いなことに、パッケージはアニラの使っているそれと同じ血液バッグメーカーのもので、容量は二百ミリリットル。日本から送られてきたヒト用の人工血液は赤い血の色をしている。犬の血と、見た目には判別がつかない。まして、ビニールのバッグごしでは、そっくり同じに見えた。

ラベルもまだつけられていない。そもそも、ラベリングもタラの用務なのだ。

タラは息をひそめ、聞き耳を立てた。

あたりの様子を窺い、誰も入ってきそうにないことを確かめ、サリーの下に隠してきた犬の血液バッグを素早く取り出し、冷蔵庫内のバッグとすり替える。

目的のバッグを体に巻き付け、サリーで隠し、タラは安堵のため息を洩らした。

庫内を確かめる。すべて元通りに見えた。内容が分析されない限り、バッグがすり替えられたとはわかりようがない。

冷蔵庫の扉を閉め、通常の業務を行った。別の扉から動物用のマテリアルを十五出し、冷蔵ケースに入れて保冷庫を出た。荷物はトレイに載せて、コンベアーで出口を通過する。

タラはセンサーを踏んだ。重量のデジタル表示は入るときとまったく変わらず、五十二・三五キログラムを表示した。

研究棟の冷蔵庫に品物を運び終え、タラはそのまま早退《はやび》けしたい旨、研究スタッフに申し出、許可された。

「おい、タラ」

門番のガードマンに呼び止められたのは、出退勤用のゲートを出たあとであった。入館のときには、金属探知機を使ったチェックがされるが、退勤時はＩＤカードでゲートをタッチするだけだ。

タラは立ち止まった。できるだけさりげなくしていたいが、息ができていない。

「お前、何だか色っぽく太ってきたんじゃないか」

ガードマンが近寄ってきた。この男はうるさい。未亡人を下に見て蔑《さげす》む、昔ながらの男尊女卑気質だ。タラは唇を噛む。この男は、乱暴なボディタッチをしかねない。わかっているのだが、動けなかった。体がすくんだ。

はねのけて走り出して逃げればよかったのだが、腕をつかまれた。

よけ損《そこ》ねて、タラは尻餅をついた。手荒く体を引き寄せられかけたそのとき、男の腰のあたりで犬のうなり声がした。

「うわっ、何だ」

男は飛びのいた。

シェパードだった。

犬は興奮している。牙をむきだしてうなりながら腰を低くして振り、いまにも目前の獲物に食いつかんとする勢いだ。

「こらっ、やめなさいっ。ミスターにじゃれるのは」

声がした方をふり仰ぐと、姉のアニラが微笑んでいた。

タラは腰から力が抜けるのを感じた。アニラが迎えにきてくれたのだ。

それから三日後には、タラはわざとひとつのミスをした。すり替えたバッグの入った冷蔵庫の庫内温度を上げ、さらに一週間そのままにしておいた。

結果的に、その庫内の血液バッグはすべて、使いものにならなくなり、ロスと見なされ焼却された。

研究開発品にアクシデントが起き、ひどく叱られた。タラはただただ低姿勢で頭を下げ続けた。給料は何ヵ月かの減給が決まったが、これくらいは何でもない。ヒト用バッグとすり替えた犬舎の犬たちの血液バッグは、すべてが廃棄された。

どのみち、退職するつもりだった。

報酬が手に入ったのは、それから一週間後のことだった。

新しいマテリアルがどんなものなのか、タラは自分の家族に大金が入って初めて、その真価を知った。

Chapter 5

1

風が吹いていた。

隆一は全身の力を込め、横殴《よこなぐ》りにハンマーをふるった。

フロントサイドの窓には、空の青と、風にはためく小枝の緑を背にした自分が映っている。しかめっ面《つら》の眉間のあたりに、くさび状に尖《とが》ったハンマーの角が食い込み、細かな罅《ひび》が入った。

起きていることの大きさとは別に、この行為自体は、一種爽快だった。五万ドルはするシボレーC1500の窓を、正々堂々と破れるなんて。

なかは、まだ見えない。

二度、三度と、ハンマーを叩きつけた。

この車のガラスはオリジナルではない。クラシックのままなら素通しのはずだ。新しいスモークガラスに替えてある。こうなると、自殺にはまずい。誰かがなかにいるのかどうか、はっきりしないからだ。

パブロの車の窓ガラスを割ることにアリシアが賛意を示していることは心強い。いたわ、と、逆サイドから声が上がった。

通報はすでにしているものの、警察よりも、隆一たちのほうが彼を見つけるのが早かった。なぜなら――、パブロの車はアリシアの屋敷の敷地を出ていなかったから。

パブロが車内にいるのを確認したのは、織部マヤだ。

隆一とは別のツールで、マヤは運転席側の窓を破った。レスキューガンだ。窓ガラスに先端を当て、引き金を引くガンタイプのツールで、非力な女性や老人用と銘打っているだけに、割れる早さではこちらに軍配が上がった。

マヤは機敏に動いた。

パブロの車を見つけたとたんに、すぐに地元警察と救急車に一報を入れたうえ、アリシアにも電話で急を告げていた。さすがに元警察官だけあって、状況判断は手慣れている。

アリシアはハンマーとレスキューガンを持参してき、隆一が助手席側を、マヤが運転席側を開けようと試みた。

助手席側の窓にも、ようやく割れ目ができていた。

ドアのロックに手を伸ばし、解錠した。ガラスを割ったショックで、首筋から腕がこわばっている。

「コークスが見える」

マヤがそういったときには、隆一にも同じ燃料が見えていた。

まずい。

パブロはぐったりしていた。眠ってでもいるようだ。

扉を全開にして、と、マヤが叫んでいた。

自殺に練炭やコークスを用いる手法が、こちらにも及んでいる。車の排ガスをホースで車内に引き込む方法は、最近流行《はや》らないらしい。排ガスのほうが苦しいというのは本当だろうか。

ピックアップトラックのキャビンは前部座席だけで、密室になると狭い。

「息しないで。早く彼を外に」

マヤにいわれるまでもなく、息を詰め、パブロを抱えて車の外にひきずり出した。

意識を失った身体はずっしりと重い。身体がむっと臭った。脱糞《だっぷん》しているようだ。

マヤは素早く手助けに来、二人でパブロを抱え上げた。

「ヒャンリョン、指示を頼む」

「わかった。ここに彼を寝かせて」

担架が、すでに叢《くさむら》に敷かれていた。

ヒャンリョンのトレーラーが脇につけられている。『ヒャンリョン・カン・アニマルホスピタル』のトレーラーは、訪問診療車だ。

アリシアの屋敷に居合わせたヒャンリョンはセレブ専門の獣医で、訪問車にも本拠の診療所に引けを取らない器具を装備している。

ヒャンリョンの往診設備の充実ぶりは、隆一もよく知っていた。小ウメがお得意様だから。車内は診療室と検査室に分かれ、レントゲンからエコー検査の機器まで積んでいる。

セレブのペット診療では、飼い主の半《なか》ばわがままな要望にも応えなくてはならない。個別対応に通じた往診獣医は人気があるのだ。

担架は、大型犬用に積んでいたものだ。

「一、二、三」

ERよろしくかけ声をかけ、パブロをトレーラーに運ぶ。

「息はあるわね。でも乱れてる」

ヒャンリョンがいった。

「一酸化炭素中毒？」

「この状況ではそのようね。睡眠薬も飲んでいるかもしれないわ。ともかく、できるだけのことはしてみましょう」

パブロはとりあえず、気道を確保した状態で犬の診察台に寝かされた。

「どんな具合なの」

アリシアは蒼白になっている。

「いまできるだけのことは、やってみるわ」

ヒャンリョンは、トリマーに向かって命じた。

「呼気の採取をしたら、酸素ボンベを用意して。それと、点滴もお願い」

「はい」

トリマーは医療従事者でもあるらしく、手慣れている。

助手は手のひらサイズのモニターを出してき、モニターとつながれているマウスピースを彼にくわえさせて、パブロの息を採取した。続いて酸素マスクをさせる。

ヒャンリョンは採血もした。続いて点滴。

「どうなんだ」

ヒャンリョンはモニターの数値に見入っている。

「中毒の程度がどのくらいなのかは、救急車が来てみないと確実ではないんだけど。救急車になら、COオキシメーターが搭載《とうさい》されているから正確にわかるわ」

「それは？」

隆一はモニターをさして尋ねた。

「最近できたガスモニターなの。センサーに呼気を吹きかけると、呼気中のCO－Hb濃度が出るわ」

「CO－Hb？」

「血中の一酸化炭素ヘモグロビンの割合で、中毒の度合いを測るの」

「ヘモグロビンって何だっけ」

「そこからなの？　まあいいわ」

ヒャンリョンは辛抱強く説明した。

「コークスや練炭みたいな炭素の多いものが換気の悪い場所で不完全燃焼すると、一酸化炭素が出る。それはご存じよね。その一酸化炭素は、血液中のヘモグロビンと結びつこうとするの。ヘモグロビンは、ふだんは酸素を運ぶ役割をする物質なんだけど、一酸化炭素のほうが好きなの。どのくらいかっていうと、酸素より二百五十倍いい男」

「かなわねえな」

「仕方ないの。ヘモグロビン嬢は新しい彼氏、つまり彼女にとってスーパーヒーローの一酸化炭素君と一緒になってしまう。いままでヘモグロビン嬢によって各臓器に運ばれていた酸素君は、もはや置き去りよ。酸素は顧《かえり》みられず、運ばれなくなる。脳にも心臓にも各器官にも、酸素が届かない。その結果、全身が酸素欠乏状態になって、最終的には死に至るわけね」

モニターには、四十二という数字が現れていた。

「よくない数字よ」

ヒャンリョンは首を振った。

「CO－Hbの標準値は一パーセント台。喫煙者では十から十五パーセントになることもあるけど、三十パーセントで失神レベル。四十パーセント台だと昏睡《こんすい》に近くなるわ」

「何かほかにできることはないの？」

と、アリシア。

「汚染源からはすみやかに移動させたんだし、あとは、とにかく酸素を投与するしかないの。すでに百パーセント酸素投与は施しているから」

医師らしい答えが返ってきた。

間を置かず、救急車が駆けつけてきた。

パブロは点滴をつけたまま担架に乗せられてトレーラーを出、病院に運ばれていった。救命状況の説明のために、ヒャンリョンが同乗していった。

「お願い。パブロを助けて……。教えて、リック。パブロはなぜこんなことをしたの？」

アリシアがいった。

何でもしてやりたかった。たとえ顧みられなくても、彼女のためなら。

だが、取り残されて、ただ救急車を見送るしかなかった。まるで酸素のように。

パトカーが相次《あいつ》いで到着し、警官たちや刑事らしい男たちが、こちらに向かってきていた。

2

セレブリティの事故を伏せておくことは難しい。

箝口令《かんこうれい》が敷かれたところで、無駄だ。パブロの自殺騒ぎは、どこからともなく洩れ、トップニュース扱いとなっている。

各種メディアは大騒ぎだ。

『パブロ・モス緊急入院』

『ガス中毒で搬送、自殺未遂か』

パブロが入院した理由について、正式な発表はない。『ビーグルス』もノーコメントを通している。

だが、過熱していく報道は収拾のつけようがない。

「こっちは、ぼくのせいだってさ」

隆一は、小ウメにゴシップ紙の見出しを見せた。

『三角関係のもつれ？　恋人の豪邸で自殺未遂か』

アリシア・マーニーをめぐる二人の男。アリシアの元彼と、スーパーヒーロー。

パブロの事故の現場が、恋人と噂されるアリシアの屋敷だったことから、恋愛沙汰との憶測がなされたのだろう。

実際、警察でも、その線で思い当たることはないかと、根掘り葉掘り聞かれた。彼の気持ちはわからないとだけ答えた。

マスコミからしつこく連絡がある。携帯は切っていた。彼女はお冠《かんむり》だった。それも当然だ。彼女と懇意の『ビーグルス』オーナーは、スーパープレイヤー兼広告塔のスキャンダルを嫌うだろう。

ハンドラー本部長から、緊急メールが入った。

「リック、いたらFOXニュース・コムの注目サイトを見なさい。それから電話して」

サイトを開いて、のけぞった。タイトルが躍《おど》っている。

『ドーピング疑惑？　パブロ・モス』

動画つきのニュースコラムをクリックした。パブロが入院しているサンルイスオビスポの病院前から、ニュースキャスターがレポートしていた。

「……驚くべき情報が信頼すべき筋から入ってきました。当病院に入院中のパブロ・モス氏ですが、彼にワールドカップ・アルゼンチン戦でのドーピング疑惑が持ち上がっていたもようです。情報筋によれば、インターポールがパブロ・モス氏に疑いをかけており、覆面捜査中にモス氏は自殺を試み、緊急入院したというのです……」

実情に近いところまで報道されはじめている。

思わず、ネットサーフィンで、似た論調の記事を探した。

『パブロ・モスは汚れたヒーローか？　W杯のドーピング検査では白だった』

『憂慮すべきICPOの過剰捜査　所属チームはドーピング疑惑を否定　容疑薄く、名誉毀損《きそん》も視野に』

『ドーピング捜査　ICPOの勇《いさ》み足《あし》か』

こんな情報まで、もうバレたのか。

ICPO捜査員の潜伏先は、まだ報道されていない。とりあえず、その点だけはほっとした。

それよりも。

隆一はアリシアの顔を思い浮かべた。

〝教えて、リック。パブロはなぜこんなことをしたの？〟

問題はそこだった。パブロは名声を得、輝かしい未来を手にした。なのに、疑いをかけられただけで、なぜ死のうとしたのか？　アスリートの良心の呵責《かしやく》なのか？

アリシアに頼まれると、ようやく本気になる。少しずつ、頭が回り始めていた。

〝パブロを助けて〟

アリシアはいった。

――パブロか。

彼についても、気になることがわかった。

パブロ・モスと一酸化炭素。

いっけん何の関わりもなさそうな二つのキーワードで、そのトピックは引っかかってきた。

パブロ・モスには弟がいた。

一つ違いの弟の名は、ロベルト・モス。二人とも、幼い頃からサッカーは上手かったようだ。

しかし、小学校のときに二人の運命は分かれた。

カリフォルニア州セントラルバレーの綿花農家で働いていたパブロの両親は貧しく、息子たち二人の進路は限られていたが、パブロの方には、幸運が舞い込んだ。彼の素質に目をつけたサッカーの名門校からスカウトが来たのだ。いっぽう、弟のロベルトのほうは苦学をしたようだ。

彼は十八歳で陸軍に入った。

貧しい地域には、軍のリクルーターが回ってゆく。入隊すれば僅《わず》かながら給金が出、大学進学の場合奨学金が出たり、看護師の資格が取れるなど優遇される。ロベルトは軍役を懸命に勤め上げ、消防士になった。

パブロには、よほど嬉しかったらしい。新人消防士として勤め始めた弟と二人で、スポーツ雑誌に登場している。

デジタル・アーカイブで見られるロベルトは、兄にも劣らぬ好男子だ。

〝二人のヒーロー　活躍のフィールドはサッカー・グラウンドと森林公園〟

ロベルトは消火活動の様子を、兄に語っている。

ロベルト　道がない山の火事には、消防車が近づけないんだ。空からのアプローチになる。ヘリや飛行機で消火剤を撒くほかに、隊員はパラシュートで降り、引火しそうな木をチェーンソーでなぎ倒して歩くんだ。煙のなかへジャンプするのさ。スモークジャンパーなんて呼ばれることもあるんだぜ。

パブロ　へえ。バットマンみたいだな。

ロベルト　本当に、映画みたいなんだ。落下していくときは、眼下に壮絶無二の景色がある。けど、山火事のときの風は怖い。気を引き締めないとね。

パブロ　気をつけろよ。でも格好いいな。

ロベルト　兄貴のドリブルほどじゃないけど。

ロベルト・モス、カリフォルニア州チコシティ消防本部、林野対応部隊。

　このプロフィールで検索すると、哀しい記事に突き当たる。

　ロベルトは一年前に起きた全米で類を見ない大山火事《おおやまかじ》で殉職している。チコシティ周辺には広大な国立公園が多く、チコシティ一帯は、年にして百件は山火事のあるところだ。

　このとき彼の命を奪ったのが、一酸化炭素だった。火災では、火傷《やけど》とほぼ同じ割合で一酸化炭素中毒での死者が出る。

どの火事についてもそれは同じだ。一酸化炭素は無色無味無臭で、存在に気づきにくいため、逃げ遅れの原因になる。煙にも大量に含まれている。

　パブロは、この山火事のときにはイングランド・プレミアリーグのクラブチームに在籍していたが、帰国してきて弟の葬儀に参列している。

　一酸化炭素。これは偶然だろうか？

　隆一には、そうではない気がした。

　パブロは、自殺手段として一酸化炭素を、あえて選んだのではないか。彼は弟の苦しみを我がこととしたかったのだろうか？　パブロは律儀にも、チコシティ消防本部に『スモークジャンパー遺族基金』を設《もう》けようと働きかけ、三万ドルの寄付をしている。

電子音で、考えを遮られた。

ハンドラー本部長だ。

無視を決め込むこともできず、電話を入れた。

「リック、どういうことなの。ドーピング疑惑ですって？」

「ぼくにもわかりません。でも、仮にパブロのドーピングが本当にあったことだとすると、ビッグデータによる予想を『オッド・アイ』が外したのもあたりまえですよね。うちのスター分析屋たちの面子は、これで保てるじゃないですか。ぼくの仕事も一件落着ですよね」

「バカをいわないで。そんな証拠はどこにもないと、メディアは書いてるじゃないの。それにしても驚いたわね。マヤ・ディ・オルヴェイラには。あなたには、彼女、捜査の詳細を話しているの？」

「いいえ。本部長には？」

「参るわ。話させません一点張《いってんば》りなの」

織部マヤは、インターポールからの研修生という名目のまま、相変わらず隆一の下につけられている。

社内では、パブロの件で噂の的になっているが、本人はどこ吹く風だ。ブルーノにも、配置換えのつもりはないらしい。

パブロの件はどうあれ、マヤはドクター・マシュー・バーネットの内偵を密《ひそ》かに続けるつもりなのだろう。

もちろん、マスコミにはノーコメントだ。

「パブロのことだけど、あなたにも、そのまま続けてもらうわ」

本部長はいった。

「……といっても、彼しだいですよね」

死亡という報道はない。

回復していると思いたいが、一酸化炭素中毒の場合は、生き抜いたとしても後遺症が残る場合があるらしい。

酸素が脳に届かず損傷を受けた場合は、悪くすれば意識不明の寝たきり状態もあるそうだ。ほかにも、失禁や記憶障害、認知症、知能の低下、人格障害なども起きる可能性がある。ヒャンリョンの受け売りだが。

「様子はどうなんですかね」

「きわめていいそうよ。意識も明瞭《めいりよう》」

本部長は伝達口調になっている。

「どこからの情報ですか？」

まだどのメディアも報道していないスクープだ。

「ビル・バリーよ」

『ビーグルス』のオーナーなら、確実な情報源だ。

「ビルを通して話があったの。リック、パブロはあなたに話があるらしいわ」

「――ぼくに？」

「あなたが、〝隠された罪の問題〟について教えてくれたから、って。リック、いったい何のことなの？」

3

「驚異的な快復力なんだ」

ビル・バリーは荒っぽい笑い方をした。

「パブロについて、好意的な情報を優先的に表示してもらいたいなあ。『オッド・アイ』なら思いのままだろう？　検索結果の表示順を左右できるって噂だぜ」

正直いって、できる。サーチエンジン・ビジネスは、結局は広告業だ。作為がないという思い込みがつけ込みどころなのだ。端末には購入当初よりアドボードが搭載されており、ついでに凄く便利な機能が諸々ついていると思ったほうがいい。

だが、誰の采配《さいはい》でどうランキングを決めるかは企業秘密ということになっており、公表していない。『オッド・アイ』社員ならこの手の質問はほぼ全員がスルーする。

隆一も取り合わなかった。

「たとえば、こんなのはどうかな」

バリーは意に介さず続けている。

「パブロの奇跡的な快復と、『エブリタイム・フィットネス』で彼が行っている日常的なトレーニングには、見過ごせない関係がある、とかさ……」

「フィールドには戻れそうなんですか？」

「それは間違いない」

バリーは断言した。

「おれが戻す。あとはほら……、メンタル面が問題だからな。ともかく、パブロはあんたと話したいと、その一点を譲らないんだ。まあ聞いてみてくれ」

「いいんですか？　あなたは同席しなくて」

聞いてみた。バリーは肩をすくめた。

「パブロは、どのみち期待せずに拾ったプレイヤーだった。期待以上の働きをしたんじゃないか？　どんな理由があるにしたって、死のうとするなんて、よっぽどのことだ。おれは経営者だから得があれば取るが、それだけではないのさ。生き返ったならそれでいいじゃないか。治ればカムバックをさせてやるさ。普通のことだけどな。ともかく面倒なことに巻き込まれるのは苦手でね。いまはおれの出番じゃないんだ」

じゃあな、とバリーは病院のロビーを出て行った。

玄関の外にはメディアの人間が待ち構えている。ノーコメントで通すとしても、花道《はなみち》をゆくだけで名と顔は売れることを、ビル・バリーは心得ていた。あるいは、そのために訪れたのかもしれない。

パブロの個室の設備は、ホテルのように整っていた。

通された部屋はラウンジ風で、ベッドルームとは扉で仕切られている。スイートタイプだ。

パブロがいた。

隆一は、彼をしげしげと眺めた。

「君は……、すごく元気そうだな」

慰めをいったのではない。パブロは、以前にもまして溌剌《はつらつ》としていた。肌は血色がよく、磨かれたように光っている。パブロは、ノースリーブのカットソーでなくとも、鍛え上げた胸筋から筋骨隆々《きんこつりゅうりゅう》の腕の完璧さまで、すべてが別格の男に見えただろう。

パブロはダンベルを手にし、バランスボールに座っていた。

「ありがとう。もういつ退院してもいいんだってさ。そのうちどこか静かなところに移されるみたいだ」

「すっかりいいのか」

「うん」

パブロはみごとな歯並びを見せて微笑んだ。癖なのか、片手はカーゴパンツのポケットに突っ込んでいる。憎らしいほど絵になっていた。

「前例がないほど快復が早いって、医者がいっていた。入院した翌日でも退院できるくらいだったみたいだ」

「まさか」

「本当なんだ。CO－Hbとかってのが、あの日の晩のうちに標準値に戻ってたってきいた」

「ぼくらが君を見つけたときには、危機的な数値だったぞ。確か、四十何パーセントかだった」

　そんなことがあり得るのだろうか。

「代謝がいい体質なのかな」

「医者は驚いてたね」

　彼はバランスボールから降りた。

「ぼくは、あんまり意外じゃなかった。もしかするとだけど……、こうなるかもしれないと思っていたんだ」

「こうなるかもって？」

「命を取り留められるんじゃないかと思ってた」

　隆一は面食《めんく》らった。パブロは何を話そうというのか。意味がとれない。自ら死を選んだ男の台詞とは思えなかった。

「コーヒーしかないけど、よかったら」

　オークと革のソファを勧められた。サイドテーブルにはカプセルタイプのコーヒーマシンが置かれている。

　隆一はラテ・マッキャートを選んで作った。パブロはデキャフェにしたらしい。

「コークスに火をつけるのは、すごく怖かった。死ぬんじゃないかとね」

「待ってくれ。君は死ぬつもりだったんだよな？」

「複雑なんだよ」

パブロは、困ったようにいった。

「君の望みはいったい、何だったんだ？」

「知りたかったんだ」

「何を」

「ぼくの身に何が起こったのかを」

ほんの一瞬だが、隆一はパブロがやっぱりまだ病んでいるのではないかと疑った。一酸化炭素中毒の後遺症に意識障害や幻覚があることを連想した。

だが、こちらが彼の話に追いついていないだけのことだと気づいた。

「順を追って話させてくれ」

「いいとも」

パブロは、自分の頰から顎《あご》のあたりを掌《てのひら》でさすり回しながら話しはじめた。ちょうど、髭《ひげ》の生えるあたりが青くなっていた。いまはきれいに剃《そ》られている。

「すごく昔の話なんだけど、朝、起きるのが嫌だったときがあった」

「どうして？」

「弟がいたんだけどさ。あいつがいたずらしやがるんだ。夜のあいだに、体のどこかに落書きされてた。朝から大騒ぎさ。マジックで描くもんだから、落とすのが大変だった。こっちも仕返ししようとしたけど、だめだった。弟は、布団をはいだだけですぐに目を覚ましちまうんだ。顔だって無理だった。触ったら飛び起きて逃げられるしね。あいつは敏感で敏捷だった」

自分は眠りが深いらしいと、パブロはいった。

「そんな話をガールフレンドにした。もうチームプレイヤーになってからの話だけどね。たまたま、その子が、同じチームの男といい仲になってさ。そいつにその話をしちまった。その結果がこうなった」

彼はテーブルの上に積まれていたスポーツグラフィック・マガジンの一冊を引き抜き、開いて見せた。

起き抜けのパブロの写真だ。合宿所かどこかだろう。もうろうとした目でベッドにいる彼は、顎髭がぼうぼうだ。マジックで描いた髭は、鼻の下の髭とつながり、コミカルだ。

「この写真は、コメントつきで画像サイトにも上がっている。たぶん誰かがおもしろがってアップしたんだろうけど。つまりさ、ぼくが一度眠り込んだら最後、揺すっても起きないってことを、彼らは知っていたんじゃないかと思うんだ。だから、あんなことができた」

「あんなことって？」

聞き返さずにはいられなかった。

が、パブロは、自分自身にもいって聞かせるような口調で話を続けた。

「W杯のとき、ぼくは本当に、これまでになく調子がよかったんだ。脚がすごく軽くて、いくら走っても疲れない。どこまでも球を運べたし、シュートも切れが凄かった。勝てて当たり前だと思ってた。実際、勝ち進んだしね。普段のトレーニングの効果があるのかも、と思ったりもしていた」

彼は、そこで深いため息をついた。

「ぼくが自分の力を疑い始めたのは、W杯が終わってからなんだ……」人ごとのような話しぶりだ。「本当にそうなのかどうか、試そうと思った」

試すとは、どういう意味だろう。

何かを試すため死んでみた。そんなふうにも取れる。

隆一は話の先を待った。

パブロはUSBメモリを取り出した。

「こんなものが、デニムのポケットに入っていた。気づいたのは、W杯が閉幕してからなんだけど」

ラップトップにUSBメモリをつないだ。動画が表示される。

パブロは画面をこちらに向けて見せた。隆一は目をこらす。

薄暗がりに白く浮かび上がったのは、ベッドのデュベだ。軽いいびきの音。横臥《おうが》の形で人がデュベにくるまっている。体のボリュームからして男か。

撮影者の姿は見えない。手持ちで撮っていたらしく、画面がぶれている。

カメラはベッドの頭の方へ回った。眠っている男の顔が映し出される。うつむき加減のパブロだ。

カメラがゆっくりパンされて、彼の脚が映った。左の足先に、カメラは近づいてゆく。指がアップになった。指の股に、サージカルテープでチューブが止めつけられている。カメラはさらに上方に向けられた。チューブは点滴のバッグにつながっていた。バッグは一瞬ちらりと見えただけで、カメラががくりと下に振られ、床が黒く映ったところで動画は途切れた。

点滴の内容が確かめられないよう、計算されているように見えた。

隆一は愕然とした。

パブロは、嵌められていたのだ。

「驚いたな……」

「脳天に、何かが落ちてきたみたいだった。ショックで、何も考えられなかった。練習も手につかないし。これを見たら、体に何かを入れられてたことは確かだよな……？」

「場所はどこだかわかるのか」

「うん。W杯のとき宿泊していた現地のホテルだと思う」

「いつ頃のこと？」

「第二戦の前。第二戦と、準々決勝のアルゼンチン戦は同じスタジアムだった。このホテルはそのあいだの定宿だった」

「何者だろう」

「何度も考えたよ。これ見たときには、もう、ぼくがW杯でいい仕事したってことで、全米がフィーバーしてた。ぼくは結果のすべてを自力で勝ち取ったものだと思ってた。それが違ってたなんて」

隆一は、織部マヤがドーピングの件でパブロに投じた言葉を思い出した。

彼女はこういったのだ。

〝あなたが知らないうちに、誰かに何か盛られた可能性だってありますよ〟と。

その通りのことが、パブロの身に起きていたとは。

「でもさ、FIFAの検査では何も出なかったんだよな」

「だから、頭がこんがらがった。こいつの目的は何なんだろうって。ぼくは自分の力だって信じたかったから、点滴の中身はただの生理食塩水か何かで、要するにぼくを脅すことが目的で、手の込んだことをしたんだと思った」

「確かに、それはあり得るな」

ドーピングの規定では、治療目的以外の静脈注射は禁じられている。たとえ生理食塩水であったとしてもだ。なぜかといえば——、生理食塩水は、血中の禁止薬物を薄めるためにも使えるかららしい。

マヤのおかげで、隆一もドーピングの決まりごとに少しずつ通じてきた。

この動画が流出しただけでも、物議を醸《かも》すだろう。

「苦しんだんだ。ぼくは……」

パブロは唇を嚙んでいる。

「誰にもいえなかった。誰にいったらいいのかわからなかったし。話せば栄光が一瞬で無になる」

「誰なんだ、こいつは。相手は何かいってきたのか」

「金とかのことだね。なかった。こっちは待っていたのに」

「待っていた？」

「何かをされたのか、されなかったのかを問い詰めたかった。ぼくがいちばん知りたかったのは、あのときのプレイが本物の実力だったかどうかだった」

彼はかぶりを振った。

「このあいだもいった通りさ。またやれといわれても、無理だと思う。ぼくにはできないんだよ。あのアルゼンチン戦でやっていたことが。何度も試してみたんだ。調子は戻ってこないばかりか、むしろ落ちる一方だ」

いつのまにか、彼の拳は握りしめられていた。

「焦りを見透かされたみたいに、突然、一方的な連絡がきた」

「どうやって」

「ビーチで犬を放して遊ばせてたとき、キャムがＵＳＢメモリを首に提げて戻ってきた」

キャスとキャム。

パブロの愛犬だ。

「コピーしてある」

ファイルを見せられた。今度は文書だ。

〝何をされたか知りたければ、この方法を試してみろ。お前は必ず蘇る。そのときがすべてを知るチャンスだ〟

コークスによる車内自殺の方法が書かれていた。彼の愛車で使うコークスの量から、助けの電話を呼ぶタイミングまで。

「……こんなものに、乗せられたのか？」

「バカだよな。熱に浮かされたようになってたんだ。気持ちが追い詰められてた。ぼくだって、さんざん迷ったさ。騙されているだけだったら死ぬかもしれないし」

狂気の沙汰だ。

だが、一途に思い込んだ者には、何をいっても無駄なときがある。

「コークスは、ずっと車に積んで歩いてた。なかなか気持ちが決まらなかったんだけど、〝隠された罪の問題〟ってあんたにいわれたとき、どきりとした。このまま、この件を隠しておいたら、自分で自分を責め続けるってことがわかった。だから……」

「ぼくが後押ししちまったのか？」

隆一は舌打ちした。

「あんたたちが来たのはいいチャンスだって思った。でも、あんたのせいなんかじゃない」

驚くべき話だった。パブロは蘇っている。文書の予言通りに。

パブロは向き直って隆一の顔を見た。彼の喉からは、震える声がもれた。

「ぼくは死ななかった。しかも、医師は、驚異的な快復の早さだといっている。もう疑いはない。ぼくの体内で、何かが起きているんだ……！」

Chapter 6

ムンバイでの日とある一夜のことを、アニラはよく思い返す。

あの日。天上には小さな月が望みのようにほのめいていた。それでも気を引き締めた。希望はすぐに薄雲に覆われ、自分たちの影は黒ずんだ野に紛《まぎ》れようとする。虫の声がしていた。群雲《むらくも》は、気まぐれのように道を翳《かげ》らせた。草原を縫《ぬ》うように、泥にぬかるんだ道がうねっていた。

山の上はうす青く明るんでおり、あたりが見えないわけではなかった。しかし、夜には違いなかった。夜道をひとりで歩く女がいれば、トラブルに遭って当然と思う男たちのほうが大多数の国だ。数人が連れ立っていても女だけでは安全とはいえない。

アニラはサンジャイとシェパードを連れていたが、人が寝静まっている深夜に、山裾の道をゆくのは心許なかった。

柵が見えてきた。この場所には何回か来ているが、夜に訪れたのは初めてだ。

馬のいななきが聞こえた。アニラたちが牧場の門扉に近づくにつれ、馬の呻吟《しんぎん》が呼びつ答えつ轟《とどろ》いた。

犬に反応しているのだ。シェパードは声を立てていないが、馬は敏感だ。門の奥には厩舎《きゅうしゃ》がある。

ゲートの脇にある管理小屋の明かりがついた。

馬が騒然としているのを、不審に思ったのだろう。小屋から制服姿の男が出てきた。夜目にも目玉のコントラストが強く、屈強そうだ。銃を構え、あたりを窺《うかが》っている。その後ろでもう一人、同じ制服の男が、背後からライトをあちこちにめぐらせている。

二人は、一行を認めると慌ただしく門扉に近づいてきた。

「何の騒ぎだ」

アニラはライトに照らし出された。

こんなときには、自分の顔の痘痕《あばた》が浮かび上がって、相手をひるませる。顔の凹凸《おうとつ》を、光がよりいっそう際立てるのだ。

彼女は強《し》いて作り笑顔を浮かべた。

「やめてくださいよ、物騒《ぶっそう》な」

予想通りに、相手は一度のけぞってからこちらを見直し、口を尖らせた。

「なんだ、アニラじゃないか」

銃を持っていないほうが口を開いた。門番のババールだ。銃の男はボディガードのバラットである。

「すみませんね、ババールさん」

アニラは平静を装《よそお》った。

「こんな夜分《やぶん》に何なんだ。馬たちを驚かせやがって」

「聞いていないんですか」

「何だっていうんだ。お前、犬なんか連れてくるな。馬の気が立って何かあったら、俺らが調教師からこっぴどく怒られるんだ。馬にストレスかけるなって」

『ラクシュマン・トレーニングセンター』は、調教場つきの厩舎だ。オーナーからサラブレッドを預かっている。

アニラはわざと憤慨してみせた。

「私だって、こんな時間に夜道を来るのは嫌だったに決まっているじゃありませんか。女の身では危なっかしくてしかたがない。でも、ラクシュマンさんがどうしてもというから、こうして甥《おい》っ子にまでついてきてもらって、押して出かけてきたんですよ」

ラクシュマンはこのトレーニングセンターの持ち主だ。

「ラクシュマンさんに？　何か頼まれてきたのかね」

と、ババール。

「いつものこれです」

アニラはサンジャイに命じ、持参してきた保冷ケースを開けて彼らに見せた。血液バッグが六つ入っている。

「お産が近いんですってね。牝馬《ひんば》のシャーク。なのに、ドナーの血液バッグが古くなってたんですって？　シャークのオーナーからラクシュマンさんに連絡が入ったそうです。とにかく、いつ生まれるか気が気でないから、至急新しいのを持って行ってほしいって、ラクシュマンさんじきじきに電話があったんです。まさか、お得意様に逆らうわけにもいかないでしょう」

「納品か」

「そうですよ。まったく厄介《やっかい》だったらありゃしない」

アニラはこの厩舎にも業者として入り、ユニバーサル・ドナーの血液を販売している。

インドで競馬が盛んなのは、イギリスの植民地だった頃の名残《なごり》だ。イギリスの軍将校が騎手となってレースをしたのがはじまりらしい。競馬の歴史は、アジアでいちばん古いという。場内にいるのはほとんど男ばかりだ。かりに女が競馬場にいるとすれば、かなりの上流階級か、外国人の女性である。それもほんの僅かにいるだけで、あとは掃除係だろう。

アニラも競馬場に行ったことはない。厩舎にしても、動物の血液バンクを始めていなければ、アニラは足を踏み入れることさえなかった世界だ。

馬の輸血のなかで、最も需要が多いのは、けがによる輸血ではない。馬の血液型は複雑で、実の母子でも、母の母乳に免疫のない子が生まれるケースが珍しくない。この場合は、母馬の初乳を与えることができないため、免疫不全を引き起こしてしまう。

このとき、治療のために使われるのがユニバーサル・ドナーの血液だ。

厩舎や馬をよく診る獣医のもとでは、お産のためにもユニバーサル・ドナーの血液を常備している。冷凍保存している場合もあるが、最も好ましいのは冷蔵保存だ。ただし、冷蔵の場合は三、四週間で保存期限切れとなる。血液はまさに生鮮品で、長くは保たずに溶血が始まってゆくため、破棄して新鮮なものを手に入れ、補充する必要がある。

アニラの動物たちがほぼ三週間に一度は採血しているのも、常に新鮮な血液を用意するためなのだ。

「そういうことなら、入れ。品を納めたらさっさと帰るんだぞ」

ババールがいった。バラットは、さしたることもなしと見て、詰所《つめしょ》に引っ込んでいった。アニラは顔をしかめてみせた。

「そんな殺生《せっしょう》な。必死の思いでここまでたどり着いたんですよ。女の私をこの深夜に帰らせようというんですか」

「来られたんなら帰れるだろう」

カーストが少しでも下の者は、どこでもつれなくされる。

「そんなに邪険《じゃけん》にしないでください。うちはお品が新鮮でお安いうえに、緊急な御用とあれば、こうして真夜中にお届けまでするんですから」

アニラは笑った。

「私の身に万が一のことがあったら、損されるのはラクシュマンさんですよ」

ババールは、うっと詰まった。

とばっちりを受けたくはないのだ。万が一ならよいが、何も起こらないとはいいきれない世情である。

新鮮な血をすぐ供給できるユニバーサル・ドナーを見つけるのは、そう簡単なことではない。

この機とばかりに、アニラはつけこんだ。

「どうぞ、朝まではこちらにいさせてくださいな」

貴重な馬が手元にいる強みを活かして、アニラは押した。

「いいだろう。だが、お前たちを泊める部屋はないぞ」

カーストによって寝所は別なのだ。

「明るくなって帰れる時間になるまで、屋根さえ貸していただければ構いませんとも。私は厩舎の隅っこで仮眠を取ります」

アニラは、シェパードを門扉近くの柵につないだ。さすがに、厩舎のなかに犬は入れない。

「サンジャイ、あんたはこのまぐさ置き場をお借りしなさい。起きたらまぐさ運びをお手伝いするといいわ」

まぐさ置き場は、管理小屋の並びである。窓や戸口は開け放しだが、雨露はしのげた。

渋々ながら、ババールが詰所に戻っていくのを、アニラは呼び止めて詫《わ》びた。

「申し訳ありませんでしたねえ、こんな夜中にお起こしして」

「きちんと消毒して入ってくれよ」

「もちろんですとも」

冷蔵庫は、厩舎内にあった。

厩舎に入るには、入り口で長靴に履き替えて、消毒液にいったん足を浸す。手指も指定の液で消毒洗浄した。防疫のためだ。

彼女は、馬用キッチンと厩務員の休憩所を兼ねた棟にまず寄り、冷蔵庫の五百ミリリットル入りのユニバーサル・ドナー用血液バッグを三つ、廃棄用のそれと入れ替えた。

そこまでは、カモフラージュのための用務だ。

続いて、アニラは心を決した。

――ここからだ。

ターゲットの馬を探した。

妊娠した馬のシャークではない。繁殖用の馬は別棟にいる。

競走馬のいる棟に入った。

アニラはそのうちの一頭を見つめた。目星をつけておいた栗毛の馬だ。つぶらな目と目の間には、稲妻が白く走っている。サンダーバードだ。

「頼むわね」

アニラはサンダーバードに顔を近づけ、そっと囁《ささや》いた。

「うちの犬猫たちや、あんたたち動物の未来も、お前の肩にかかっているの」

携帯を取り出して時間を確認し、あたりを見回した。午前一時十分。

——いまから、四十分はかかる。

バーバールたちに見つからないことを、彼女は祈った。

厩務員《きゅうむいん》や騎手たちは、午前二時半には起き出してくる。馬たちの朝は早い。

競走馬は暑さに弱い。夜明け前から走らせて、早めにトレーニングを切り上げるのは、馬たちを疲れさせないためだ。

このセンターでは、三時に騎乗が始まる。騎手が馬を出すのが三時という意味で、二時半には馬のチェックや雑務が始まる。清掃員も来る。馬がトレーニングに出ているあいだに馬房を掃除し、馬が戻ってくるまでに敷き藁を取り替えるのが、彼らの仕事だ。

注意深く、アニラはトレーニングセンターのタイムスケジュールを聞き出していた。

余裕を見て、二時前には済ませたい。幸い、まだ時間はあった。

点滴スタンドを使うかわりに、アニラは厩舎の柱の陰にバッグを吊した。柱には細い桟《さん》が渡されており、持参してきたS字形フックで難なく吊り下げられた。

バッグは、妹のタラが会社で手に入れてきた人工血液だ。計二リットル。馬の体は大きいので、ヒトや犬猫と比べて必要な量が多い。

二リットルのマテリアルを無理なく馬に注入するには、点滴でおよそ四十分はかかる見込みだ。

頸動脈《けいどうみゃく》に針を入れた。アニラは馬の供血にも慣れていた。熟練しているおかげか、どの馬も、採血や供血をさほど嫌がったりはしない。サンダーバードもおとなしい。ただじっと点滴を受けている。

アニラはあたりの気配に耳を澄ましながら、じっと時を待った。

「だいじょうぶだから」

時々サンダーバードに声をかけ、たてがみを撫《な》でた。

サンダーバードに危険が及ぶようなことなら、けっして試みなかった。子飼いの犬猫たちで、すでに安全は確かめている。自分の〝子〟たちに悪影響がなかったからこそ、ここに来ている。

アニラはサンダーバードの美しさを眺めた。競走馬は、人の手が加えられなければ生まれてこなかった創造物である。

競走馬のよい親の基準となるのは、走る速さだ。サンダーバードの体にも、よい親とよい親が掛け合わされ続けてできた運動機能が詰まっているはずだ。

それでも、神ならぬ人間の欲望は際限がない。交配でできた、いわば選ばれた馬たちだけの戦いなのに、それだけでは満足しない者たちが出た。

本来もっている生まれた才能を鍛え、ぶつかり合いを称《たた》えるための力較《くら》べ。そのはずなのに、金と欲とが絡《から》むと、相手を出し抜こうとする人間が必ず出てくる。

ふと、アニラは戦争を思った。同じ延長線上にある気が、アニラにはした。

その先を考える気はなかった。いまは目の前のことで手一杯だ。

サラブレッドたちを速く走らせるために持ち込まれた、調教以外の手法を、アニラはさまざまに思い浮かべた。

この手のことに関心を持ち始めたのはごく最近だ。もっとはっきりいえば、この件をやると決めてから。

コカイン、モルヒネ。

——百年も前からさ。そんな怖いものまで使われていたんだよ、サンダーバード。

人間のスポーツフィールドよりも先に、ドーピング目的で薬物が用いられたのは競馬の世界だった。コカインやモルヒネ、アヘン。

薬物検査も、競馬のほうがずっと先にはじまった。世界で初めてのドーピング検査は、一九一一年のウィーン。出走後の検査でアルカロイドが検出された馬がいた。検出で発覚するまでのあいだ。続いて、カフェインやアンフェタミンなどの興奮剤が使われ始めた。

——薬であんたたちをターミネーターにしようとした時代もあった。

理系の教育を受け、いまは看護師の資格を持つアニラには、薬の変遷の理解は容易だった。

一九五〇年代前後からは、筋肉増強剤が使われはじめた。しばらくは検出方法がなく、競走馬もアスリートも世に隠れて盛んに使ったといわれている。

筋肉増強剤として使われたのは、タンパク同化ステロイドや男性ホルモン製剤だ。増強剤を用いたうえでタンパク質を摂り、トレーニングをすると、はるかに筋肉量が増す。にわかマッチョの誕生だ。

陸上の王者ベン・ジョンソンから陽性反応が出たのも、このタンパク同化ステロイドの一種、スタノゾロールであった。

いずれにしても、これらの薬は体にダメージも与えるものだ。

麻薬はもちろん、興奮剤もよくない。過剰摂取した選手が死亡事故を起こしている。筋肉増強剤にも副作用がある。

タンパク同化ステロイドや男性ホルモン製剤は、ステロイド激高といわれる攻撃性の増大やうつ状態の誘因とされ、動脈硬化を進め、前立腺ガンや精巣ガンの発生率を高める。

アニラが驚いたことには、いまでは薬を使わないドーピングの新しい方法さえ編み出されている。

一つ目は、自己輸血という手段。

この方法は、アニラには新鮮だった。

競走馬自身の血を一度採血して保管しておき、競技前に戻す方法である。体内に一時的に赤血球が増え、心肺能力が高まるというものだ。

人間では禁止されているが、競馬では、この方法は禁止されていないため、試みた者も少なくなかったという。

だが、結果は芳《かんば》しくなかった。馬のケースでは、血が濃すぎてもよくないらしい。血がどろどろになれば、血管は詰まりやすくなり、血栓《けっせん》の引き金になるのだから、むしろ害なのかもしれない。

二つ目は、遺伝子ドーピング。

遺伝子的に筋肉量を増大したり、幹細胞《かんさいぼう》治療を応用して特定の肉体機能を上げる手法だが、これらは、そもそも操作じたいがまだ制御できていない状況だ。

ただし、この二つの手法にもメリットはある。競馬のドーピング検査をスルーできることだ。競馬界のドーピング検査は人間のそれに比べて緩い。尿検査で薬物を調べるのみなのである。

アニラは点滴チューブを流れ、サンダーバードに入ってゆくマテリアルを見つめた。

これまでの方法に比べれば、危害はないといっていい。この人工血液は、すみやかに体外に排出されてゆく。

しかも、尿検査には絶対に出ない。薬物が入っているわけではないからだ。

「大丈夫よ。あたしを信じて」

もう一度、アニラは呟いた。

馬にだろうか？　いや、むしろ自分に語りかけたかっただけだ。

背中がざわっとしたのは、馬房に電子音が鳴り響いたからだ。

サンジャイからの着信だ。

「どうしたの」

アニラは小声で電話に出た。

彼をまぐさ置き場に居座らせたのは、人の出入りを見張らせるためだ。

まぐさ置き場は玄関にも管理小屋にも近く、厩舎の出入り口にも見通しがきく。

サンジャイも小声になっている。

「騎手がそっちに向かってる」

まずい。

まだ一時四十二分だ。こんなに早くからスタンバイする騎手がいるのだろうか？

点滴バッグのなかには、まだ二百ミリほどの液が残っている。

「電話してる場合？　あんた、声かけて引き留めなさい」

いいながら、アニラは点滴の速度を一・五倍ほどに上げた。急がなくては。

「わかった」

電話が切れた。

誰かが厩舎に近づいたら、サンジャイが足止めを試みることになっている。できれば、妊娠中の牝馬・シャークのことについて話しかけ、気を惹くなどして。

だが、なかには下位カーストの人間に話しかけられることさえ嫌う者もいる。

厩舎の戸口が騒がしくなった。

サンジャイと男の声だ。

「うるさい。早くあっちへ行け。ついてくるな」

怒りのまじった騎手の声が聞こえた。

アニラの心臓は早鐘《はやがね》のように鳴り出した。サンジャイの引き留め作戦は失敗したようだ。

声は間近に迫っている。

――ここまでだ。

注入予定の分がまだ百ミリ以上残っていたが、状況を見極めて、アニラはサンダーバードから針を引き抜いた。あとは点滴バッグを隠すだけだった。万が一誰かが入ってくることを想定し、敷き藁に潜り込ませて隠す予定だったが、慌てて痛恨のミスをした。

アニラはあっと呻いた。

点滴の針から人工血液がしたたり、飛散して、サンダーバードの馬房の前に赤黒い染《し》みができたのだ。

——どうしようか？

焦るあまり、アニラは声も出なかった。

次の瞬間には、薄暗かった馬房の明かりがつけられていた。

間一髪《かんいっぱつ》。

とっさの判断で、視界が開ける前に、アニラは点滴を予定とは違うところに隠し終えていた。

「何だ、お前は」

初めて見る男だ。新しく来た騎手らしかった。

「私はユニバーサル・ドナーの……」

震える声で、厩舎にいるわけを話しはじめたが、男はアニラの足もとを見るなり飛びのいた。

アニラは長靴を片方、脱いでいた。足のふくらはぎから踝《くるぶし》あたりまで、血が一筋流れ落ちている。そこから点々と、地面に残っているのは血が垂《た》れた跡だ。

月のもの。

そう見た男は、露骨に嫌な顔をした。こちらでは、体からの分泌物は不浄であるとされ、唾液や汗やフケ、目やにも嫌われている。女の、しかも月経の血となれば、見たくも近づきたくもないものであった。

「何てことだ」

　男はわめき散らした。

「験《げん》を担いで一番乗りしたのに、台なしじゃねえかよ」

「申し訳ありません。拭《ふ》こうとしていたところで……」

　アニラは平謝《ひらあやま》りだ。

「くそっ。験が悪いぜ。馬に不浄が移ったらどうする。早く何とかしろっ」

　そのときには、サンジャイもそばにきていた。

　アニラはサンジャイにウインクし、さらに男にへりくだって見せた。

「粗相《そそう》を致しました。お許しください。すぐこの子に掃除させます」

「当然だろう。だから、女は馬房に入るなというんだ。さっさと始末しろ。早くあっちへ行け」

　アニラは厩舎を出、肩で大きく息をついた。サンジャイは、消毒液を取りに行き、厩舎の床を隅々まできれいにした。

　アニラが賭けをしたのは、その翌日のことだ。

都合のいいことに、いまは競馬場に行かなくても競馬ができた。女だとか、カーストの高低だとか、そんなことも気にしなくていい。ネットバンキングのできる銀行に口座さえあれば、オンラインのブックメーカーで競馬ができる。

アニラは、実力ではまったく一顧《いっこ》だにされていなかった一頭の美しい馬に、誰もが驚くほどの金額を賭けた。

Chapter 7

1

パブロ・モスの話題で、全米は持ちきりだった。

記者会見が開かれた。

「あなたは、無意識だったんですね？」

「そうです」

「何を体内に入れられたのかは、不明なんですね？」

「わかりません」

パブロはメディアに対して動画を公開したうえで、W杯の直前、ホテルへ侵入した何者かに何かを点滴されたらしいと話した。

記者たちの質問は続いている。

「大会前と試合後のドーピング検査には、あなたはひっかかりませんでしたよね？

尿検査でも血液検査でも、禁止薬物の検出はされていないとＦＩＦＡは発表しました」

「異常は出ませんでした。他のすべてのプレイヤーと同様です」

「では、薬物は何も投じられていなかったのではないですか？」

「ぼくにはわかりません」

質問のひとつひとつに、パブロはよどみなく答えていった。

「あなたが自殺未遂をしたのは、動画を元に何者かに脅迫されたためですか？」

「脅迫はありませんでした。ですが、試合で出した成果が自分の力によるものという確信が疑いに変わり、苦しみました」

「例えば未知の薬物等が使われたとも想定できるのではありませんか？」

「まったく見当《けんとう》がつかないんです。ただ一ついえるのは、ぼく自身もそれを知りたいということです」

パブロは唇を噛んだ。

同情のため息がもれた。

弁護士がパブロに取ってかわった。彼はＦＩＦＡ側の公式見解についてふれた。

「パブロ・モス氏の処遇についてですが、ＦＩＦＡからは次のように伝えられました。資格剥奪や出場停止などの処分はありません。点滴静脈注射《じょうみゃく》の事実は見られますものの、内容も分量も読み取れず、大会時の公式なドーピング検査で陰性でございました。当時のモス氏の体内の状況を、時をさかのぼり検証する術はございませんので、とのことです」

さらに、弁護士は、モスが出場したW杯の試合に関して述べた。

「W杯の試合結果は、対アルゼンチン戦も含め、全試合有効とされます」

場内はざわついたが、おおむね安堵の雰囲気となった。アメリカの勝利には変わりがないためだ。歴史的な結果である四位には傷をつけたくない。処分が決まったとなれば、人々の関心は、二点に絞られていった。

パブロに不埒《ふらち》な行為を仕掛けたのは誰なのか。

検査で検出されないドーピング剤があるとすれば、それは何なのか。

パブロの弁護士は続けた。

「我々は現地の警察に、住居等侵入罪、及び暴行罪での捜査をお願いしています。また、FIFAでは、WADAによって一年ごとに新しく改訂される禁止薬物表に倣い、アンチ・ドーピングのグローバルハーモナイゼーションを目指すことに変わりはないということです……」

「あの弁護士、うまくまとめたな。パブロの周囲はこれでしばらく落ち着く」

会見をオフィスのテレビで眺めながら、隆一は小ウメに話しかけた。

「……だとしてもだ。こっち側の調べのほうは、そうたやすくはないんだ」

小ウメは、前足を投げ出して寝そべりながら、つぶらな目でこっちを見ている。

手元には、資料が集まりだしている。ドクター・マシュー・バーネットについてだ。

バーネットは、元の職場の国防高等研究計画局《DARPA》ではプログラム・マネージャーだった。

——あの局のプログラム・マネージャーは約百人。全員が軍事上の何らかのニーズを満たすプロジェクトを束ねており、なかには軍事機密に関わる研究に携《たずさ》わる者も少なくない。

機密に触れる彼らの情報は、『オッド・アイ』でただ検索したくらいでは出てこない。

バーネットが『オッド・アイ』に採用されたのは四ヵ月前のことだ。国防高等研究計画局出身者なら、すぐさま採用されたはずだ。知性と能力を兼ね備えた人間が一人くらい増えたところで、この社では誰も何とも思わない。

「リック」

マヤがオフィスに戻ってきた。

「ドクターに関してだけど、W杯のときには出国記録がないわ」

出入国記録調査は、インターポールのお得意分野だ。

渡航の記録がなければ、少なくともドクターは実行犯ではないことになる。

W杯のアメリカ対アルゼンチン戦の賭けで大金を得た彼は、大いに疑わしい。実行犯ではないとしても、駒に指示して動かしたのかもしれない。

ブルーノがなぜ彼を採用したのかは、マヤがすでに聞いていた。

具体的な役割よりも、元の職場や国防総省《ペンタゴン》とのコネクションを期待してエグゼクティブ・シニア・ディレクターに据えたという。

ブルーノは、この手の人間なら無計画に採りかねない。

それゆえ、誰が何を手がけているのか、社内の人間でもお互いにわからないうえ、しばしば無秩序になるというデメリットはあったが。

検索エンジンのリサーチのみでは得られないドクター・バーネットのプロフィールや業績に関する手がかりを、隆一は退役軍人や軍事科学者のサイトで入手していた。

公表されていない内容でも、セグメント化されたサイトで個別に連絡をとっていけば、より詳しく事情を知る者に突き当たる。

数十年前の私立探偵と比べれば、〝小当たり〟可能な地理的範囲も人数も、圧倒的に大きい。

それらを総合した結果、あるキーワードがクローズアップされた。

『戦士《ウオー・ファイター》』

である。

兵士《ソルジャー》ではなく戦士。

国防高等研究計画局で、バーネットは兵士の能力増強にまつわる研究に関わっていた。持って生まれた能力以上に戦うためのグレードアップされた兵士、すなわち『戦士』を科学的に作り上げるプログラムのマネージャーの一人だったのだ。

隆一は、ドーピングに使われる興奮剤のことを思い浮かべた。初期のドーピングで使用されていた興奮剤のアンフェタミンは、およそ百年前の第一次世界大戦時に、諸国の軍隊で使われていた薬だったのだ。

二十四時間臨戦態勢にある兵士たちにとって、戦場でいちばんの禁物は眠気《ねむけ》である。

アンフェタミンは、明治時代の日本で発見された覚醒アミンとエフェドリンの化合物だ。アンフェタミンは、風邪薬としてドイツで使用されたが、強力な眠気をも覚まし、一時的な興奮作用をもたらすことが知られ、各国の軍部は兵士たちにこれを服用させた。薬物使用は、『戦士』創製の第一歩であったのかもしれない。

ナチス・ドイツ国防軍も、大日本帝国軍も。そして米軍も。

米軍で『GO PILL《ゴー・ピル》』とまで呼ばれたのは、覚醒剤には精神を高揚させ〝自分は無敵だ〟と信じさせる効用があるからだ。怖じずに殺傷行動に向かわせる働きもある。

──感覚を狂わせる薬が、人と人とを戦わせ、諸国の殺し合いを生んでいたなんてな。

『世界大戦は、覚醒剤大戦であった』ともいえるのだ。

当時は、依存症や中毒作用による死や精神疾患、離脱症状の苦しさから暴れることなどは知られず、あるいは隠されて、覚醒剤は軍事用に大量生産され、配付されていった。

アンフェタミンよりも強いメタンフェタミンは、日本では「ヒロポン」の名で知られ、戦時は軍から配られた。疲労をぽん、と消すのでヒロポン、などという語呂あわせも広まったらしい。

ヒロポンは戦後、民間市場に流れ、どの薬局でも買えたため多くの中毒者を出し、彼らは「ポン中」と呼ばれた。

いまでは俗にスピード、アイス、S、あるいは日本でシャブと呼ばれる覚醒剤がそれである。

シャブ漬けの兵士とは、これほど怖いものはない。

——それにさ……、あらって感じなんだよな。

遠い昔のことではなかった。

——アフガニスタンでも。

帰還兵のサイトを覗くと、いまだに、国防総省から支給された覚醒剤や抗うつ剤の後遺症に悩む元兵士たちによる書き込みのオンパレードだ。

少なくとも二〇〇二年、アフガニスタンでの演習中に、デキストロ・アンフェタミン錠を処方された空軍パイロットが友軍を誤爆《フレンドリー・ファイアー》したことが報道されている。

帰還後にパーキンソン病を発症し、戦時のアンフェタミン投与によるものとして裁判を起こした帰還兵もいる。

いまはモダフィニルという、わりに緩やかな眠気覚ましに取って代わられているらしい。だが、これとて薬の助けを借りていることに変わりはない。

国防の面から見れば――、これもみな、戦士を創る手法の一つにすぎない。

ドクター・マシュー・バーネットが国防高等研究計画局で携わったプログラムは、『遂行能力継続支援プログラム』、『補給食』、『傷病兵の機能回復プログラム』。

兵士改造の容赦なさを知ったいまでは、どれも怪しげなフレーズに見える。

パブロには、記者会見でメディアには伏せていることがあった。

パブロは、自分の体の機能が向上したことについて、記者会見では触れていない。W杯のゲームで、これまでにないほど身体が軽かったこと。それに加えて、一酸化炭素中毒からきわめて早く快復したこと。

マスコミは、彼はきわめて軽い中毒であったと見なし、そう書いている。だが、実は驚異的な快復力だった。

なぜなのか。

隆一は、インターポールを通じ、WADAによる詳細な検査を極秘裏に受けてはどうかと、パブロに勧めた。

WADA検査ラボは、世界中で開発されているドーピングの不正技術を検知する技術を日々培っており、インターポールとも連携をとっている。

パブロは承諾した。

もちろん、パブロの同意がない限り、検査の内容は秘匿《ひとく》してもらい、世間に明かさないことを契約書に明記したうえで。

WADAのラボはスイス・ローザンヌにあるが、いまパブロが足を運ぶのは危険すぎる。彼を追っているパパラッツィがいるかもしれない。

といって、普通に考えれば薬効はしだいに薄れるものだ。検査は早いほうがいい。

必要な設備は、WADAの指示に従い、サンルイスオビスポの病院に集められた。パブロが検診であの病院を訪れるのは自然なことであるうえに、入院時に作られたカルテやサンプルも残っている。

ローザンヌからは、WADAでトップクラスの研究者が派遣され、すでに向かっているはずだ。

バイブレート音が鳴った。

マヤの携帯だ。

「そんな」

電話口で、マヤは舌打ちした。眉を曇らせている。

「どうした」

彼女は肩をすくめ、こちらを見て首を振り、送話口をおさえていった。

「ドクター・バーネットが車で連れ去られたっていうの」

「何だって」

予想外の出来事だった。

WADAの検査報告を待ってのことではあるが、マヤはバーネットに事情を尋ねることにしていた。

バーネットの居所を把握しておくため、マヤはこちらの警察に依頼していた。何の証拠もないことなので、強硬には出られないが、プライヴェートな彼の動きは、ロス市警が見張っていたはずだ。

見張りの隙《すき》をつき、何者かがバーネットを連れ去ったというのだろうか。

ドクター・バーネットは、『オッド・アイ』の研究棟に部屋を与えられているが、人事部から得た情報によれば、入社以来、二度しか出勤していないという。部下もつけられていない。

ドクターの部屋には、まだデスクも運び込まれていない。私物も何もない。これは『ステーション』経由の情報だ。

彼女は電話を続けている。

「何ですって？　え、そうなの……」

会話に嘆声《たんせい》が交《ま》じった。電話を切って、彼女は唸《うな》った。

「しまった。ちくしょう」

らしからぬ言葉が出た。

事態は複雑になったわ、とマヤはいった。

「ドクターを連れ去った車のナンバーは分かった。でも、もうそれ以上追うのは無理みたい」

いかにも残念そうだ。

「相手は、実力者なのか?」

「あそこには、インターポールでも力が及ばないわ。ドクターのことでは、私は引き下がるしかないの。あとは、この国の問題になるってこと」

「誰なんだ」

「行く先も分かっているわ。公用車だから。彼ら、空港に向かった。ドクターはペンタゴンに連れて行かれるそうよ」

2

「もう、先を越されたくないわ」

車を走らせながら、織部マヤがいった。WADAの研究者が、サンルイスオビスポでパブロ・モスの分析結果を持って待っている。

「どうだった？」

「私もまだ聞いていないの。ラボのシェイカー博士は、パブロ同席の上で話すと」

「何かわかったってことだな」

「それは確かね」

「あまり聞きたい気はしないな」

「じゃ、やめる？」

「いや、聞くよ」

車は、アリシアの屋敷に向かっている。パブロは、アリシアも連れてきてほしいといった。

「ドクター・バーネットは、逮捕されたのかな」

「そんな情報はないわ。つまり……、逮捕できるだけの材料がないということだと思う。ただ、おそらく国防高等研究計画局でバーネットが手がけていたこととパブロの件は、何らかの関わりがあるのよ。そうでなければ、国が動くわけがない。任意の事情聴取ってところでしょうけど」

車を屋敷の前に着け、隆一はアリシアを迎えに行った。

相変わらずきれいだ。

けれど、彼女は支度《したく》をしていなかった。

「あたし、行かないわ」

アリシアがいった。

「どうして」

彼女は、あたりを見回した。

「このあいだのあのマヤって人は？　インターポールの捜査官だったのよね」

「マヤは車で待ってるよ」

「行きたくないのよ。だって……」

アリシアは、語尾を濁《にご》した。だが、目のなかに色が動いている。躊躇《ちゅうちょ》しているのだ。

「いえよ」

決断しなければならないことがあって揺れているとき、どちらかに押してやると進むことがある。アリシアに関する隆一なりの経験則だ。

「もう嘘を聞きたくないのよ」

アリシアの唇から、小さな声がもれた。

「……パブロは嘘をついているわ」

「何のこと？」

「なぜ、彼はあんなことをいったのかしら。あたしも騙《だま》されてたみたい」

彼女は、記憶の糸をたぐるような言い方をした。

「キャムの話よ。彼を脅すための文書が、キャムの首に提げられていたっていう話」

キャムはパブロの愛犬だ。

「犬とビーチで遊んでたときのこと？」

「ええ。あたし、そのとき、〝こんなものがキャムにつけられてた〟って、木立から出てきたパブロにUSBメモリを見せられてたの。中身が何だったかは聞かなかったわ。彼が見て処分するっていっていたから。ファンのいたずらだろうなんて、笑ってた。そういうサプライズってあるでしょ？　ご大層なものだなんて知らなかったしね」

USBメモリには大量の情報を入れられる。熱烈なメッセージやセクシーな自己紹介画像。確かに、ファンレターがわりにこれを渡して近づこうとするファンはいる。

「でも、あれは点滴の犯人からの連絡だったって知って、あとからあたし、思い出したの。あたし、もしかしたら犯人をみつけられるんじゃないかと思って、チェックした」

アリシアは、そこで指笛を鳴らし、小タケと小マツを呼んだ。

二匹の愛すべきトイプードルがすっ飛んで来た。彼らの首には、太めの首輪とネックレスがついている。

「あなたと一緒に買ったでしょう、これ。この子たち、散歩のときにいつも首につけてるのよ」

いわれて、隆一は思い出した。

「ああ、あれか」

小タケも小マツも、CCDカメラを仕込んだ首輪をつけている。最近はやりの、ペット目線カメラというやつだ。

一度セットすれば、五分おきとか十分おきに、勝手にシャッターが切られる。

「この子たちの撮影ショットをPCで開いてみたの。そうしたら、すごく遠目になるんだけど、マットとタークのカメラに、それぞれワンショットずつパブロの写った写真があった。彼、自分でポケットから紐《ひも》付きのUSBメモリを取り出して、キャムの首にかけたのよ」

頭のなかに、木立のなかのパブロの像が浮かんだ。あたりを窺い、誰もいないことを確かめるパブロ。

どういうことなのか。

「初めから、パブロはUSBメモリを持っていたんだわ。誰かがキャムの首にかけたなんて、嘘。なぜ、そんな嘘をつく必要があるのかしら？」

確かに、話の辻褄《つじつま》が合わない。

ひとつの嘘が見つかった。

しかし、嘘はこれで終わりなのだろうか？　見当《けんとう》がつかなかった。逆にいえば、掘れば掘るほど何か出そうでもある。

「リック、あなたパブロに聞いてみて」

難問にもかかわらず、アリシアは、隆一が逆らえないいつもの口調でこういった。

仕方がないな。

彼女はいつも、頭をつんと上げている。でも、知っているのだ――そうしていないと、自分のガラスのようなバランスが崩れ、倒れてしまうと。

救いの手をさしのべてやりたくなる。彼女はいつも、隆一がいともやすやすと事を片付けると信じきっているようなのだ。彼こそがトラブルシューティングの専門家だと。

そういえば、『オッド・アイ』でも同じような仕事を担当させられている。あのデータだらけで混沌《こんとん》とした職場でも。

――奴に聞いてみるしかないか。

隆一は考えを決めた。

自分一人でも、いずれはそうしなければならなかったかもしれないのだが。

「やあ」

パブロは、またガシッと握手をしてきた。

「覚悟できてる？」

隆一は尋ねた。

「ああ、大丈夫だ」

パブロは微笑んだ。

「分析の結果をお話しします。モスさん、こちらのお二方にはご同席いただいてよろしいですね？」

WADAから派遣されてきたシェイカー博士は、五十は過ぎているように見えた。ことばつきが丁寧で、品のいい女性だ。

「構いません」

パブロは頷いた。

「こちらへおいでください」

シェイカー博士は、隆一たちを院内の一室に導いた。

織部マヤは、確かめるように上を見た。入り口には監視カメラがつけられている。セレブ専用の病院だけに、セキュリティの設備は充実しているのだろう。

博士は指紋認証とパスワードで入室した。後についてゆく。なかは、急ごしらえとはいえ立派なラボになっていた。

「時間がかかりました」

シェイカー博士がいった。

「従来の検査では、とても見抜けるはずのないことが起きていましたので」

「じゃ、やっぱり……？」

隆一は、マヤと顔を見合わせた。パブロはと見れば、シェイカー博士の口元を、食い入るように見つめている。

真剣ではあるが、ショックを受けている様子には見えなかった。やはり何か知っているせいだろうか。

「ええ。モス氏の検体には、普通ではないことが見られます」

「普通ではない？」

博士のもってまわった言い回しが、マヤは気になったらしい。

シェイカー博士は、すまなそうにいった。

「ごめんなさい。そうとしかいいようがなくて。私自身、驚いています。あのような物質がすでにこの世にあるとは、考えもしていなくて。私も初めて見るものでした」

「薬物なんですか？」

「いいえ」

「検体は尿ですか？　それとも……」

「お見せするのがいちばんでしょう」

博士はある機器の前に立った。

「これは、ＷＡＤＡのドーピング検査では使っていない機材です。かなり小型のタイプなのですが」

素人目には何ともわからないが、ロケットに似た筒状のタワーがデスク部と一体化しているワークステーションだ。モニター付きの操作部もデスクに組み込まれているらしい。

隆一を含め、みな黙然《もくねん》とワークステーションを眺めた。

「このセットで三万ドルはします」

三百万円強か。

「何をする機械ですか？」

「透過型電子顕微鏡です」

「顕微鏡……？」

「普及し始めてますが、そこそこ特殊な製品なんです」

シェイカー博士はモニターを示した。

「こちらをご覧になってください」

画面いっぱいに、ぼんやりとした形が浮かび上がっている。赤みを帯びた黄土《おうど》色の画面に、輪郭のぼやけた白いシルエット。三つ葉のクローバーを連想させる形だ。

「お団子《だんご》が三つくっついたみたいな形ね。重なってる部分はあるけど」

マヤの言い方も当たっている。オリンピックの五輪を立体化して、三輪にした感じといったほうが近いか。

から。

「何の画像なんです？」

パブロの声は硬かった。それも当然だろう。何にせよ、検体は彼自身の一部なのだから。

「サンプルはモス氏の血液です。そこから見つかったこの物質は、普通の人の血液のなかにはないものです」

「もっとわかりやすくいってくれ」

パブロはじれていた。

彼にはとりあわず、シェイカー博士は自分のペースで説明を続けていく。

「通常の顕微鏡では、これを捉えることはできません。この人工物質の粒径《りゅうけい》は十五ナノメートルしかなく……」

「……ナノ？」

「人工物質？」

隆一とマヤは、それぞれ違うキーワードに反応した。

「ナノメートルとは、十億分の一メートルです。ミリでいうなら、百万分の一ミリにあたります。この透過型顕微鏡は、ナノサイズの物質を捉えて画像にすることができますが、ご覧のように周囲はぼやけていますよね。これは機器の問題で、原子間力顕微鏡を用いれば、もっとくっきり物質の構造が見えてくると思います。本部には設備があるので、サンプルを持ち帰ればさらに詳しく検証できるのですが」

博士は、光学メーカーの切磋《せっさ》琢磨《たくま》によって、原子間力顕微鏡も入手しやすいものになってきていると付け加えた。

「そのお団子三つのような物質は、誰かが作ったものなんですか？　自然にあるものではなく」

マヤが尋ねた。

「人工的に分子を構築したある種のナノ・マテリアルです。私の見るところ、そのなかでも卓越した――、とてつもなく新しい発想の技術です」

ナノ物質。

いまではよく耳にすることばだが、ナノサイズのものさえ人が操れる時代になっていることを、隆一はあらためて実感した。これはサイエンスフィクションではない。目の前にあるナノサイズの物質をプラモデルのように組み立て、創製したのは、神ではなく人間なのだ。

新しい物質がパブロの血中に混じっていたということになる。

「詳しくは、私などよりも血液を専門にされている分子工学者にお尋ねになるほうがずっといいと思いますよ。でも、ざっくりお話ししましょう」

「お願いします」

シェイカー博士は話し始めた。

「実は、このナノ・マテリアル画像を論文チェッカーで既出の論文と照らし合わせてみたのです。生命科学系でヒットしました」

学術の世界でも、インターネットによる画像や文章記述の照合が進んでいる。

「日本のダイ・サワタリという博士が発表している論文に、この物質の画像がありました。彼はこの物質に関する特許を取得しています」

「日本人の発明なのか」

思わず呟いた。

「ええ。調べたところによれば、サワタリ氏は人工血液の開発を手がけています」

隆一は目を見張った。

「人工血液？　待ってくれ、じゃ、パブロの血液中にあったこのナノ・マテリアルの正体は……？」

「赤血球《せっけっきゅう》の働きをさらにアップグレードさせた人工の粒子重合体です」

「もっと、わかるように頼む」

目を白黒させているのはパブロだ。

「血液中の赤血球のなかには、ヘモグロビンが含まれています。ヘモグロビンは、脳や心臓をはじめ、各器官に酸素を運ぶ物質です」

血液中のヘモグロビン。

確か、獣医のヒャンリョンがヘモグロビンの話をしていた。

隆一はそのとき学んだことを思い出した。ヘモグロビンが酸素を運ばなくなると、全身が酸素欠乏状態になるのだ。

シェイカー博士は、新しいマテリアルの解説に苦心していた。

「えーと、サワタリ氏の論文によればですけれど、赤血球から取り出したヘモグロビンを三個ずつ組み合わせて、まわりをあるタンパク質でくるむわけです。そうすると、赤血球の代替品ができます。それがこの画像の粒子重合体です。ごく簡単にいえば、プレミアム疑似《ぎじ》赤血球ができたということですね……」

「プレミアムって、どこが凄いんですか？」

マヤが口をはさんだ。

「普通の赤血球と違って、プレミアムのほうは血液型があ、あ、あ、ありません」

隆一はのけぞった。

「血液型をなくすって、そんなことが可能なんですか？」

「それが、できたわけです。血液型というのは、赤血球の膜の部分、つまり皮みたいなところにある抗原で決まるんです。そこを取り去ってしまい、別の物質でくるむわけですから、血液型はなくなります。つまり、いわばブラッドタイプゼロであり誰にでも輸血できることになります。すごいメリットですよ、これは」

クールで淑《しと》やかな面差《おもざ》しの博士も、いささか興奮ぎみの口調だ。

「さらに、この粒子重合体のいいところは、生来の赤血球よりも小さいことです」

「赤血球のサイズに意味があるんですか」

と、マヤ。

「大いにあるのですよ。赤血球の大きさは八ミクロン。それに比べて、プレミアムの新しいマテリアルは十五ナノメートル。つまり、赤血球の五百分の一の大きさです」

この物質の小ささこそが、生体に素晴らしい革新をもたらすのだと、シェイカー博士は指摘した。

「赤血球の代理で酸素を運ぶこの新しいナノ・マテリアルは、ごく微細なので、従来の赤血球が通れなかった通路にも入れるんです。もうおわかりですよね。このことのもたらす、素晴らしい意味が……」

……！

隆一は唸った。感嘆せずにはいられなかった。

四肢五体《ししごたい》に張り巡らされている血管のうちには、狭まっている部分や、毛細状《もうさい》の部分がある。ごく細い血管のすべてを、この微細な重合体──酸素キャリア──なら、スムーズに通っていけるのだ。そして全身に酸素を行き渡らせることになる。

スケールでは捉えられないほど細かな血管のなかには、眠り、死蔵されているものもあるかもしれない。これまで働いていなかったルートまでが目覚め、秘められた能力が開花するかもしれないのだ……！

いよいよ、博士はパブロの身におきたことにふれた。

「モス氏の運動能力が高まったのなら、その現象には、このナノ・マテリアルが関わっていたのではないかと推測できます」

隆一の目に映るパブロは、苦しそうに見えた。

スーパーヒーローの勝利は、実力で勝ち取ったものではなかったことになる。

そのことがこたえているのだろうか。

シェイカー博士は、コークスによる彼の自殺未遂の件についてもふれた。

「モス氏が一酸化炭素中毒から短時日で快復されたことにも、同じことがいえると思います」

一酸化炭素中毒は酸素の欠乏によって起こる。ヒャンリョンは、救命措置に酸素ボンベをつかっていた。

「このプレミアム疑似赤血球が彼の血中に注入されていたことで、酸素がスムーズに全身に供給され、リカバリーが極めて早くなったと考えられます」

隆一には、ひっかかる点があった。

「ちょっと待ってください。W杯からいままでは、一ヵ月半は経っていますよ。なのに、この物質はまだパブロの体内に残っていたんですか」

シェイカー博士は大きく頷いた。

「そこは、私にも疑問だった点ですね」

彼女は、折りたたんだメモを白衣のポケットから出して開いた。グラスチェーンで首から提げていた眼鏡をかけて眺める。

「サワタリ氏の論文によれば、この物質は、血中に注入しても——個人差はありますが——三、四週間ですべて排出され、もとの赤血球と入れ替わる、とあります」

「だったら、一ヵ月半後のいまは検出できないはずでは？」

「理論的にはそうですね。私の推察ですが、二度目の注入があったのだと思います」

「……二度目？」マヤは目をむいた。「W杯のときだけじゃなかったというの？」

「モス氏の入院時に採取された血液のサンプルには、相当量の疑似赤血球が見られました。新たに採取した彼の血中からは、昨日の採取分まで同じ物質が検出されていますが、数はごく僅かに減っています。減っているペースから逆算しますと、ちょうど中毒を起こされた当日の前後に、注入が行われたと考えるのが妥当でしょう」

「……そんなばかな」

パブロが首を振った。

「また誰かに寝込みを襲われたのか？　ぼくには信じられない」

隆一にも信じがたかった。だが、検体からは疑似赤血球が出ているのだ。再度の注入があったと考えるのが筋《すじ》だろう。

一体誰が、どこで？

「正直申しまして、これは大変なできごとだと思います」

シェイカー博士は、慎重に言葉を選んだ。侵入とか事件とか、犯人という表現を避けている。

「ですが、私の役目はここまでです」

博士は眼鏡を外した。

「WADAにとっての課題は、ドーピング検出技術を開発することです。モス氏のケースによって、ナノ・マテリアルが不正を生み出しかねない存在であることがはっきりしました。来たるべきスポーツ世界大会からは――サッカーに限らずですが――原子間力顕微鏡を導入しての検査が新しく行われることになるでしょう」

「これまでは、導入されていなかったんですか」

「新しい機材ですので。ここだけの話にとどめてくださいますか」

シェイカー博士は付け加えた。

「WADAがどんな項目の検査を行い、検出手段を持っているかについての詳細は、公式には秘密なんです。あの手この手で検査をすり抜けようとする輩《やから》が多いので」

パブロは悄然《しょうぜん》として、モニターに表示された疑似赤血球を見つめていた。

「残る謎解きと不正の捜査は、ICPOにお任せしましょう」

シェイカー博士はいった。

「私は、次代の医療につながる新たな知見を得たことだけで満足です」

3

「役得ね。かぶりつきたくなるくらいのヒップ」

マヤは注射器を手に、にやついている。

彼女の目前には、パブロ・モスの堅く盛り上がった尻がある。

「悪いわね。ＩＣＰＯのラボでもサンプルが必要なの」

上司に検体を採ってくるよう命じられていると、彼女はいった。

パブロは承諾した。

注射器の針が、尻から抜かれた。

「はい、おしまい。あっちを向いているから身支度して」

マヤはにやついている。博士が去ったラボで採取を切り出したのには、お楽しみという意味もあったのだろうか。

嬉しそうなマヤを横目に、隆一はタブレットで調べごとを始めた。

ダイ・サワタリ。

プレミアム赤血球を研究開発中の沢渡大《さわたりだい》は、日本の総合産業大学に所属している分子工学者で、理工応用化学研究所と産学共同研究をしている。

プロフィールには、ポートレイトがついていた。理知的な面差しだった。四十代にさしかかったばかりの気鋭の学者だ。

――サワタリが日本で開発中の物質がなぜ、この場にあるんだろう。

ざっと当たったところによれば、サワタリが開発中のマテリアルについて、日本の役所の製造承認は出ていない。

非臨床試験か、臨床試験の段階なのかもしれない。

思考をそこで遮られたのは、ズボンをはいたパブロが二、三歩歩きかけてよろめいたからだ。

「どうした」

「体が……」

「立てない」

彼は足をもつれさせ、その場にくずおれてしまった。

「しびれたのか」

「わからない。力が入らない」

隆一は助けおこし、自分のかけていたソファに彼をもたせかけた。

「おい、すぐに誰か呼んでくれっ」

幸いなことに、ここは病院だ。エマージェンシーにも対応できるはずだ。

が、マヤは取り合わなかった。

「その必要はないわ」彼女は冷たくいった。「命に別状はないから」

「どういうことなんだ？」

隆一はマヤに詰め寄った。

「どうもこうも。私はただ、このときを待ってたの」

「このとき？」

マヤはパブロを見据《みす》えた。

「つけがまわってきたのよ」

パブロはうろたえていた。壊れた玩具《おもちゃ》を見るように、彼は自分の動かない腰から下をおろおろと見下ろした。

ふりかかった災難を受け止めきれない様子だ。

「例の新しいマテリアルには、副作用があるの。それが出たんじゃないかしら」

パブロの顔が恐怖に染まった。

「……な」

「あなた、知らなかったの？」

マヤはたたみかける。パブロはかぶりを振った。上半身は動いている——まだ。

「脚を動かしてみて」

パブロは懸命に腰から下を動かそうとした。彼の脳の指令は、腰から下には届かないらしい。

「そんな、まさか……！」

彼は放心したようであった。

「教えてあげるわ、パブロ。実はこうなったアスリートはあなただけじゃないの。私たちの捜査では、何人か同じように身体的パフォーマンスが極度に上がったケースがあるのよ。覚えている？　ＩＣＰＯの『ブラック・データ』の話を」

『ブラック・データ』は、インターポールがドーピング該当者のビデオデータを分析して作成した、彼らの身体的変化の記録だ。

マヤは続けた。

「そこで引っかかったアスリートの身体をうちのラボが調べたら、数人から例の新マテリアルが検出された。そして、彼らは一様に副作用に苦しみはじめた」

「何だって？　パブロが初めてじゃなかったのか」

「体が動かなくなるの。下半身から始まって……、ついには全身が」

パブロは目を大きく見開き、顔がこわばった。

「実をいうと、解毒剤はここにあるの。うちのラボがすばやく対応したので。だけど、措置が遅れたアスリートには後遺症が残ったわ。何人かは、体の一部に麻痺が残ってしまった」

「麻……痺？」

希望と落胆とが、パブロの目のなかを交互によぎっていった。

「あなたがこの場で本当のことを話してくれれば、私がすぐに処方してあげる。だけど、早く話さないと一生そのままになるわよ。たとえば、その脚」

「やめろっ」

隆一は止めに入った。

「彼の脚は、全米の宝なんだぞ。その脚を駄目にするのか？」

サポーターたちの嘆きが目に見えるようだった。

「くそっ」

パブロはまた脚を動かそうとしたらしい。が、努力は無に帰した。

「このマテリアルは、明らかに裏で流れている。彼が真相を話さなければ、不正のルートが解明できないわ。その結果、多くのアスリートが犠牲になるかもしれないのよ、いまこの瞬間も」

「にしても、強引すぎる。問題になるぞ」

「構わないわ。これは捜査の一環なんだし、彼がナノ・テクを不正に使い、ドーピングを試みた後遺症だと発表するだけよ。そうなれば、ヒーローの名声は地に墜《お》ちるわ」

マヤの声にはためらいがない。

「わかった。話すよ……」

うわずった声だ。彼女にまくしたてられて、パブロは観念したようだ。遂に意を決したように、彼は吐き捨てた。

「どのみち、ぼくはヒーローなんかじゃないんだ」

呟きとも、独《ひと》り言《ごと》とも思えた。

「もう終わってた。自力で這い上がることなんか、とてもできなかった……。だけど、そんなぼくにもできることがあるといわれた。それも、大勢の人のためになることだと口説《くど》かれたんだ」

「何だって？　だったら……、パブロ、君は初めから知っていたのか。自分の体内で何が起きているのかを」

問いが、隆一の口をついた。

「そうだ。凄い力が発揮できるといわれた」

「W杯のときからわかっていたの？」

マヤがたたみかける。

「ああ。承知していた」

「じゃ、ホテルに誰かが侵入して点滴されたっていうのは」

「作り話さ。ぼくは、現地で何が起きるのか知らされていた」

「実行したのは誰なんだ？」

「知らない。すべては手配されてるというから、知りたくもなかったし」

「ドーピングする気なら、自分で自分に注射すればいいことじゃないか。なのに、なぜあんな動画を撮ったんだ？」

「それは、ぼくのドーピングに目を向けてもらうためさ」

わけがわからなかった。

ＦＩＦＡの検査で検出される可能性がゼロの新物質だからこそ、大会での使用に踏み切ったはずだ。なのに、ドーピング疑惑を招く動画をなぜ撮ったのか。

「それは……」

「あなたは口を挟まないで」

隆一はきっと睨まれた。

マヤが質問の主導権を握った。

「順を追っていきましょう。パブロ、あなたに話を持ちかけてきたのは、この彼なの?」

マヤはタブレットにドクター・マシュー・バーネットのポートレイトを表示した。

「確かに、彼だ」

「どんな話をされたの」

「FIFAの検査に絶対出ない方法で、君は全米トップのファイターになり、全米のトップスターになれるっていわれた。すごい誘惑だった」

それもそのはずだ。

データによれば——隆一は『オッド・アイ』で検索したショッキングなデータを思い出した。

アテネオリンピックの頃の米国のデータではあるが、〝金メダルが取れるなら、五年後に死亡すると聞かされていても薬物を使うか〟というアンケートに、競技者の五十二パーセントがイエスと答えたという。金と名声は、それほど人の心を乱す。

「でも、ぼくはノーといった。不正は嫌だった。何かを使ってまでのし上がりたいという気はなかったんだ。弟が事故で死んで、心が沈んでいたこともあったし。だけど、話の続きを聞くうちに、気が変わっていった」

「ドクター・バーネットはいったい何を持ち出したの」

「彼は、ロベルトの死を知っていた」

ロベルト・モスはパブロの弟だ。チコシティ消防本部の林野対応部隊で働き、国立公園の山火事で殉職している。

「スモークジャンパー遺族基金にぼくが寄付をしたことも、彼は知っていた。だから大勢のW杯アスリートのなかからぼくを選んだのだと話していた。彼はこうもいった。〝君が今回のことを全《まっと》うすれば、必ず世のなかのためになる。ロベルト・モスのように一酸化炭素中毒に遭った人間の救命率が上がるんだ〟と」

「どういうこと？」

「弟の事故のとき、ぼくは知ったんだ。事故に遭ったスモークジャンパーたちのなかには、幸い命を取り留めた人もいる。だけど、後遺症に悩まされている元ジャンパーもけっこう多い。酸欠になったために脳や臓器が損傷を受けた人たちだ」

隆一は思い出した。一酸化炭素中毒の後遺症の話を、確かヒャンリョンがしていた。

パブロは続けた。

「彼はいったよ。一酸化炭素中毒という現象は、ファイアーマンだけに起きることではないんだって」

世界中で起きている火災の悉《ことごと》く、ガスや炭火、石油ストーブ等の不完全燃焼で起きた事故。

「新しいマテリアルは一酸化炭素中毒の解毒に使える人工血液みたいなもんだって聞かされた。戦地でも役立つといわれた。兵士だけでなく空爆に巻き込まれた民間人にも応急措置ができる。空襲で焼け出された人の多くは、焼け死ぬのではなく一酸化炭素中毒で亡くなるそうだ」

「ドクター・バーネットは、あなたの行動が彼らを救うといったの？」

「すべてなんて無理だけどね。救える人も出てくるということさ。新しいテクノロジーが生まれたって、彼は話してくれた。その技術は、輸血のグレードを上げると同時に一酸化炭素中毒の解毒に使えるものだが、同時に、余禄《よろく》として一時的に人間の身体能力を上げてしまう。新しいナノ・テクノロジーだから、ドーピング検査には引っからない。それを利用して、一芝居打ってみないかといわれた」

「一芝居って……、そんなに軽い話じゃないわ」

「もちろん、そうじゃない。軽い気持ちからしたことじゃない。ドクターは分析していたよ」

　パブロはかぶりを振った。

「分析ですって？」

「すべては、人の目を惹かなくては始まらない。『オッド・アイ』の検索ランキングのベスト・テンに〝パブロ・モス〟や〝ドーピング〟、〝一酸化炭素中毒から劇的に快復〟が入るくらいでなくてはだめだと」

「つまり、ドーピング騒動を起こしたことも、続いて自殺未遂を起こしたことも、計算ずくだったというの？」

「自作自演だったんだな」

　隆一はいわずにはいられなかった。

「君らの目的は、新しいナノ・マテリアルについて世間に知らせ、ムーブメントを起こすことなのか？」

　パブロは白い歯を見せた。

「リック、君ならきっとわかってくれると思ってた。ぼくが蘇ったことで、あの何たら液が中毒のリカバリーにみごと役立つって実証されたじゃないか」

「解毒のための注入は誰が行ったの？　シェイカー博士がいっていたでしょ。自殺未遂騒ぎの前後に、二度目の注入があったはずだって」

　マヤが訊ねた。

「ぼくにはわからない。バーネットとのあいだでは、日時とアリシアの屋敷で実行することだけが決まっていた。あとは手配するといわれていたから」

「死ぬとは思わなかったの」

「不安だったさ。だけど、W杯のとき絶好調だったことだけを考えた。あのときの素晴らしい感覚を思い出すと、間違いなく蘇れると思ったんだ」

「でも、パブロ、W杯でナノ・テクを用いたドーピングをしたことも、同じマテリアルを用いて中毒から劇的に快復したことも、あなたは世間にはまだ伏せているわよね」

　マヤは辛辣《しんらつ》だ。

「隠し続けるつもりはなかった。予《あらかじ》めのプランでも、ぼくは君らにカミングアウトする予定だったんだ」

　隆一は、パブロに見据えられた。

「ヒントだって出したんだぜ」

　はっとした。

「アリシアのことか？」

「やっぱり、あんたは彼女に何か聞いてたんだろ。アリシアなら、きっと気づくと思ってたんだ」

　ペット目線のカメラの写真。

　いま思えば、偶然に犬たちがベスト・ショットを撮っているなんて、あまりにも都合がよすぎる。パブロは、小タケと小マツのカメラにわざと写り込んだのだ。

「自白するより、人に暴かれるほうがセンセーショナルだしね……」

　パブロの目は、据わりだしていた。

「何もできないって、空しいよな……。ロベルトはすごい奴だった。ぼくなんかよりずっと、正義感に満ちていた。でも、彼は何を残したんだろう。結局何ができたんだろう。家族も遺《のこ》さずに逝《い》ってしまった。昔からずっとさ、ぼくらは頑張っているつもりだが、いまの年寄りたちがしてきたのと似たり寄ったりのことを繰り返してきただけだ。そう思うと、さびしくなった。そんなのじゃダメなんだ」

「ドクターは、あなたの心情につけ込んだのね」

　マヤの呟きをよそに、パブロは大きく息をついた。

「人間は、死ぬ気で何でもやれるんだ。ただし、本物の英雄になれることがわかっている場合には」

「バーネットの狙いは何なの」

「あの人工血液を一刻も早く市場に出すことみたいだ」

――!?

隆一は、マヤと顔を見合わせた。

「製造承認ってのが下りるまでに、時間がかかりすぎるんだとかって。だけど、ぼくがW杯で使ってスーパープレイをし、人体に変調がないことが世界じゅうに認識されれば、薬が認可される時期が早まる。一酸化炭素中毒をすみやかに解毒したことがわかれば、さらに認可のスピードは早まる。少なくとも、米国内のいくつかの州では、即座に臨床試験が許可されるだろうと」

隆一は天を仰いだ。

確かに、パブロの話題が世を席巻《せっけん》すれば、新たなナノ・マテリアルは確実に引く手あまたになる。

彼らがしてのけたことが、ようやく読めてきた。

ドクター・バーネットは、パブロをまずW杯でヒーローに仕立て上げた。続いて自殺未遂を起こさせ、ドーピング疑惑で世間の注目を集めた。その上で、中毒からのめざましい快復も、W杯での活躍も、新しい人工血液あってのことだと発表する。

パブロの栄光もダメージも、いずれも人の口に上らせるためのものだった。

しかも、単なる虚栄のかがり火には終わっていない。パブロにとっては、正《まさ》に身を窶《やつ》したとしても真の巨人になるための祈りであり、彼なりの聖戦ともいえた。

たとえドーピングの件で名声が汚れたとしても、万人のために身を挺《てい》したことで、彼自身は確たる存在理由《レーゾン・デートル》を手に入れることになる。

手ばなしで褒《ほ》められることではないが、中毒の危険を顧《かえり》みず、捨て身でトライしてみせ、あのプレミアム人工疑似赤血球の被験者となったのだから。

無数の人の星になるチャンスに恵まれたパブロが、隆一には羨ましい気さえした。

カリスマティックな一面を持つパブロにしかできなかったボランティア。そして、果てしない自己愛をも満たしてくれる甘い蜜《みつ》。

しかし、ドクター・マシュー・バーネットはどうなのだろう？　彼には何のメリットがあるのだろうか。

マヤは、なおもルート追及の手を緩めていない。

「あのナノ・マテリアルは、誰がどこから手に入れたものなの。日本で開発されている物質だと知っていたの？」

「どこから来たのかは、知らない。誰が作ったのかも知らなかった」

「本当に？」

「ぼくにとってはどうでもいいことだったから。でも……、もう何もかも終わりだな。こんな……恐ろしい副作用があるんじゃ、認可される……どころか、す、ごく……リスキーだ」

パブロは目を閉じた。

彼は疲れ果てた様子だった。これまで彼を包んでいたオーラが、明らかに失せている。かわりに顔に浮いているのは、焦《あせ》りとも憂《うれ》いとも、自分への不信感ともつかないもので、ほとんどの人間がいつもしがちな、きわめて普通の表情であった。そして眠そうだ。

隆一と同じように、マヤもそれを見てとったのだろうか。

彼を追い込み、嬲《なぶ》るのを止めにしたらしい。彼女はいたわるようにいった。

「だいじょうぶ。目が覚めたときには、あなたの脚は普通に動いているわ」

パブロが薄く目を開けた。

マヤは明かした。

「ナノ・マテリアルの副作用なんて嘘っぱちなの。あなたの素敵なお尻に局所麻酔を打ったから、腰から下が動かないのはあたりまえ。麻酔はじきに切れるし、体には何の影響もないわ。副作用が起きたアスリートなんていない。リックと私とで、一芝居打たせてもらっただけだから……」

Chapter 8

1

パブロ・モスは、再び会見を開いた。

彼は、W杯のとき〝プレミアム疑似赤血球〟入りの人工血液を用いたことについてカミングアウトした。

一酸化炭素中毒の解毒に、同じ物質《マテリアル》を使って劇的に快復したことも話した。山火事で殉職した弟、ロベルト・モスのエピソードとともに。

前回の会見以上に、世間はヒートアップしている。

人々の関心は、パブロ・モスをすっ飛ばして、彼の身体に飛躍的な力を与えた画期的な物質に集中している。

パブロの血中にあったプレミアム疑似赤血球の画像がメディアに公開されると、すぐに開発者が名乗り出てきた。

日本人の分子工学者、沢渡大教授である。

開発者の名前とともに、プレミアム疑似赤血球の利点が華々しく報道されはじめてから、物質は『サワタリ』とも呼ばれはじめた。『サワタリ』は、ニューヨーク・タイムズが使い始めた呼び名で、たちまち世界じゅうのメディアを席巻していった。

総合産業大学と理工応用化学研究所も会見し、開発中の物質がどこからか流出したらしいことを認めた。

彼らの名声はうなぎのぼりに上がり、パブロがいっていた通りに、『サワタリ』に関して多くのメディアから取材のオファーが殺到しているらしい。

「『サワタリ』は思っていた以上に凄いものだったんだ」

隆一は、小ウメに話しかけた。

ここ二、三日で、人工血液に関する情報が手元にストックされつつある。

『オッド・アイ』のヘルスケア開発部門をはじめ、各部門のデータベースと情報源にアクセスしたことで、大づかみではあるが、血液ビジネスの一端が見えてきていた。

沢渡教授が創りあげたナノ疑似赤血球は、これまでになく優れたものであるようだ。

同じ研究分野では、ナノ技術が特別なわけではないことも知った。

たとえば、現在、米国で開発されている人工血液のなかで、臨床試験の第三フェーズまで進んでいるのは『ポリヘム』と『ヘモピュア』の二種類。

これらはいずれも、ナノ・テクでヘモグロビンをつなぎ合わせた重合体《じゅうごうたい》だが、共通したある副作用のために開発が止まっており、いまの段階では米国食品医薬品局《FDA》から認可されていない。

副作用とは、血圧の上昇だった。

血管の平滑筋《へいかつきん》には、一酸化窒素のガスがあり、これが血管を緩める働きをしているのだが、小さなヘモグロビンの重合体は平滑筋に漏出《ろうしゅつ》して窒素を捕捉するため、血管が収縮してしまう。

結果として、血圧が上がってしまう欠点があった。

一方、『サワタリ』は、血液中に初めからあるタンパク質でヘモグロビン重合体をくるんでいるため、平滑筋に漏れ出さない。

パブロの告白の件が拍車をかけ、『サワタリ』の早急な製品化を望む患者の団体がいくつも現れていた。

何よりも、パブロの存在が『サワタリ』の安全性を実証している。

基準の厳しいFDAも、世論に押されて『サワタリ』に臨床許可を出し、フェーズをすみやかに上げていくことが予想される。

さらに、隆一のもとには、軍事医療関係者のサイトから別の情報も寄せられてきていた。

国防高等研究計画局《DARPA》が十年以上の長きにわたって取り組んできた注力プログラムに、『血液ファーミング』があったのだ。

血液ファーミングとは、きわめて洗練された血液収穫というほどの意味である。もちろん、血液が必要な現場は戦場である。

つまり――、国防総省が手がける軍事技術の一環としても、人工血液は求められていた。軍にも救命チームにも、いつでも即座に使える輸血液が必要だ。血液型のマッチングをする間も惜しい現場である。「サワタリ」ならば、血液型を問わずに即刻輸血が可能なのだ。

国防高等研究計画局は、国内で開発中のヘモグロビン重合体に期待を寄せ、企業への後援も長年行ってきており、その担当オフィサーが、ドクター・マシュー・バーネットであった。『傷病兵の機能回復プログラム』の一環だったらしい。

ばらばらだった事象をつなぐ線が見えてきていた。

バーネットは、おそらく何かのきっかけで新たに日本で開発された『サワタリ』の存在を知り、それが兵士らの『遂行能力継続支援プログラム』にも生かせるものであることに気づいたのだろう。

『サワタリ』には覚醒作用はないが、心肺能力等を一時的に高める側面があることは確かだ。

ドクター・バーネットの存在は、世間には公表されていない。パブロは、犯人については分からないとしている。彼はマヤのアドバイスに従っていた。

「まだやっているの」

ハンドラー本部長がオフィスに顔を覗かせた。

「どうしたんですか？　わざわざ足を運ばれるなんて」

「パブロの〝隠された罪〟に関するあなたの報告書を読んだけど、なかなかの出来ね。気に入ったわ」

『オッド・アイ』のビッグデータでは摑めなかったアメリカ代表チームの勝因は、『サワタリ』にあったことを、隆一はレポートにまとめた。

ついでに、ビジネスのヒントも二点ばかり付け加えておいた。それがお気に召したのだろうか。

パブロの件でも、本部長はおおむね満足しているらしい。

今回の会見後に、FIFAはパブロを九ヵ月間の出場停止処分にする決定をあらためて下した。

『サワタリ』は、むろんFIFAの指定禁止薬物には含まれていない。だが、本人の会見を重く受け止め、処分に踏み切った。

五種類の指定禁止薬物違反で一年三ヵ月の出場停止処分を受けたディエゴ・マラドーナに比べれば軽い処分にとどまった。

「『ビーグルス』はパブロとの契約を破棄しないそうよ」

それだけをいうと、ハンドラー本部長は行ってしまった。

パブロの行動には、賛否両論だ。グラウンドを汚したとして激怒したり、彼から離れるファンも当然いる。

一方で、多くの人命を救う医療のために身を挺したことを賞賛する声も多かった。

『ビーグルス』オーナーのビル・バリーは、後者のほうが今後優勢になると踏んだのだろう。パブロを手放すつもりはないようだ。

マヤ・ディ・オルヴェイラこと織部マヤは、ICPOのデジタル犯罪捜査支援センターへ帰っていった。

シンガポールへ発《た》つ前に、彼女はこういっていた。

「ドクター・バーネットを八百長で立件するのは、いまのところ難しいわ」

「あの一戦で八百万ドルの大金を得ているのにか？」

「八百長フィクサー絡みの組織犯罪なら徹底的にやるけど、この件は彼一人のこと。たぶんお蔵入りになると思う」

「なぜさ」

「ひとつには、彼はアメリカ国内では賭けをしていないの。つまり、アメリカの警察をこの件でこれ以上捜査に巻き込むのは無理ということ。では、ほかの国はというと、賭けをした国は細かくいくつにもわたっていて、それぞれの国で八百長に関係する法制が異なるの。たとえば、日本では厳しいとよく思われているけど、実をいえばW杯競技での八百長を刑事罰にする直接の法律はないのよ。Jリーグでの競技なら罰せられるけど」

「そんな」

バーネットの計算に、隆一は舌を巻いた。

「それに、新たな物質の開発者とバーネットのつながりを示すものが何も出てきていない。パブロの証言はあったとしても、何の罪に問うの？　ドーピングは不正ではあるけど犯罪ではないのよ。まして、バーネットがやったのはドーピングの教唆《きょうさ》という不正だけ」

「日本の開発者側なら、物質の盗難に関しては訴えを起こせるだろう」

「それは難しいでしょうね。開発者側の流出ルート追跡調査は難航しているらしいし。沢渡教授の論文を参考に、同一物質を誰かが作った可能性も指摘されている。そうなると、ドクターの出自が国防総省関係の研究機関だけに、国レベルでのごたごたになりかねないでしょ」

報道によれば、どのみち、『サワタリ』の大宣伝になった上に、特許が侵害されたわけでもないために、日本の開発者側は流出の経緯を不問に付す可能性があるという。

「なにか吹っ切れなさは残るけど、WADAの協力も得て、これ以降のドーピング検査にはナノ顕微鏡を導入できる。今後の世界大会ではこの手法は取れなくなる。私は、それで良しとするわ……」

そういってマヤは去ったが、隆一にも、何となく後味の悪さが残っていた。

納得がいかないからだ。

ドクター・バーネットが、自分の支援していた米国の人工血液ではなく日本の『サワタリ』をクローズアップしたのはなぜか。

そして、彼が欲しかったものは、本当に金だったのだろうか?

隆一には、確かめたいことがあった。

シンガポールのマヤに電話を入れる。

「何なの、こんな時間に」

あちらは朝早い。

「純粋な興味からなんだけど、インターポールのつてを使って調べてみたいことがあるんだ。頼めないかな」

「できないこととできることがあるけど」

隆一が詳細を話すと、マヤは承諾してくれた。

「それならすぐにできることよ。あなたにはパブロの件で借りがあるから」

パブロに麻酔を使った一幕のアイデアを出したのは隆一だった。マヤが借りといっているのはそのことだ。

隆一にしてみれば、〝リック、あなたパブロに聞いてみて〟と命じたアリシアの意向を叶えたまでなのではあるが。

2

隆一は、とある病院を訪れた。

個室のチャイムを押す。女性が応答した。『オッド・アイ』から見舞いに来たと名乗ると、ドアを開けてくれた。

ベッドに腰掛けている患者は、薄い赤毛の女の子だ。二歳くらいか。

ドクター・バーネットもいた。ベッドサイドの椅子に横たわっていた。寝息を立てている。

「お父さん、会社のお客様よ」

ドアを開けてくれた女性が彼を揺り起こした。

目を開けてこちらを見たバーネットは、不審げな表情になった。

「あんたは誰だ」

隆一は名刺を出して名乗った。

「『オッド・アイ』の者です」

「――？」

彼は意表を突かれたようだった。

「なぜ、ここに?」

「お見舞いです」

バーネットは呆然としている。

「お孫さんの先天性心疾患の手術、成功されたんですね。おめでとうございます。あと二、三日で退院だとか」

隆一のことばに、バーネットは目を宙に浮かせ、かぶりを振った。

「外で話そう」

彼は立ち上がった。

二人は部屋を出た。

「誰も知るはずが……」

「〝知るはずがない〟。そうでしょうか? あなたの望みはあなたのすぐ近くにある。人間って、みんなよく似ています。部屋にはお嬢さんがいらっしゃいました。あなたは離婚されて、お嬢さんは母方にいた。さらに結婚して姓が再度変わっている。お嬢さんは、あの子のお母さんだ。お孫さんは、あなたにそっくりの髪をしています」

中庭に出た。方形の芝生を囲む形でテラコッタが敷き詰められている。

「何をしに来た？」

バーネットは憮然としていた。

「あなたがパブロ・モス騒動のシナリオを書いたと見て、その理由をお尋ねしにきました」

「ついにか」

彼は肩で大きく息をついた。

「いつかはこうなると思っていたが、君が一等賞だ。どうやってここにたどり着いたんだ？」

「ＩＣＰＯの捜査に協力していました」

「なるほど。『オッド・アイ』は捜査機関に協力的だとは聞いていたが、その一環というわけか」

「ＩＣＰＯは、八百長の疑惑に関してロス市警に協力を仰ぎ、あなたの口座を調べていました。入金のみならず出金についてもです。ですが、目ぼしい動きはなかった」

バーネットの表情は動かない。隆一は続けた。

「しかし、彼らは切り上げるのが早すぎた。ぼくは再度調べてもらった。あなたの口座に動きがあったのは、つい一昨日のことです。医療保険会社があなたの口座から六万ドルを引き出した。この病院が保険会社にあの子の手術代を請求したからです」

「それが何だというんだね？　孫の手術費用を祖父が払うことが、何かの犯罪だとでもいうのか」

「いいえ。しかし、そのことがなければ、お孫さんのこともわからなかったと思います。この病院の名と彼女の病名は、保険会社から聞きました。それで初めてわかった気がするんです。あなたが何を考えてパブロを動かしたのか……」

「何をいいたいんだ、君は」

「ここからは、ぼくの仮説に過ぎません。一通り、聞いてくださいますか」

木陰のベンチに、隆一はバーネットを誘った。

二人は腰掛けた。

柔らかい風が頭上を吹き抜けていく。風は時の変化を器用にも悉く巻き取り、次の瞬間へと流してゆける。

「そもそも、あなたは、パブロのために『サワタリ』を手に入れたのではありません。すべてはお孫さんの——僅か二歳のビクトリアちゃんの——ためだったんです」

隆一の話に耳を傾け、バーネットは片頬に笑みを浮かべた。

「天使のような二歳というのを忘れないでくれ」

もちろんですとも、と、隆一は頷いた。

「あなたの天使は生まれながらに、心臓に疾患を持っていた。先天性心疾患の手術には、標準的に人工心肺《じんこうしんぱい》が用いられるそうですね。心臓を仮死状態にして手術を行う必要があるため、術中は心臓の代わりに人工心肺装置をバイパスとして使います」

人工心肺装置は、血液循環を一時的に代行する。

「そのような手術の場合、ビクトリアちゃんのように体重が十キロに満たない、きわめて小さな患者さんには、輸血が必要だと聞きました」

人工心肺装置の回路のなかには、通常、生理食塩水が入れてあり、バイパスを使った循環が始まると血液が薄まる。

この状態でも、患者が健常で短時間なら耐えうるのだが、普段から弱っている患者や貧血がある患者、そもそもの血液量が少ない幼児、長時間を要する手術などの場合には、輸血が必要になる。

「手術中の輸血でとくに必要なのは、赤血球の補充だそうですね」

「そうだ」ドクター・バーネットはいった。「仮に無輸血で手術を行い、希釈された血液で患者が貧血になった場合には、諸臓器の機能障害が起こり得る。なかでも、とくに危険性が高いのは……」

「ええ。〝脳〟ですよね」

手術中に酸素が欠乏すれば、心臓は治ったとしても、愛らしい孫の脳には障害が残るかもしれない。祖父にとっては耐えがたいことだっただろう。

「酸素不足を予防するには、赤血球をバイパス回路に充填する必要がある。ところが、従来の血液製剤には、ウィルスの感染など、数パーセントの副作用の可能性があります。あなたは、さらにその可能性を低めるためにも、ビクトリアちゃんの手術には人工赤血球を使いたいと考えていたのでしょう」

国防高等研究計画局で人工血液を研究していた男だ。それらが使える物質なら喜んで試したのだろうが、いずれも未完成で、孫に使うのは心許なかったのだろう。

「そんなとき、『サワタリ』を知ったあなたは、その可能性に驚いた。そして、何らかの方法で『サワタリ』を手に入れた。どんな方法を使ったのかはわかりませんが、駒を動かしたのでしょう。入手したそれを、あなたはパブロ・モスに使わせた」

「私は……」

何かいおうとしたバーネットを、隆一は遮った。

「もう少しお聞きください。ぼくはどこかの機関の捜査官ではないし、この会話を録音しているわけでもない。いま話しているのは、あくまでも、ぼくの推測です」

庭は静かだった。

ただ、ひとつの夏が過ぎ去ろうとしていた。

「『サワタリ』をみごと手に入れたあなたには、もうひとつ、しなければならないことがあった。そう、『サワタリ』の安全のテストです。『サワタリ』は臨床試験の難しい日本発の物質だけに、開発から製品化までの速度が遅い。最愛の孫の手術に、未試験の物質をにわかに使うわけにはいかない。まずはテストが必要だった。生身の人間の体で試すことが」

隆一の指摘に、バーネットは目を泳がせた。

「考えたあげく、あなたは『サワタリ』を試す妙案を思いついた。ただ試すだけでなく、素晴らしい物質だったなら世に送り出したかった。そのための方法を、あなたは構築した。そして、パブロ・モスが選ばれた」

隆一は、自分を見るようにバーネットを見た。

「あなたは自分を責めてもいたんですね。罪の代償に善をなそうとした。何かを得るかわりに、何かを差しだそうとした。パブロはあなたにとってモルモットだった。だが、彼には代価となるものを与えた。石にさえ永遠に刻まれそうな〝英雄〟という文字を」

価値と価値との交換。

それは、法とは無関係に行われ、互いを満たすことがある。

「そればかりか、あなたは『サワタリ』を盗み出すかわりに、開発者たちのもっともほしがるだろう〝評判〟を与えようと思いつき、それを実行した。だから、あなたはわざと種まで蒔《ま》いておいたんです」

「……種?」

「あなたがW杯での賭けで大金を得たのは、手術の費用を捻出するためではない。手術代くらいの資産はもともとお持ちでしたからね。行動を起こしたのは、捜査機関の目を惹くためでしょう。関連して、パブロにドーピング疑惑が持ち上がった。事実、ぼくはその種を拾ってここまで来ました」

「うむ」

バーネットの喉から肯定に似た声が洩れた。隆一は構わずに話を進めた。

「『サワタリ』は、パブロの身体機能を向上させました。それだけでなく、彼を一酸化炭素中毒から蘇らせた。あなたは、実に冷徹な科学者でもあった」

そして、ことはうまく運んだ。

「石橋をたたいて渡るということばが日本にありますが、あなたはまさにそれを地で行った。お孫さんのためには、絶対に安全だという確証が欲しかったのですよね。パブロの快復を待ち、いよいよビクトリアちゃんの手術のスケジュールを取った。この病院で彼女の心臓手術が行われたのは、つい三日前のことです……」

そこからは、つい、いい当てる口調になった。

「これも推測ですが、あなたは、ビクトリアちゃんの担当医に、輸血時にはこれを使ってくれと指定して『サワタリ』を渡したのでしょう。あの液の見かけは通常の血液製剤と変わりがないですから、担当医には新物質だとは見分けがつきません。あなたもドクターなので、好みの製剤や、副作用の少ないロットがあるのだろうぐらいにしか思わないはずです」

バーネットはと見れば、目を細め、得たりとばかりに頷いている。

隆一は病棟を見上げた。

「ビクトリアちゃんの手術は無事成功した。彼女は潑剌としています。あなたには、もう恐れるべきものはないはずだ」

「実に興味深い話だ」

バーネットは落ち着いていた。問題を片付けた人間特有の余裕が、彼には満ちている。

「君は、その話をしてくれるかわりに何かを求めようというのかね？」

目が、こちらを確かめ直していた。

「法執行機関が裁こうとしないものをあげつらう気は、ぼくにはありません」

隆一は告げた。

「だったら、なぜここに？」

「自分の身に関わってきそうなことを知りたいからです」

「例えばどんな？」

「あなたはなぜ、『オッド・アイ』に在籍されたのか。あなたはいまも国防総省とつながっているのか。そして、ブルーノはあなたのことをどこまで知っているのか」

「そんなことなら」

バーネットは含み笑いをした。

「私は今後も私の知見を『オッド・アイ』のために活かすつもりだ。例えばどうだろう？　国のために開発していた人工血液の詳細を明かすことは機密上できないが、日本で開発された新しい物質のことなら、ビジネスのプランに挙げても構わないしな」

「あなたは、『サワタリ』の詳細を『オッド・アイ』を利用して知ったのだと、ぼくは思っています。そのために、あなたはわざわざ国防高等研究計画局を退局してまで、我が社に来たのだと」

隆一の指摘に、バーネットは頷いた。

「ログを見たのかね？」

「ええ」

ドクター・バーネットが会社のシステムを利用して行ったことは、隆一の仕事の範囲でも追跡することができた。

『オッド・アイ』の開発研究セクションに加わったことで、ドクターはやすやすと望みのものを手にしていた。

「わずか二日の出社で、私は喉から手が出るほど欲しかった情報を、自動的に、まったく合法的な方法で入手した。『オッド・アイ』の知識集積活動によって、すでにそれだけのものが社のクラウド・コンピュータには蓄えられ、眠っているということだ」

バーネットがしたことは、分子工学者・沢渡大の属性を『オッド・アイ』のシステムに登録しておくだけだった。彼や彼の研究室にまつわるデータがヒットしたら、シグナルが送られてくるように。

その結果、彼が手にしたのは、およそ一時間あまりの日本語の音声ファイルだ。

バーネットには、日本語はわからない。だが、かわりに、同時通訳アプリにすぐさま音声を翻訳させ、やや機械的な英語で読み上げさせることはできる。

ファイルの内容は、科学雑誌の一女性記者が、沢渡大にインタビューを試みたものだ。

話は、ナノ粒子の重合体に及んでいた。

インタビューは、まだどのメディアでも記事になっていないばかりか、オフレコの内容も含まれていた。

それほどの貴重な音声ファイルが『オッド・アイ』本社にリアルタイムで送られていたことを、記者はまったく気づいていないのだろう。

実をいえば、データが『オッド・アイ』に送られてきているのは、記者がインタビューのやりとりを自分で書き起こす手間を省いたためだった。

記者は、タブレットをレコーダー代わりに用い、同時に音声入力プログラム『juri』を使って文字に書き出すことにしたのである。原稿に起こすにはその方がはるかに簡便だから。

ところが、『juri』の機能を使うにあたっては、音声入力された内容がすべて録音され、『オッド・アイ』に送信される仕組みになっている。

同時に、『juri』を使ったID登録者の名前と、タブレットに登録されている住所録にある名前、間柄などもすべて『オッド・アイ』に送られ、分析されるのだ。

その旨は『juri』のユーザー向けプライヴァシー約款《やっかん》に記してある。使うことはすなわち、同意したことになるのだが、約款に気づかないまま使用しているユーザーはきわめて多い。

もちろん、『オッド・アイ』は意図的にそう仕向けている。約款を設けたことで、社がハッカーではないという言い訳をしながらも、うっかりしているユーザーの情報をいわばただ取りしているのである。

音声入力ソフトだけではない。各国の言語入力アプリにも、その手のものがある。同様な約款のもと、キーボードで入力した内容のすべてがアプリメーカーに流れてしまう。パスワードも、クレジットカードの番号も。

それを承諾しているのは、ユーザー自身なのだ。

「インタビューでは、『サワタリ』の可能性について話されていた。私の手がけていた血液製剤では到底できない世界が、そこにはあった。これまで国防総省で手がけてきた血液ファーミングのための研究予算は、五千万ドル。さらに国家の補助金一千万ドルがすでに費やされていた。発案時から数えれば、もう三十年以上になり、一歩一歩、周到に進めてきたものだ。プロジェクトをともに進めている企業は、むろんまじめに取り組んでいたし、政府の後押しも得、軍事目的での使用も視野に入れていた。開発は、最終段階に来ている。確かに、力でごり押しすれば実用化も目前だっただろう……」

ドクターは顔を曇らせた。

「ところが、開発研究の世界は日進月歩で、同工異曲のアイデアがどの国でも実現されてゆく。日本の分子工学者ダイ・サワタリが手がけたそれは、求められる機能すべてをクリアし、さらなる可能性を秘めていた。私は、自分の手がけてきたものが最上であるとは、もういえなかった。私は魅了された。しかも、サワタリ教授と記者の話は、人工心肺手術での可能性にまで触れていた」

「そこで、すべてを好転させる策はないものかと、ドクターは考えをめぐらせたのでしょう」

「私がいえるのは、『オッド・アイ』のデータセンターには、通信の内容が人々の予想を遥かに超える勢いで記録されているということだ。音声、画像、動画、書物や論文の一字一句、メール……」

確かに、プライヴァシーや企業秘密が漏れる懸念を承知しながら、人々は『オッド・アイ』の利用をやめようとはしない。

「私はそこから自分の欲しいものを掘り出した。そして、それは、業務と相反することではない」

確かに、『オッド・アイ』にも寄与する話だ。

「でも、あなたはペンタゴンに連れて行かれましたよね。彼らにその内情を話したのでは？」

「君らはそんなことまで知っているのか。確かに私はペンタゴンの監察総監室に呼ばれた。だが、あれはパブロ・モスのドーピング疑惑に関して、私が以前から携わっていた人工血液の技術をアレンジして投与したのではないかと疑われたんだ。しかし、そんな事実はない」

「なるほど。では、ブルーノの件は？」

「彼は型破りだが、結局は損しない男だ。私のことは、一種の資産と見ていると思うね」

バーネットの答えは、不思議にも、隆一の予想したことを示唆していた。

「ぼくの聞いてみたかったことは、まさしくその点なんです」

「……というと？」

バーネットはしげしげと隆一を見た。

「ぼくの推論に戻ります。『サワタリ』はパブロに使われた。二度にわたってです。それから、ビクトリアちゃんの手術に使われた。そこで……、ぼくはあなたに質問してみたかったことがあります」

「何だね」

「お手元には、いったい『サワタリ』がいくつあったんですか……？」

3

「この決議案に反対の方」

誰も、手を挙げなかった。

「賛成の方」

役員の誰もが挙手した。

「では、これを以て、我が社はヘルスケアセクションの主軸事業の一つとして、血液ビジネス開発部門を発足させることを決定いたします」

当面は、この部門はエグゼクティブ・シニアのドクター・マシュー・バーネットの指揮下に置かれることになった。

「世界的な高齢化傾向により、『サワタリ』の必要性はますます高まると予測されております」

進行役の口上は続いた。

「ビジネスチャンスが向こうからやってきているのです。我が社もいよいよ結束し、世界の健康福祉のために、安全安心を担う一翼となってまいりましょう……！」

拍手が湧いた。

パブロ・モスの一件で『サワタリ』の名が知れ渡ったあとは、開発者である総合産業大学・理工応用化学研究所とビジネスのパートナーになりたい企業は、星の数ほどあった。

『オッド・アイ』もいち早く手を挙げていたが、提携に至るには、凄まじい争奪戦を勝ち抜く必要があった。

『サワタリ』には、さらなる画期的な利点があることが、開発者側の発表であきらかになっていた。

献血された従来の輸血用赤血球には、期限切れがある。鮮度を保つために四℃での冷蔵保存が必要で、機関によって差はあれ、三週間から五週間で保存期限は切れる。

赤十字社の場合は四十二日を期限としている。

期限切れの赤血球は溶血《ようけつ》してゆくので、焼却処分となる。せっかく大量に献血が集まっても、鮮度が失われれば破棄せざるを得ない。貯蔵した赤血球が劣化すれば、補充が必要なのだ。

このローテーションのために、将来的には血液不足が予測されている。高齢者の事故や病気のために血液製剤が使用される一方で、献血要員となる若く健康な若者の数は減り、かつ献血離れも進んでいるのが現状だ。

例えば、先進国のなかでも高齢化の著しい日本では、現行のまま推移すると二〇二七年には早くも百万人分の輸血用製剤が不足すると見込まれている。

そんななかで、沢渡大教授はその難点までもみごとに払拭《ふっしょく》した。『サワタリ』は、何とフリーズドライで持ち歩ける。ナノサイズのタンパク質でくるんであるので、粉末化も容易だ。

大災害の現場へも戦地へも、電源なしで大量に持ち歩ける。救急車にも常備でき、多くの人を救える。

この点を以てしても、『サワタリ』は爆発的な評判を呼んだ。

熱狂に少しばかり水を差したのは、人間由来のそれのみならず、牛のヘモグロビンを用いても製造可能だということだった。

牛のヘモグロビンは、牛を解体する段階で連日、大量に出る。

このことからすれば、『サワタリ』はいずれ大量に出回ることが予測される。供給が需要を上まわり、値崩れしかねないということで、争奪戦の戦列から離れてゆく企業も少なくなかった。

だが、考えようによっては、これは利点だった。これまで高価だった血液製剤を、ローコストで作れるのだ。

『オッド・アイ』と開発者側が合意に至ったのは、このタイミングでのことだった。

ブルーノ・マーニーは一貫してぶれず、『サワタリ』との提携を推進した。

ブルーノはパブロ・モスを起用し、全米義勇消防協会やスイス、イギリス、カナダをはじめとした諸国の義勇消防協会と結んで無償の広告を打ち始めた。

火災の犠牲者と消防士の殉職を減らすため、そして救急医療のために一酸化炭素中毒の解毒剤として早急に『サワタリ』を製造承認してほしいと、行政にアピールするキャンペーンを張ったのだ。同時に、ロビー活動も行った。

この広告とロビー活動で臨床試験が進むよう後押ししたことが、開発者たちの意にかなったらしい。

「リック、あなたのくれたヒントのおかげよ」

エヴァ・ハンドラー本部長は上機嫌だった。

「とんでもない。本部長のお手柄ですよ」

「まあ、そうなんだけどね」

彼女はまた、すらりとした脚を組み替えた。

ブルーノに、広告戦略を上申したのはハンドラー本部長だ。

隆一は一枚のペーパーを彼女に出しただけである。

〝医薬品の特許期間は、特許を出願した日から二十年間であるが、うち五年から十五年は開発期間である。発売するメーカーは発売直後より五年から十五年ほどしか、独占的な利益を得られない〟

開発期間とは、非臨床試験や臨床試験に要する期間だ。

つまり、開発期間を短くし、かつ販売開始と同時に売れるような宣伝プログラムを組めば、その間特許者と組んでいる企業の独占利益は上がる。

「販売開始と同時に売れる商品にするためには、売る前から世界的な大トレンドになっていることが大事よね……」

さらに、牛の赤血球の確保も『オッド・アイ』は抜かりなく行っている。すでに牛肉市場に渡りをつけていた。

さはありながら、何よりも事がスムーズに進んだのは、金に糸目はつけないとブルーノ・マーニーが公言したからだが。

ブルーノはチャリティー好きだ。

日頃から、彼はこんなことをいっている。

〝人生は心の軌跡である。『オッド・アイ』を創ったのも、世を動かすのも、ぼくの信念からである〟

と。

ノックがあった。

「リック」

ハスキーな声がした。

本部長の秘書、ロージーだ。

「彼女の弟と妹が来てるわ。あなたのオフィスに通しておいた」

本部長が小さくくしゃみをしていった。

「行っていいわよ」

急いで戻る。

小ウメはアリシアの膝で、仰向いてだれている。小タケと小マツは籐の大きな籠のなかだ。皆、居心地がよさそうだ。

「どうしたんだ」

アリシアがここにいるからには、何かあったに違いない。

「あたし、気を引き締めなきゃいけないの」

「なぜさ」

「たった一人で立っていなきゃいけない。孤児だった頃に戻りそうな気分」

「覚えてなんかいないだろう？　そんな頃のこと」

「そうかもね」

アリシアが養女になったのは、物心つかない頃の話だ。

小ウメを膝から送り出し、彼女は脚をぶらぶらさせていった。

「どうなるのかな？　なんか怖くて」

「どうして」

「だって、何にもできない気がするんだもの」

「贅沢病だろ、君のは」

「そうよね。わかってるんだけど……受け入れる自信がないの。何もかもが手に負えない気がして」

彼女はいつもそうだ。時々自分を責める。恐れるべきではないことを恐がり、立ち止まる。そしてまた自分に大きな責任を課そうとし、失敗してダウンする。

「どうするべき？」

「べき、なんて言葉は捨てちまえよ」

何でも持っていることが、彼女には辛くなるのだ。

「何にも考えないようにして、君のために何かしたい人間の助けを借りればいいんだ」

「あなたと別れるなんてバカね」

よっぽどのことだ。彼女は途方に暮れている。

「聞いていないよ、ぼくは。こいつらに話してみろよ」

プードルたちは、籠のなかから心配そうに、揃ってママを見上げている。

「いいえ」

アリシアは心細げな目をこちらに向けた。

「あなたには先に知らせておきたいの。ブルーノは、明日から入院するそうよ」

彼女はかなり頑張って付け加えた。

「脳腫瘍《のうしゅよう》。悪性なんだって」

「ブルーノが？」

あり得ない、と反射的に思った。

それでも、次の瞬間にはアリシアをハグした。彼女の目が、疑いの余地のない事実だと告げていたからだ。

耐え難いことは誰にでも起きる。ただ、そのことを忘れているだけだ。

アリシアの感じている心許なさが、自分にも押し寄せそうになる。ブルーノ・マーニーの存在はとてつもなく大きい。

彼がいなければ『オッド・アイ』そのものが、巨大な容器に過ぎなくなるかもしれない。

思いが去来するうち、隆一ははっと気づいた。

ブルーノがいちどリタイアしかけたのは、このことが原因ではないのか？　悪性脳腫瘍は、最も予後が悪いガンのひとつといわれている。

その後の日々が、めまぐるしくフラッシュバックした。

リタイアからのカムバック。新しいエグゼクティブ・シニアの抜擢。W杯ビッグデータ分析チームへの叱責。織部マヤの配属。

……！

隆一は、アリシアから体を離した。

「どうしたの？」

デスクの脇にかがんだ。

『サワタリ』に関する書類がひと山、段ボール箱に入っている。

ひとしきり、箱を探った。

「これだ」

ファイル入りのプレゼンテーション用書類を引っ張り出し、めくっていく。

「何なの？」

「サイトには簡単にしか載ってない『サワタリ』の詳細がここにある。開発者サイドからの資料だ」

ページを繰る手が止まった。

やっとわかった。間違いない。

ブルーノ・マーニーは何も怖がっていなかった。——死ぬことを除いては。

「ブルーノは、明日から暗い部屋で過ごすといってなかったかい」

「どうしてわかるの？」

アリシアの目が見開かれる。

「これを見て。ブルーノは光線力学療法を選んだんだ」

隆一が開いたページには、『放射線・光線治療の効率化・酸素運搬体《キャリア》の局所注射』について記されていた。

「これ、いったい何のこと」

「ガンの放射線治療や光線力学治療に『サワタリ』が役立つっていう意味なんだ」

「わからないわ。『サワタリ』って、要するに人工血液でしょ？　パブロの中毒を治したのは確かに凄かったわよ。でも、ガンにまで効くなんて、とても思えないわ」

薬ではないから、効き目とは違う。だが、沢渡大教授のレジュメには、利用法の一つとしてガン治療と記されている。

隆一はかいつまんで説明した。

「そもそも照射療法というのは、ガンの患部にX《エックス》線やγ《ガンマ》線を当てて、ガン細胞にある酸素を活性化することでガンをやっつける治療法なんだ。ところが、ガン細胞というものは酸素の濃度が非常に低い。いくら線を照射しても、患部に酸素がなければムダ撃ちなんだ」

そのため、患者を高酸素テントに入れて照射を行えば、治療効果が上がるといわれている。

「ところが、『サワタリ』ならそこを補い、強化できる。プレミアム疑似赤血球が、患部に酸素を運び、浸透させてくれるからね……」

「どうやって使うの」

「局所に注射を打つ。それから照射療法を行う」

「それだけ？」

「極端にいえば、照射を十回行うところが、数回で済む可能性がある」

「……本当なの？」

隆一は頷いた。

「そう書いてある」

「ガン細胞と酸素なんて、考えたこともなかった……」

アリシアの心許なさは、驚きにとって代わられたようだった。

「脳腫瘍は、手術が難しいよな。複雑な脳組織にガンが浸潤《しんじゅん》していて、細部は取り切れないことも多いって聞く。そんななかで、光線力学治療は残った腫瘍を追いかけて叩くんだって。治療実績は上がってるらしい」

「じゃ、ブルーノは……？」

「ああ。ブルーノは承知の上だろう。少なくとも、彼は自分ができることの全てをやったんだ。いや、彼はもっと先まで考えているかもしれないな。彼自身が『サワタリ』の実験広告になるつもりかも……」

ブルーノは、損をするなら得も取る。

——ドクター・マシュー・バーネットが入手した『サワタリ』のいくつかは……！

アリシアの顔の翳りは、さっきよりもずっと薄くなっている。

彼女のためのトラブルシューティングなら、初めからそういってほしかった。

「あの人《ブルーノ》らしいな」

隆一は呟いた。

Chapter 9

アニラは、棚から『サワタリ・DOG用』を下ろし、バーコードを読み取った。在庫チェックだ。

彼女はサンルイスオビスポでペットのための血液バンクを続けており、犬舎も持っている。

オンライン競馬でサンダーバードに賭けた儲けは、湖に面した小ぶりの牧場を買って移住したところで費《つい》えた。

だが、人間用の製造認可に先立って販売された動物病院用の動物版『サワタリ』シリーズを優先的に卸してもらっている。『オッド・アイ』のつてのおかげで、暮らしには困らない。

サンジャイは大学をめざし、出願のポートフォリオを書いている。

アニラ自身は、動物たちの赤十字をNPOとして立ち上げ、相変わらず各国を相手取り、オンライン上での販売に励んでいる。

鮮血の扱いは止めた。

製品が『サワタリ』シリーズに替わってグレードアップし、フリーズドライになったので、保管用の冷蔵庫はいらなくなった。

商品管理も楽になったぶん、大量に扱いはじめており、倉庫も手狭になってきていた。

馬のユニバーサル・ドナーもアニラの牧場にはいない。代わりに馬用の『サワタリ・ブロンコ』が棚にある。

自分たちのしたことを、アニラは後悔していない。結局は動物たちのためにもなっている。

ドクター・マシュー・バーネットからの接触で『サワタリ』を盗んだことも、パブロ・モスの一酸化炭素中毒の解毒のために、『サワタリ』を点滴で注入したことも。

「広くなったわねえ」

ドクター・ヒャンリョンが倉庫を眺めていった。

「そのうち、コールセンターやロジスティクス・センターが必要になるかもしれないわ」

「そうなったら、私は引退するつもり。あとはお願いしますよ」

ヒャンリョンはNPOの理事になっている。どさくさに紛れ、パブロ・モスに二度目の『サワタリ』注入を行ったのは獣医のヒャンリョンだった。ただ、そのことはパブロ本人は知らないと聞いている。

「リタイアなんてもったいない。商才があるのに」

アニラの凛《りん》とした横顔を眺め、ヒャンリョンが呟いた。

「もう十分。すべてはあの子たちのおかげで……」

倉庫の開口部から、隣の犬舎が眺め渡せる。ケージの動物たちは、もはや血液ドナーではない。老後までをゆっくり過ごすだけだ。

妹のタラは、ドクター・ヒャンリョンのもとでインターンをしている。

「ねえ、乾杯しない？」

ヒャンリョンは、ワインを持ってきていた。

「何のために？」

「きれいになったあなたに」

痘痕があった女の面影は、遠くに霞《かす》んだ。傷跡の修復手術で、肌は見違えるようだ。

「ありがとう」

「インドではどうなの、お酒は」

「ヒンドゥー教の経典では、酒は戒《いまし》められてないわ。でも、男たちもおおっぴらには飲めないし、女だったらとんでもない話。先生はクリスチャン?」

「そうなの」

「お酒は、いいんでしょう?」

「飲むのは構わないわね。限度を心得ていれば。でも、お酒によって神を求めない生活をするようになってはいけないとされているのよ」

「その色、なんだか『サワタリ』に見えてくるわ」

アニラはいった。

ヒャンリョンが開栓したナパ・ヴァレーのジンファンデルは、赤血球マテリアルのように濃くとろりとした赤だ。

ヒャンリョンは、二つのグラスになみなみとワインを注いだ。

「『マタイによる福音書』で、ワインの杯《さかずき》を弟子達に与えたキリストはこういうのよ。〝皆、この杯から飲みなさい。これは、罪が赦《ゆる》されるように、多くの人のために流される私の血、契約の血である〟……ってね」

アニラはグラスを見つめた。

「私たちのように、血は不浄だと教えられてきたのも、古来、血がもたらすものが極度にパワフルだったからなのかもしれないわね。血が力の源だったことは感じるわ」

「でも結局、ナノ・テクノロジーは血液さえも変えていくのね……」

ヒャンリョンはワイングラスを挙げた。

つと外から風が舞い込み、彼女たちの言葉を巻き取って、次の時間へと運んでいった。


ムンバイは遠い。

でも、アニラにとって、あの国で過ごした時間は確かにあったのだ。

サンダーバードが翔《と》ぶが如《ごと》くにコースを走る優美な姿が、頭の片隅をよぎった。

アニラには、ついに誰にもいわなかったことがある。妹のタラにも、もちろんサンジャイにも。いまでも内緒にしている。本当に少しずつだが、手術のあとに『サワタリ』を自分の顔に打ってみたことを。

クラウド・ナイン

Chapter 1

1

検査室《アンギオ・ルーム》に運ばれてきた患者は、目を閉じていた。

血管造影検査《アンギオグラフィー》の三十分ほど前には鎮静剤を投与されるのが決まりで、そのためか、患者は眠っているケースがほとんどだ。

放射線技師《ラジオグラファー》のグレンは、ひどく汗をかいている。彼は胸の動悸を抑えようと息を調えた。この時を待っていたのだ。

患者はとびきりのVIPだ。誰だって知っている。

ブルーノ・マーニー。

検索エンジンをベースにのし上がった『オッド・アイ』の創始者にして、取締役会長兼社長。

メディアの顔写真で見ていたよりも、ずっと面痩《おもや》せしている。

ブルーノは、この午後には悪性脳腫瘍《のうしゅよう》の摘出手術と光線力学治療を受ける予定になっている。彼を院内で初めて見かけたときには、サインを貰《もら》いたいくらいだった。実際に機会を得てそうしたり、ツーショットの写真を撮らせてもらえたスタッフも少なくない。が、いま検査着姿で仰向けに横たわり、口を半開きにして寝息を立てているブルーノは、少なくともグレンの目には、カリスマには見えなかった。

眼窩《がんか》や頬のくぼみが深く鋭くなり、頭蓋骨《ずがいこつ》が残酷なまでにはっきり感じられる。顔が一回り小さくしぼんだ分、額の中年皺はたるんでいた。やはり彼は一個の病人なのだ。

思ったより白髪が多いな。ふだんはヘア・カラーでアラを隠しているのかもしれない。

ＶＩＰのプライヴァシーを知ったように思え、グレンはいささか快感を覚える。脳神経外科の開頭手術といえば丸刈りが常識だったのは昔の話だ。剃毛《ていもう》は術後感染の比率をかえって高める。ＣＤＣ（アメリカ疾病対策センター）のデータがそう告げており、いまは無剃毛手術が主流になっている。

この病院でも、頭髪は剃《そ》らない。かわりに手術日の朝に薬用シャンプーで汚れを落とすだけだ。

さっぱりと洗い上がった毛髪から、頭皮が透けて見える面積が多い。そんなことにさえ、グレンはセレブの私事を覗き見た酸っぱい楽しさを感じた。

――スター扱いだけどさ。それは表向きの話だ。

本音をいえば、俺と同じように思っている奴ばっかりじゃないのか、とグレンは皮肉な目でブルーノを見下ろした。

『オッド・アイ』は、正直いって薄気味悪い存在になりつつある。

――俺らのプライヴァシーを『オッド・アイ』は集めてる。

自分の検索履歴を保存され、集められるのがグレンは嫌だった。

学会でワシントンに行ったときだってそうだ。会議が早めに終わり、ささやかながら気晴らしでもしたいと誰もが思う午後。〝ワシントン市内・エスコートクラブ・ハッピーエンディング〟とサーチした。

この履歴をたどれば、検索者の当日の行動は簡単に見当がつくだろう。性風俗のサービスを受けた、そうさ。最後までやってくれるところを探していたこともバレバレだ。

どこから検索したかは、GPSで一目瞭然。検索者がどの店を使ったかも、検索エンジンからどのサイトに飛んだかをログで調べれば絞れるしな。

『オッド・アイ』の検索プログラムは、ユーザーのIDをもとに、いつ、何を、どんな文字列の組み合わせで検索したか、結果としてどのページをチェックしたかも、ログとして保存している。

ユーザーIDから使用者本人を割り出すことは、その気になれば難しくない。たとえば政府当局などが。つまりは、個人も特定できてしまう。

性の嗜好《しこう》はもちろんのこと、思想から衣食住の趣味、遊び方、家族やつきあっている人たちの名、それぞれの関わり。

ひとつひとつは〝たいしたことでない〟ことであっても、本人にしてみれば人に知られたいことではない。大事なプライヴァシーそのものだ。

同じく、『オッド・アイ』のメールを使うのも考えものだ。ユーザーは、メール内の文字列を保存され、分析されている。

同社の利用規約を読んだグレンはゾッとした。

『オッド・アイ』のサービスを使ってネット上に保存したり送受信したユーザーの情報は、『オッド・アイ』に全世界的なライセンスを付与することになる、とあるのだ。配信したり出版もできる、と。

そんなバカな。

家族写真を『オッド・アイ』のクラウドサービス・サイトに保存している人間はいくらでもいる。

それを使う権利も、彼らにはあるとされるのだ。

いくら何でもやり過ぎだろう。いまのところ、ライセンス使用は『オッド・アイ』のプロモーションやサービス開発のために限る、としているが、解釈にどこまで歯止めがかけられるのか、わかったものではない。

規約はどんどん新しくなり、『オッド・アイ』に有利になっていく。ユーザーの反応が追いつかないうちに。

もちろん、捜査機関が法に基づいて要請すれば、『オッド・アイ』が収集した情報は当局に提供されてしまう。利用規約にはそう明記してある。それどころか、噂によれば、『オッド・アイ』はすでに捜査機関と密接な協力関係にあるともいわれている。

不満に思っているユーザーも大勢いるはずだ。規約が自国の法に抵触するとして、『オッド・アイ』を提訴する国も出はじめているときく。

にもかかわらず、便利さが先に立つのと、乗り換えられる検索エンジン企業が育ってきていないことから、同社は傾くどころか拡大を続けている。

『オッド・アイ』のサービスを使う限り、ユーザーがこれらの規約を免《まぬか》れる術《すべ》はない。

グレンは患者に目をやった。

――神の目か。

情報集約企業『オッド・アイ』によって、ブルーノ・マーニーは全世界の情報の悉《ことごと》くを集め、神のようにアクセス可能にしたいと、おおっぴらに語っている。

グレンはもはや、ブルーノのカリスマ性に圧倒されてはいない。患者はCTスキャンやMRIをすでに数度受けており、技師としてグレンは数回検査を担当し、彼に接している。技術にも何の不安もない。血管造影検査は、脳神経外科手術前には必ず行われるプロセスのひとつだ。デジタルサブトラクション血管造影機は、すでにスタンバイしている。

グレンの胸を高鳴らせているのは、儲け話のためにこれから行おうとしていることだった。

テクニカルな心配はない。作業についていえば、本業の検査よりずっと簡単だ。しかし、大手を振ってできることではない。

はっきりいえば不正だ。

詳しくは知らない。だが、たぶんブルーノにとっては不利になることなのだろう。

そして、誰かを富ませる結果になる。

その証拠に、依頼通りにやり遂げれば、自分は金を得る。

報酬は、かりに職を棒に振っても割に合うレベル。もちろん、その金は魅力だが、ことを引き受けた心のどこかには、『オッド・アイ』の傍若無人《ぼうじゃくぶじん》なやり方に一矢《いっし》報いたい気があるのも確かだ。

——俺が何を検索してるかなんて、放っといてくれ！

自分は一市民にすぎないと、グレンにはわかっている。大それた野望も抱いていない。思想や革命やテロなんて、どこか遠いところの話だ。

なのに、頼んでもいないのに、取るに足らない自分の個的な領域に、このブルーノが率いる企業は踏み込んで来ている。

『オッド・アイ』を利用すればするほど、嫌な気分になる。検索ワードを打ち込むたびに、自分の弱みが『オッド・アイ』のデータベースに負の資産として蓄えられていく光景が浮かぶ。

——彼らは、俺らのデータを逆手《さかて》に取れる。その気になれば、いつでもだぜ。

神の目で人を見下ろす『オッド・アイ』のヘッド。見下ろされる立場の自分がその彼にひと泡吹かせるのだと思うと、日頃の溜飲《りゅういん》が下りた。

グレンの悪意は、あったとしても、ささやかなものだった。

グレンは自分なりに想像していた。自分のところに落ちてくる報酬は百万ドル。とすれば、依頼者が得るのはその十倍程度の金だろうかと。根拠はないが、動くのは数億ドル程度かと見ている。

持ちかけられたのが眉唾物《まゆつばもの》の話だとは思わなかった。何にせよ、ブルーノ・マーニー絡みの要請なのだから。

うまく行えば、俺が関わったとは誰にもわからないはずだ。

――さっさとやっちまえ。

気がはやった。

鎮静剤を打たれた患者は、手術予定時間より少し早めにこの検査室に運ばれてくる。看護師は、患者を引き渡してしまえば即刻出て行く。彼女たちはいつでも忙しいのだ。

いま、検査室にいる医療関係者は、技師のグレンが一人きり。

通常の段取りでは、グレンが予定の時間を見計らい、放射線医とその助手をコールして、カテーテルによる造影剤投入を始めてもらう。その後X線撮影を始める運びで、インターバルが五分はある。

いつもなら患者のデータを確かめながら時間を潰し、暇をもてあますが、今日は飛ぶように短く感じる。誰にも見られていないこの瞬間こそ、グレンが待っていた黄金のひとときだった。

彼は再度あたりを見回し、検査室に隣接しているオペレーション室から、プレートタイプのコンパクトスキャナーを出してきた。ブルーノ・マーニーの右手を、グレンは軽く持ち上げ、掌部をセンサーにかざしてスキャンした。続いて、左手も同様に。データの取得が終わるまで、わずか十秒かそこら。

あっけなかった。

この程度の弱い近赤外線の単純なセンサーなら、素人でも扱える。たったこれだけのことで、使いきれないほどの金が転がり込んでくる現実が、グレンには信じ難かった。

彼は心中でうそぶいた。

――そうさ。少なくとも、この手の赤外線で誰かの体をスキャンしてはいけないなんて法律はない。

検索履歴のログ収集が違法ではないのとおなじように。

――俺があんたをスキャンしてデータを取るのを縛ることはできないんだ。あんたの企業がやってることと、俺がしていることは、いったいどこが違うんだい？

三度ずつ、繰り返しスキャンし終えた。

ほっとして、大きく息をつき、彼は白衣の袖で額の汗を拭った。

――ついにやった。

グレンはオペレーション室に戻り、スキャナーをファイルキャビネットワゴンに隠した。

プレートタイプのスキャナーは、バインダーに隠れる大きさだ。持ち歩いたところを防犯カメラで撮られたところで、誰も不審には思わない。医療従事者がバインダーを持ち歩くのは自然だ。

満足げに、グレンは放射線医の助手をコールした。

「検査の準備は万全だ。今日の患者はＶＩＰなんだぞ。医師を検査室に急がせてくれ」

と。

2

「仕方がないのよ」

エヴァ・ハンドラーR&D《リサーチ デベロップメント》統括本部長は、スマートに微笑んでいる。

彼女は厄介《やっかい》ごとを受け流すのが得意だ。そのぶん、割を食うのはスタッフなのだが。

今日の本部長は、カーフの軽いジャケット、ワンピースは品よく体にまとわりつくシルクジャージー、足もとは素足に普段履き風、ツイル地の白いスリッポン。いっけん飾り気のないスタイルだが、彼女の執務室に入ってみれば、ファッションが発揮する絶大な効果に、あっけに取られることになる。

室内でまず目に入るばかでかいラウンジ・ソファは、鋲《びょう》といい特色のステッチといい、腕の良い職人が作ったと一目でわかる革製のもの。その個性的なソファと本部長のジャケットが、見事な連作に仕上がっているのだ。

そのソファにもたれ、彼女は指を鳴らしてスタッフを呼びつける。

ラグジュアリーな一幅の絵として、本部長の垢《あかぬ》抜けた姿に見とれているうちに、思わぬ流れに乗らされることになる、いつも。

しぶしぶながらも、研究開発部の、とくに男たちが彼女の指令に従ってしまうのは、ハンドラー本部長がそこそこ美形なうえに、人を起用するある種の勘《かん》どころをつかんでいるからかもしれなかった。

研究開発部門は、利益重視だけでは立ちゆかない。個性が強い専門の研究オタクやエンジニアを仕切れるのは、マルチな才覚を持ったタイプなのだろう。そして、かなり強引な引っ張り方をされても、うっとりするような脚の女なら許せてしまうのが男たちの哀しさだ。

「仕方ないことなの。見ればわかるわよね？　リック」

ハンドラー本部長は繰り返した。

「そのようですね」

どのみち、木挽橋隆一《こびきばしりゆういち》には断りようがなかった。

確かに、見ればわかる状況だった。本部長のほかに、もう一人同席者がいる。

普段なら見かけない上質のソファが、特別に出されていた。同席者は本部長より上の立場の人物である。

赤いブレザー姿のジェイ・サイクスは、経営管理担当上級副社長。経営面を見てきたサイクスは『オッド・アイ』のナンバー・ツー。常からブルーノ・マーニーの後継者と目されている。

〝見ればわかる〟と本部長が口にしたのは、赤いブレザーのことを指している。見るからに、ゴルフのゲームで勝者が着せられるチャンピオン・ブレザーそっくりの、安手のジャケット。これはサイクスの私物ではない。赤いブレザーは〝レッド・オペレーション〟のアイコンだ。

〝レッド・オペレーション〟は、『オッド・アイ』社員のあいだでは知らない者がない独特のシステムで、ブルーノが発案した。

すなわち――、会社が最優先としている課題には、セクションの枠を取っ払い、タスクを組んであたれ、というわけだ。

オペレーションの司令塔は、赤いブレザーを与えられ、それを着ることによって、どのセクションの人間でも一時的に任用することができる。

で、今回はサイクス上級副社長が司令塔というわけだ。

「このオペレーションではリック、あなたに召集がかかったの」

本部長はいい、サイクス上級副社長も肯いた。

否も応もない。〝レッド・オペレーション〟が発令されたら、いまの仕事は宙ぶらりんにしてでも、命じられたことに取り組む決まりになっている。

「どんなケースなんです？」

「目新しい話じゃないんだが」

ジェイ・サイクスは、ブルーノのように人を引きつける瞳をしていない。そのかわりに、独断的でもない。むしろ、突飛なプランやアイデアを時代と折り合わせ、金に換えてきたのはサイクスだといわれている。

堅実派で現実派。彼のようなタイプはこの社内ではごく少数だ。

「君のあげてきたデータにも関連している」

「何でしたっけ」

隆一の仕事はユーザーのサポートをバックアップすること。いってみれば苦情対処の窓口だ。

「君の出してきたレポートにはこうある。この一年の総括としてこう書いているね。〝寄せられる苦情には、ユーザーサイドのスキルアップや法務部門で対処できるクレームの場合も多い。そのなかで、見過ごせないのは検索エンジンのスピードと、レスポンスの表示件数の少なさに関する不満である。近年にもまして、検索のレスポンス速度と質に関する苦情は増加している〟と」

確かに、そんなことを書いた覚えはある。

『オッド・アイ　遅い』

『オッド・アイ　入力　遅い』

『オッド・アイ　検索　重い』

『オッド・アイ　レスポンス　鈍い』

『オッド・アイ　表示件数　少ない』

〝オッド・アイ〟というキーワードを入力すると、この手の言葉が自動予測されてくるのは、検索頻度が上がっているせい。つまり、ユーザーの多くがレスポンスの速度に不満を持ち、解決策を求めている状態だ。

「使っているスマホやタブレットのシステムやブラウザと、うちのエンジンの相性が悪い場合がほとんどなんですけどね。それとは違って……」

隆一はいいかけたが、説明の必要はないことに気づいてやめた。

検索エンジンの速度の問題は、つねに『オッド・アイ』の最重要課題としてあり続けている。上司たちにとっても、わかりきった話なのだ。

「つまり」サイクスが引き取った。「本当に遅いケースがあるわけだ」

「……だと思います」

システムやソフトとの相性ならば、ユーザーにアドバイスしたり、プログラムを改良すれば解決する。

だが、ここ一年はそうではない。

「こう指摘しているユーザーの数が目立つんです。〝『カリブー』のほうがずっと速く反応する〟って」

『カリブー』は、『オッド・アイ』と比肩《ひけん》するIT企業『カリブー』が提供している検索エンジンだ。後発なのでシェアはまだ『オッド・アイ』の半分にも満たないが、じりじりと追い上げてきている。

「敵もさすがにやってくれるな」

サイクスは顔をしかめた。

実質的にライバルの『カリブー』と比較されて〝遅い〟となると、『オッド・アイ』にはかなりの痛手になる。

検索レスポンスが遅いと、ユーザーは即刻イラつく。検索が面倒になる。検索をやめてゲームやメールなど、ほかの行動をすることを選んだり、速い検索エンジンに乗り換えたりする。

『オッド・アイ』では、かつて実験的にわざと検索結果を遅らせ、ユーザーの行動をモニターしたことがあった。〇・五秒ほど反応を遅らせただけでも、ユーザーは検索離れを起こしたのだ。

盤石《ばんじゃく》のように思われている『オッド・アイ』だが、実をいえば、とても絶対的とはいえない。スピードの点で凌駕《りょうが》する検索サービス企業の出現には常に脅《おび》えている。

「ここのところ『カリブー』への乗り換えが始まっているのは、シェアのデータを見ても確かだな」

サイクスはいった。

ひたひたと『カリブー』が追ってくる。足音が聞こえてきていた。

「もう、いやになりますわ」

ハンドラー本部長は、彼女らしからぬ作り声を出した。

実情をいえば、検索レスポンスのスピードは、この社にとって基本的かつ恒常的な問題なのだ。

「私のところは、一生懸命パフォーマンスアップに努めていますし、成績も上げているのに」

ハンドラー本部長の率いるこの研究開発部のエンジニアは、製品の性能を上げる秘策に注力している。対抗策もけっして怠ってはいない。

「オペレーションの主題は君のところの問題ではないよ、エヴァ」

サイクスは、いたわるようにいった。

システムとの相性云々《うんぬん》ではなく、実質的に〝遅い〟場合は、ログ解析のスピードに問題がある。製品のパフォーマンス以外の原因であるとしたら、いったい何なのか。

上級副社長は声をひそめた。

「この先は、他言無用になる」

「ちょっと待ってください」

隆一は戸惑った。

「全社一丸となって取り組む案件じゃないんですか？」

そのために、サイクスは赤いブレザーを着てきたはずだが。

「いずれはそうなるのかもしれない」

「あとは誰が召集されてるんです？　チームは何人ですか」

「いまは君だけだ」

首を傾げざるを得なかった。

よりによって、それはないだろう。これまでの〝レッド・オペレーション〟では、四、五人ずつの担当チームがいくつか組まれ、競争で成果を上げてきた。社内の面々も、赤いブレザーのメンバーに頼まれれば協力した。才能が集まってこそ目標達成の助けになるのであって、個人でできることは限られている。

「どういうことなんです？」

「いずれはチームでということになるかもしれない。だが、まずはメッセンジャーとして、君にはある人物のところに出向いてほしい。まずは彼に小当たりしてもらいたいんだ」

「……相手は？」

「ウェラーだ。エヴァン・ウェラーという男だ」

誰なのだろう。

「彼は『Eデザイン』という会社を経営している」

平凡すぎる名だ。デザイン事務所だろうか。建築設計？　広告？　それともウェブデザイナー？〝E〟は何の略だろう。エヴァンのEか。それともエレクトリックのEからか。

社名だけを取っていえば、全世界に何百万とありそうだ。

「検索してもヒットしないぞ」

サイクスは念を押した。

『オッド・アイ』は、ときに恣意《しい》的に、都合の悪い情報を隠している。

〝自社のプロモーションのため〟に。

「ウェラー氏はうちのコンサルタントなんだ」

「なるほど」

隆一はサイクスの説明を待つことにした。そのほうが早そうだ。

「スピードのことだが」サイクスは話を元に戻した。いつだって、彼は順序立てるほうを選ぶ。「私のもとに上がってきたデータを総合的に判断したところ……」

そうか。

隆一は彼の切り出し方に、ひとつヒントを見つけた。

ブルーノ・マーニーが入院中のいま、サイクスのセキュリティレベルは上がり、ふだんの彼なら目にすることのできないデータもいくつか上がってゆくはずだ。サイクスは、それをムダにする男ではない。Eデザインの件もその一つなのだろう。

話は進んでいく。

「問題は、過去ではなく未来のことなのだ。これから先、ログ解析のスピードを上げるためには、データセンターをさらに増やしてゆく必要がある」

――ついに……、そこまできたか。

スピード問題のネックは、データセンター。別に目新しい話ではなく、その点では隆一も驚かない。ログ解析スピードを上げるために、もっとも安易な解決策はストレージの容量を上げることなのだから、データを処理するサーバーを増設すればよい。つまり究極の対処法はデータセンターの数を増やすことに尽きる。

そうすれば、検索システムやトラフィックシステムに、エンジニアたちの編み出した新しい機能をどんどん追加し、レスポンスの速度を向上させることもできる。

だが、それは同時に、大量のデータ処理の限界を思い起こさせる。

時々刻々と増えつつあるユーザーがらみのデータを保管し、処理するためのデータセンターは増える一方で、減らすことはできないのだ。

ブルーノ・マーニーは、全世界の情報の悉くを集めたいと、常に語っている。だが、データは凄いスピードで生成され続けている。『オッド・アイ』だけの問題ではないが。

サイクスは続けた。

「エヴァン・ウェラーは、うちが初めてオハイオ州にデータセンターを開設したときから、うちのために働いている」

「とすると、『Eデザイン』はうちの子会社なんですか」

「それが、違うんだ。彼の会社はウェラー個人のもので、我が社とは別行動をとっている。さらにいえば、時に応じて社名も社員もオフィスも変えてきた」

「どんな職種なんです？」

「ウェラーはデータセンターの適地を探し、契約をまとめあげてきた。そのために、各州を――、いや、いまでは各国を飛び歩いている」

「用地の交渉人ね、いってみれば」

本部長が口をはさんだ。

とすれば、名前をいくつも変えてきたわけも知れてくる。

『オッド・アイ』がデータセンター用地を探していることが大っぴらに知れ渡ってしまえば、地価はうなぎのぼりに上がりかねない。

候補地が洩れることを防ぐため、前面には『Eデザイン』なり何なり、受け皿になる会社が主体になって交渉を進める。

「よほどやり手なんですね、そのウェラー氏は」

『オッド・アイ』は世界中にデータセンターを展開している。

「簡単な仕事ではないな」

と、サイクス。

広い土地、電力の供給能力とコスト、豊かな水源。データセンターに不可欠な要件を満たす土地を見つけ、地元と交渉してゆく。ローカルな政治やビジネスの慣習にも気を配らなくてはならない。

「それだけに、懐《ふところ》に落ちていくものも大きいがな」

——土地をゲットするコンサルタントか。

「で、ぼくは何をしに行くんです？」

「彼の仕事がここのところ滞《とどこお》っているんだ。新たな候補地を挙げてくるペースが落ちている。このままでは、自前のデータセンター建設がデータの集積に追いつかないおそれがある。つまり……、君たち研究開発セクションのエンジニアが、プログラムをどう改良したところで、容《い》れ物がないことになる。高い金を出してデータセンターを借りることになりかねない。『カリブー』を見返すどころか、頭打ちになる」

「そうなったら、昔に逆戻りね」

本部長が呟いた。

『オッド・アイ』は、創業時点ではデータセンターを持っておらず、業者に借りたり、業績の傾いた社のセンターを買収してしのいでいた。

だが、データセンターを借りることは、バカらしいほど高くつく。買収したものは使い勝手が悪いため、結局手を入れなければならず、二度手間になった。一から自社でデータセンターを建設し始めたのは、コストダウンを企図してのことだった。

自前のセンターは『オッド・アイ』の英知を結集し、とことん省エネと利便性を追い求めた形で建てられている。もちろん、ロケーションも含めて。

時は進んでいる。

爆発的に増えるデータを蓄積し、コントロールすることが求められるいま、データセンターも増えるばかりだ。そのぶん、いい物件には白羽《しらは》の矢が立ち、各社の奪い合いになる。割高なものしか残らない。

いまさら後退はできない。

「そこでだ。リック、ウェラーに会って、彼の用地選定が進まない理由を聞いてきてほしいのだ。何か問題があるのなら、力を合わせて解決したいと申し出てくれ」

「それだけですか」

特段、難しそうな仕事ではないだけに、隆一はいぶかった。

「何でぼくなんですか？　説得力のあるポジションのあなた方でなくて」

本部長と上級副社長は顔を見合わせた。

「それはな」

「……あなたはユーザーサポートという仕事柄、人の苦情を聞き慣れてるしね。トラブルシューターとして適任だから」

怪しかった。ハンドラー本部長にしては歯切れが悪い。

「とぼけてないで、いつもみたいにサディズムを存分に発揮してください。そこは聞いておかないと」

エヴァ・ハンドラーは軽く鼻を鳴らし、サイクスをちらりと見た。サイクスは頷いた。

「いいわ。実をいうとね。ウェラー氏とこれまで直接話をしてきたのは、ブルーノ・マーニーだけなのよ」

「……ブルーノだけ？」

隆一はうっと詰まった。

「用地は常に彼が決定してきたの。我が社にとって最も重要な事項だからね」

そのブルーノは、いま入院中だ。アリシアから聞いたところによれば、腫瘍摘出の手術は無事に終わったという。

「手術は成功しましたよね」

「そうだ。しかし予断は許されない」

サイクスは慎重だ。

ブルーノはまだ意識を取り戻していない。

「脳外科手術の場合、術後の二週間ほどは、本人の意識がなくてもおかしくないそうですが」

脳は繊細だ。最低限の機能を取り戻すまで、勝手に休息する。

「ともかく、命が無事でよかった。だが、だからといって単純にすぐ復帰できるかは心もとない」

「それはわかります」

腫瘍を取り除くことに成功し、『サワタリ』効果で病巣を叩けたとしても、手術後に合併症を起こすこともあるし、重い後遺症があらわれる場合も少なくない。

経過良好の患者でさえ、意識を取り戻した直後は一時的な言語麻痺や記憶障害が出ることもよくあるときく。

「『オッド・アイ』は数多くの受益者のための企業だ。ブルーノの全快をのんびり待ってはいられない。問題点は洗い出し、早急に対策を進めなければ」

「そこで、あなたなの」

「どういうことです？」

「ブルーノは、勝手に自分の領域に入られることを嫌がるわ」

「でも、この状況では仕方がないでしょう。権限は委譲《いじょう》されてあたりまえです」

「悪いけど、我々はあの人の癇《かん》に障るようなことはしたくないの」

本部長は頭をそびやかした。

「その点、あなたにはまだ創業者に近しいというメリットがあるから」

そいつは微妙だ、と隆一は思った。

ブルーノの娘、アリシアの元婚約者《フィアンセ》だったというだけのことで、彼から特別な温情をかけられているわけではない。こちらの気持ちをいうなら別だが。

もちろん、ハンドラー本部長もサイクス上級副社長も、切れかかっているコネを本気で忖度《そんたく》したわけではない。社員を捨て球として使うにあたり、多少は気休めになる人間を選んだだけだろう。

「クッションになれということですよね？」

ブルーノが快復したとき、誰かが彼に事態を説明するにあたり、お気に召さなければぶっ飛ばされる。ありがたくも、そのお役目をいただいた。

「ご名答」

隆一はため息をついた。どのみち、吹けば飛ぶような立場なのだ。サイクスに向き直った。

「ぼくは、ウェラー氏の言い分を聞き出すだけですよね？　切り込み隊として」

「そうとも。事態が明らかになれば、私がフォローしよう。彼の状況が目に余るようなら、これまでの関係を再考することも含めて手立てをとるつもりだ」

さすがに、サイクスにはブルーノの後継者としての自負はあるらしい。

「わかりました。でも、ひとつだけ」

「何だね」

「埒《らち》があかないとなったら、社内の人間をヘルプにつけてください。ぼくのセレクトで」

「もちろんだとも。君の責任でね」

サイクスは赤いブレザーをもう一着、ペーパーバッグから出してよこした。

「では、フロリダに飛んでくれ」

頭に血がのぼっている。

興奮を抑えるために、男は慣れた行動に身を委《ゆだ》ねようとした。

コレクティック・レバーを引いて高度を変える。

3

ところどころで、キャビンの窓に雨滴《うてき》が散っていた。雨天《うてん》というのに、厚ぼったい雲塊《うんかい》のあいだを縫う日ざしは強い。

烈日《れつじつ》は緯度の低い証《あかし》だ。GPSは赤道に近いことを示している。操縦席から見下ろす海上は、光で染められたストライプ模様の青。

ここを飛ぶときはいつも、身が震えるほどひとつの思いにとらわれていた。夢には輝かしさと俗悪が織りなされている。

見渡す限り船の航行はない。ヘリの機影だけが、眼下に黒く投げられている。

大海のなか、ついにぽつねんと廃墟が見えてきた。

いつもなら、隣の席に座ったブルーノ・マーニーがこういうところだ。

「俺たち、アラン・ドロンとリノ・ヴァンチュラみたいだな」

洋上に孤絶《こぜつ》している建造物は、フランスの名画『冒険者たち』に出てくる要塞島を思わせる。

フォール・ボワヤールはここまで隔絶されていない。映画のロケ地の要塞島は湾内に浮かび、陸地の影も近い。

どうでもいい。

ブルーノが名優たちの名を口にする理由はきまっている。コンゴの海に消えた財宝探しを夢見る映画の主人公たちを、自分たちになぞらえている。彼らは若くナイーヴで、傷ついており、無謀だ。

「ドロンは俺だ」

「それにしちゃ、腹が出ている。俺こそドロンさ」

ふざけて、よくいいあった。

アラン・ドロンはパイロット役だ。リノ・ヴァンチュラはエンジニア。

ブルーノと自分は二人して操縦免許を持っており、技術者でもあるので、そういうジョークが出る。

「うちの基地のほうが誇り高い。眺めは濃紺の海と天空の営みだけだ」

ブルーノは自慢げにいっていた。

絶海の廃墟は、とある企業が石油掘削《くっさく》のために公海に敷設したプラットフォームだ。件の企業は資金に詰まって破綻《はたん》し、事業から撤退したため、解体もままならぬままになっていた。

ブルーノは、このさびれたプラットフォームを買った。

朽《く》ちた人工物の残骸。もちろん無人で、航路から離れているため、海賊も寄りつくことがなく、青い時代の若者のように孤立して見える。

男はヘリを降下させてゆく。

ヘリデッキだったところは、雨風にさらされ、サークルがかき消されている。

下りてみると、プラットフォームの広大さがわかる。全長三百メートルあまり。幅も同じくらい。

鳥たちの糞が、ここにも植物を分布しようとしていた。

男はヘリを降り、管理棟に向かった。

ブルーノは、惜しまず私費を投じてくれた。彼は徹底してワンマン。金がうなるほどあり、法を軽視してでも夢を形にしていく男。だから組んだのだ。おかげで、できない研究はなかった――このラボで。

男は鍵を解除した。

上下に開閉するタイプのドアが、スムーズに持ち上がっていく。センサーが働き、ソフトな光があたりを照らした。外からの眺めとはうらはらに、内部は快適そのものだった。目的に応じて設備も揃え、改装してある。

男はコントロール・ルームに向かった。

ブルーノ・マーニーへの思いは、複雑なものがある。

すべての実権はブルーノにあり、自分にはない。それはわかっていた。

ところが、彼はいま病の床にある。彼はすべてを握ったまま、悪性脳腫瘍の手術に臨んだ。二人でやろうとしていたことが、宙ぶらりんになっているのに、何の連絡もなかった。

摘出手術の術後一ヵ月以内の死亡率は、一から二パーセントという。医療技術がどんどん進んでいるおかげで、手術の成功率は上がり、いまでは五年生存率が五、六割だというが、確率的には見過ごせなかった。

生き延びたところで、後遺症が出ることも考えられる。

そんな状況にありながら、何一つとして状況が動かないことに、男は歯噛みしていた。

――ブルーノは、病気のリスクについて、考え尽くしたはずだ。万が一、死に至るケースについても。なのに、何の音沙汰もなかった。彼はプランを胸に畳んだまま墓場まで持ってゆくつもりなのだ……！

ブルーノの病状がメディアに報じられたときには、すでに彼は面会謝絶で、常日頃のホットラインでの連絡も不通になっていた。

誰にも相談するわけにはいかない。これまでも、互いの関係性は秘してきた。

不安がこみあげた。

かりにブルーノの脳にダメージが起きた場合、手がけてきたことのすべてが無駄になりかねない。

一方、チャンスでもあった。

考えるだけで頭が熱くなる。いまなら自由がある。彼の指図を受けずに、プランを実行できる。

――こちらが何をしたところで、文字通り、ブルーノには手も足も出ないのだから。

すべてを極秘にしてきたことが、逆に利点となっていた。

隔絶した場所ゆえに、このラボの出入りに関しても、コントロール・ルームのシステムに関しても、セキュリティ・コードを持つのは二人だけだ。

ただし、最終的なゴーサインを出すのはブルーノ・マーニー。

システムに、彼のバイオメトリクス認証を読み込ませない限り、発令は下されない。

ブルーノだけが鍵となっている。

だからこそ、どうしても、ブルーノが生きているうちにデータを手に入れなければならなかった――、そう、手術の前に。

「静脈《じょうみゃく》のパターンは個体によって異なり、たとえ一卵性双生児でも違うんだ」

ブルーノがいったことを思い返した。

「指紋のように体の外からは見えないし、粘土やゴムで型をとることもできない。焼いて消すこともできない」

静脈認証を使うといいだしたのは、ブルーノその人であった。

「掌紋や眼球の虹彩認証はやめだ。セキュリティ破りのために指を切られたり眼球をくり抜かれたりはしたくないからな」

半分ジョークのように導入した掌部静脈認証は、当時は最先端の技術だったが、いまでは類似の技術が大手銀行のＡＴＭにも応用されている。

静脈が脈動しているところを登録しておけば、生きている本人以外には反応しないというのが売りでもある。

万全に思える静脈認証だが、破られないセキュリティはない。その気になれば穴があった。

静脈のデータを取るには、近赤外線を当てて静脈を黒く浮かび上がらせ、読み取る。静脈を流れる還元ヘモグロビンは、近赤外線を反射しないので、黒く映るのだ。

まことに科学的に聞こえるが、実は静脈の登録用センサーに、近赤外線を用いているところこそが危ない。知識を持つ者がその気になれば、赤外線を用いた装置の入手は、ネットや町の小売店でもできる。同様のセンサーを使えば、ごく簡単にデータを採取できてしまう。

本人がスキャナー部に手をかざして照合する過程も、システムにダイレクトにアクセスできる者なら、データをアップするだけで済む。

男は固唾《かたず》を呑《の》んだ。

望みのものを、彼は入手していた。禁断の扉が開く。

PCを立ち上げ、男はブルーノのデータをロードした。

Chapter 2

1

思ったよりも蒸し暑い。

カーゴパンツがきつすぎる。

自分は、この任務にはちょっとずんぐりし過ぎている。エヴァン・ウェラーは心のどこかでそう思った。

子どもの頃は、エヴァンとて身軽だった。彼の息子がそうであるように。

五つになったばかりの坊やはブレイクダンスに夢中で、ヘッドスピンを難なくこなす。そればかりか、ドラマに登場する人気アイドル・ダンサーの振り付けを完璧になぞり、ついでに自分なりのステップを付け加える。あどけないのにパーフェクトなコピーマシン。

「パパ、見て」

逆さのままで出す甲高《かんだか》い声。ジミ・ヘンドリックスのビッグTシャツに、ハミケツのランニングパンツ。

「いい加減にしとけよ。やりすぎると頭がこすれてハゲちまう。それに、背が伸びないっていうぞ」

エヴァンはとっておきの脅し文句でヘッドスピンをやめさせる。

そのくせ、実はずっと見ていたいのだ。

「そうよ、およしなさい」

妻が同調する。

ヘッドスピンにトライしすぎてムチ打ちが癖になった某ダンサーの体験記をブログで読んだのだった。筋肉のしっかりしない幼児には、まだやらせたくない技である。頸椎《けいつい》へのダメージが心配だとか。

そのくせ、妻はうっとりとエヴァンに囁《ささや》くのだった。

「でも、あなた。この子天才じゃない？　やっぱり体が柔らかいうちにマスターさせとくべきかしら？」

坊やが微妙なバランス技を楽々とクリアしてゆく様子を見ると、アクロバティックな感覚を会得《えとく》するには、体の軽いうちからのほうが良さそうにも思える。

それにしたって、あのダンスならふと誰かの目にとまり、ユーチューブあたりにアップされても不思議ではない。

親にとっては悩ましい限りだ。

これに限ったことではない。坊やの未来には、無数の可能性がある。

リトル・ヒップホップダンサーとしてデビューさせたらどうかなんていうのは、そのうちの僅《わず》かひとつにすぎない。

家族の未来に思いをめぐらすのは楽しかった。だが。

――いまは任務が優先だ。

エヴァン・ウェラーは坊やの面ざしを振り払い、集中した。家族と過ごすのも悪くはないが、こうしているときの方が昂揚《こうよう》した。

背中が汗でぐっしょりと濡れている。カットソーとカーゴのなかにラッシュガードの上下を着込んでいるが、理由はそれだけではない。

木箱のなかは真っ暗で暑く、考えていたよりずっと湿りけが強い。

アドレナリンが上がった。

荷を積んだ小型の水上機は、小さな島の湾岸沿いをフライトしているはずだ。木箱に詰められ、上空を運ばれているなんて、まったく馬鹿げている。

鼓動が速くなってきていた。

機体が旋回しながら高度を徐々に下げてゆくのがわかった。同時に、速度も落とされている。

エヴァンは時刻を確かめた。そろそろだろうか。

身構えているところに、着水のショックが伝わった。波が静かならさほどの衝撃は受けないと聞いていたが、バウンドはかなりのものだ。ツインフロートが水を切りつつ波の抵抗を吸収していく。エンジン音が、ボートのそれに似た響きに切り替わった。ゆっくりとした航行がはじまったのだ。

手筈《てはず》では、これから木箱ごと海に投げ捨てられることになっている。

頭皮がうずいた。

泳ぎには自信がある。今日の仕事に選ばれたのも、その点を考慮されてのことだ。

人の気配がし、息を殺した。

「せえのっ」

男らのかけ声とともに、箱が持ち上げられた。おそらく三人ほどで抱えているのだろう。エヴァンは落下に備え、頭を抱えて胎児のように丸まった。心臓がきゅっと引き締まる。

海面に落とされたら、海中でスタンバイ中のチームの力を借りて木箱を抜けだす。続いて浅瀬を対岸まで泳ぎ、目的の地点に上陸。ターゲットのいる建物に向かう。

いまのエヴァンにとっては、大して難しい話ではなかった。もっとスリルが欲しい。

片手で顎《あご》を撫《な》でてみる。唇の右下あたりの傷跡は、前の作戦中にできたものだ。ほんの数ミリえぐれた形が、死の翳《かげ》りを連想させ、気に入っている。あのときは、重傷を負うところを、間一髪《かんいっぱつ》で助かった。

島のアジトに拘束されているのは、要人の娘にして検事補。

写真は、数枚見せられていた。テイクアウトの袋を手にコーヒーストアから出てきたスウェット姿の彼女は、さして美形ではない。だが、裁判所に向かうスーツの後ろ姿は颯爽《さっそう》としていた。重そうなブリーフケースを手にしているものの、スカートのゾクっとするほど深いスリットからは、リゾートの陽光をたっぷり擦《す》り込んだらしいココア色の締まった脚が覗き、少なくとも彼女が仕事一辺倒の女ではないことを示していた。

いいぞ、とエヴァンは思った。ターゲットが女性というだけで、救い出す甲斐《かい》がある。欲をいえば、もっと若いとよかったのではあるが。

モチベーションをかき立てられることは大事だ。

木蓋をこじ開けるためのダイバーズナイフを取り出し、彼は脱出に備えた。


バルコニーには、望遠レンズで海を眺めている男がいた。

陽気はパーフェクトだ。一面のコーラルブルーにプラチナの波紋。

滑空していた白い水上機が着水し、積荷を落として去って行く様子が、湾に面した高台の屋敷から確かめられた。

この地では、水上機による麻薬の密輸が流行中だ。着陸のスペースも不要だし、海上なら必要に応じて受け渡しの場所を変えられる。

そこに便乗して、さらに中抜きも行われている。

中抜き用の荷を、水上機が海に落としていき、待ち構えていたボートが拾う。そのまま一味のプライヴェートビーチへ直行という手法だ。

「おかしいな」

望遠レンズで様子を捉えていた男が、室内の男にいった。

「どうしたんだ」

室内の男は銃を手にしており、彼の脇には、後ろ手に縛《しば》られた女が立っている。

男たちは二人とも派手な柄シャツを着ている。かたぎには見えない。女は猿ぐつわをかまされており、目だけを不安げに動かしている。

「箱がひとつ沈んじまった」

バルコニーの男がいった。

「少しは沈むだろう。問題ないさ」

木箱は長手の鉤《かぎ》で引っかけられ、ボートに引き寄せられる手筈になっている。

「いや、上がってこないようだ」

「ボートはどうした？」

「一個は拾った。でも、もう一個は回収できてない。ボートの奴らも慌ててる」

室内の男もバルコニーに出てきて、望遠レンズをのぞき込んだ。

荷受けのために出たボート上では、仲間たちが右往左往《うおうさおう》している。

「どうなってるんだ」

「まずいんじゃないか」

二人は顔を見合わせた。

海中でも、パニックが始まっていた。

投げ込まれた当初から、どこかがおかしかった。

予想を超える速さで、箱が沈んでゆく。

海中で待機していたエヴァンのチームのダイバーたちは、慌てて沈みゆく木箱に取りついた。

一刻も早く木蓋を開け、エヴァンを脱出させなければならない。

木箱にかけられているビニールロープをカッターで切ったところまではよかったが、箱は沈む速度を止めない。

懸命に蓋をこじ開けようとした。何かで粘らせでもしたかのように、どう力を振り絞っても持ち上がらない。

──開かない。

彼らは互いの血走った目を見交わした。

木箱に寄り添うように、ダイバーたちも急降下し、木箱を持ち上げようとしながら、蓋に取りついた。

が、状況は悪くなるいっぽうだった。沈めば沈むほどに水圧が加わり、浮力が失われると同時に、蓋は開きにくくなる。

頭では、皆、そう気づき始めていた。対応するには遅すぎる、と。

誰かがかぶりを振った。

エヴァン・ウェラーをなかに閉じ込めたまま、木箱は海底へと引き込まれていった。

「アクシデント発生」

ダイバーの一人が、本部に無線連絡を入れた。

2

「発射の主体を特定できないんだな？」

「残念ながら、そうです、サー」

ヒューストンの宇宙観測ミッション・コントロールステーションでは、司令部が慌ただしく動いていた。

宇宙空間赤外線システム衛星が、ロケットの発射時に特有の熱源を検知し、警報を発したのだ。

この衛星は、赤外線センサーを用いて地球上を常にスキャンしており、火山活動や大規模の山火事も観察するが、配備の主目的はロケットや弾道ミサイルの警戒である。

「いまのところ正体が摑《つか》めていません」

監視担当統括技官が報告を続けた。

「なぜだ」

ステーション所長は苛立《いらだ》っていた。

「発射地点が、どの国でもないんです」

所長は眉を寄せた。あらかじめ発射が予測されていないケースは稀《まれ》だ。

「どこから打ち上げられたんだ?」

ロケットを打ち上げ、軌道に乗せる技術を持っている国は、数えるほどしかない。アメリカ、ロシア、フランス、イスラエル、日本、中国、イギリス、インド、イラン、北朝鮮。

通告をせずに打ち上げられるロケットは少なくない。

宇宙開発には、各国の軍事戦略も大きく絡む。ライバル主導の監視網に進んで情報を与える国はない。ロシア、中国、イランなどの打ち上げは通告されないのが通例だ。

協力を結んでいない国から予告なしに発射されたロケットや人工衛星は、ゆえに、米国《アメリカ》サイドのネットワークにとっては、一時的には未知の物体となる。

ここのところは、イランの打ち上げが多かった。イランは人工衛星の開発に尽力している。ロシアから技術ノウハウを学び、いまでは自前の開発技術を持つ国となったイランは、打ち上げ拠点のルーホッラー・ホメイニー宇宙センターを国内に所有している。

発射は予告なしに行われ、自国のニュースなどで打ち上げの成功を発表するのみだ。

とはいえ、米国サイドにもまるで情報が入らないわけではない。国防総省《ペンタゴン》は各国の〝射場〟に狙いを定め、偵察衛星での監視も行っている。発射の前には、ロケットのセッティングや燃料の運び込みなど、射場周辺で動きが観測される。

多くのケースで宇宙への物体発射を事前に察知し、友好国に警告したりできるのは、そういうわけだ。北朝鮮のロケット発射のタイミングを予測し、韓国や日本に伝えるケースなどがそれである。

「どの国絡みかは不明ですが、衛星がスキャンした発射地点はこのあたりと思われます」

技官はタブレットに三次元視覚化されたサテライト・マップを表示した。物体の描いた軌跡が、時間を遡《さかのぼ》って示される。発射地点を示すカーソルは、地球をとりまく海のグラデーションに印された。

「公海上か」

所長は唸《うな》った。

「イエッサー」

「とすると、シーローンチだろうか」

ロケット打ち上げは、船上基地《シーローンチ》からでも可能だ。船上基地を使えば、打ち上げ適地までスムーズに移動できるし、周辺から爆音や落下物への苦情もない。

ただし、成功度では地上の基地からの発射に劣る。

いずれにしても、この手の打ち上げ船を持つ業者は限られており、船も業界では名が知れている。船上基地が出航すれば必ず情報が入ってくる。

「それは調べました。業者の打ち上げ船はいずれも各船の母港に係船されており、出港していません」

「まさか、潜水艦からか？」

「浮上して密かに発射したとも考えられますが」

ロシアなら、潜水艦からロケットを打ち上げた実績がある。

「成功例はほんのわずかだが、ない話ではないな」

「近年は成功例を聞きません」

――弾道ミサイルだったとしたら、テロにもなりかねん。

国防総省が打ち上げの動向に神経質になっているのは、そのためだ。

打ち上げられたものが兵器かどうか。

国の対応はそれ次第になる。

人工衛星と弾道ミサイルの基本構造は共通で、搭載《とうさい》するものが兵器か通信衛星や観測機材かによって異なるだけだ。発射技術も同様なので、発射時には見分けがつかない。

ただ、別の偵察衛星が捉《とら》えてくる未知物体の軌道からすれば、アメリカ本土や友好国は射程には入らないとみられる。

「上昇フェイズでの迎撃はしないそうだ」

上層部は情報に基づいて判断を下し、伝えてくる。

ロケットの発射時から上昇期にあたる段階での迎撃も可能だが、守るべきものがない無人のエリアまでには器機を配備していない。米軍がまず守るのは自国のエリア、続いて友好国だ。

と、フロリダ州パトリック空軍基地からの報告が、技官のもとに上がってきた。

「未知物体は高軌道《こうきどう》に乗りました」

さほど間を置かず、ほかの基地からも同様に、新しい物体が軌道上に検知されたとのレポートが届き、同時に本部のモニターにもデータが反映されはじめた。

「人工衛星の可能性が高まりました」

所長は、データをもとに国防総省・戦略軍に報告した。

とりあえず、物体は軌道を周回しはじめたらしい。落下する兆《きざ》しがなくなり、所長は一息ついた。

「どこの国のやり口にせよ、軌道に乗せたのだから、近日中に打ち上げ成功を発表するだろうが」

現時点ではどこからもニュースは入ってきていない。

「宇宙物体登録条約の加盟国なら、いずれにしても登録を行うはずです」

と、統括技官がいった。

宇宙法により、打ち上げた物体についての国連への登録が義務づけられており、打ち上げ技術を持つ国は加盟している。これは宇宙での事故による大惨事を防ぐためだ。もっとも、世界には加盟していない国も多い。イランも批准《ひじゅん》していない国のひとつだ。

「結局、相手は皆目《かいもく》わからん。そういうことか」

所長は苛立った。待つのが嫌いだった。国防総省の上層部はもっとだ。彼らは怒りに震えるだろう。

——米軍を出し抜くとは、どこのどいつなんだ。

統括技官の携帯が鳴った。監視ネットワークステーションからのメール着信音だ。

統合宇宙運用センター《JSpOC》が、地球から宇宙に放出される物体を観測し、追跡している。

「続報か？」

所長が尋ねた。

「そうです。例の物体が四つに分かれました」

技官はタブレットに軌道のモデルを呼び出した。

「この物体の発信する周波数を可能な限り探知しています。地上と物体との通信が始まれば、衛星だと確定できます」

ＪＳｐＯＣの運営主体は米国国防総省・米戦略軍だが、レーダーが設置されている地点は、アメリカ国内の主たる基地だけではない。欧州宇宙機関や連携している諸国と結び、各国各地に望遠鏡やレーダーを配備している。

衛星軌道に乗ったとなれば、〝未知の物体〟の存在が、友好国を含む他国のレーダーで察知されるのも時間の問題だ。

「少しでも早く、我々が挙動を把握する必要があるな」

推定される発射エリアに偵察機を派遣するよう指令が出されており、空軍が現地の撮影データを送ってくると思われる。

所長のスマートフォンが鳴った。

「ええ。……はい？　何ですって？　どこのものです？　いえ。イエス、マム。了解しました」

彼は頬をこわばらせ、かぶりを振り振り、毒づいた。

「くそっ」

「どうされました？」

技官がいぶかる。

「この件は極秘事項につき、今後は戦略局が預かる、と」

「どういうことです？　監視は今後、どうすれば……？」

「問い合わせが入った場合には、民間企業の研究用人工衛星と発表しろと。但し、詳細は伏せる」

「それも知らせる必要はない。新規の人工衛星として観測し、データは取るが、この件に関わる判断は戦略局扱いとなる」

人工衛星は、ある意味くせ者だった。

宇宙空間に打ち上げられてしまえば、内容の詳細を知ることは至難《しなん》の業《わざ》になる。

かつては、まだこんなにややこしいことになってはいなかった。

世界中から人工的に打ち上げられた物体で、宇宙は混雑し始めている。これまで打ち上げられた人工衛星は七千個を超え、寿命が尽きて落下したもの等を除いても、少なくとも四千近くが周回している。

打ち上げ技術の発展は止められない。宇宙開発に乗り出す国も業者も増える一方だろう。まだ、人類が初めて宇宙にロケットを飛ばしてからわずか一世紀しか経っていないのに。

そして、物体が何であるか、ひとつひとつに近づいて確かめることはできない――それが何であっても。

センターの宇宙状況監視ネットワークでは、いまではおよそ直径五センチのスペース・デブリまで観測可能になっている。もっとも、レーザーレーダーで観測されるだけで、物体がどんな内容なのかはわからない場合も多い。

「民間企業とは、協力企業ですか」

技官は尋ねた。防衛機関とともに働いている企業は相当数ある。

「詮索《せんさく》するな、とのお達しだ」

「了解です、サー。ですが、それでしたらなぜ、前もって上からの通知がなかったんでしょうか？」

「わからない」

上でも混乱している様子ではあった。だが、指令が出てきた以上、国防総省では状況を把握しているはずだ。

どのみち、偵察衛星のうち何機かは、軌道上の画像撮影に長《た》けている。いずれかが物体の画像をキャッチし、送ってくるのもそう遠いことではないだろう。

所長は舌打ちをした。

3

バルチク共和国で首相暗殺未遂
グスタス郷士団《ごうしだん》が犯行声明

今月五日、バルチク共和国首相ユリヤ・ヴァルミエラ首相が、武装勢力グスタスが敷設《ふせつ》した地雷で重傷を負った。

ヴァルミエラ首相はオストヴァルトエネルギー大臣とともに、アルギルダス州に竣工中のシルヴェストラトス工科大学視察のため、同州を訪問しており、同校に向かうさなか、州道八号を走行中に襲撃されたもの。

首相は顔に裂傷《れつしょう》を受けるなどし、重体。一命は取りとめている。

犯行を認める声明を出した武装勢力グスタス郷士団は、親ロシア派の反政府グループ。

バルチク共和国は独立を機に経済自由化に踏み切り、経済発展の道を歩んでいるが、資本化が進み、農業従事者や労働者層には貧富の格差に不満が広がっている。

グスタス一派は当初、政党としてスタートし、貧困層の幅広い支持を得ていたところ、一部の急進派が過激化。貧困地帯で武装蜂起《ほうき》したうえ、グスタス郷士団と名乗り始めた。

バルチク政府は、雇用創出と地元の経済疲弊解消を期し、海外のＩＴ企業などの誘致政策を進めている。その一環として、地域安全の向上をはかるためグスタス郷士団を非合法団体に指定、反政府勢力の撲滅《ぼくめつ》をアピールしている。

郷士団側はこれに反発し、ヴァルミエラ首相襲撃を実行したものと考えられる。

「おっと」

新聞が顔から落ちて、木挽橋隆一はしぶしぶ目を開けた。

紙の新聞を買ったのは久しぶりだ。東欧のバルチク国のきな臭《くさ》い情勢を読むためにだけではない。亜熱帯特有の強い日差しのブロック用だ。同時に、寝込むとだらしなく開いてしまう口元を隠すこともできる。

アウトドア用のアーム付きハイバック・チェアーは、お揃いの折り畳み式オットマンつき。リクライニングさせて仰向けにもたれ、膝から下にはタオルケットをかけている。

ただいま待機中。フロリダまで飛んで来たものの、相手方の都合で半日と一晩空《あ》いた。

強い香りの花とバナナの青臭さ、それにポップコーンのカラメルシロップを足してシェークしたような匂いが、どこからか漂ってくる。

もう一度眠るため新聞を拾おうと身を起こして、隆一は苦笑した。

『マイアミ・ヘラルド』紙が落ちたのは、ひとりでにではなかった。そっと引っ張られたのだ。

同じハイバック・チェアーを、もう一台並べておいた。同行者を連想させるかもしれないが、彼女は来ていない。航空機での出張には連れてこないことにしている。

飛行機が苦手な子ではない。で、一度連れ出したことがあるが、最悪だった。べったり付き合うなんて格好悪いと思っているのか、数々の反抗的な行動が続いた。会食中にゲロを吐いたり、高価な敷物に狙いを定め、つま先でこじったりと。

そういうわけで、小ウメは留守番させている。

ところが、空いたチェアーにちゃっかり座っているのは、やっぱり犬だった。新聞の隅をくわえて落としたのは、このミニダックスフントのしわざらしい。

「お前、どこの子だ？」

あたりは暮色《ぼしょく》に包まれはじめていた。逆光が眩《まぶ》しく、隆一は額に手をかざして目を細めた。

ビーチは、ほどほどの混みようだ。

長く伸びた夕陽が、海の方角を明るく照らし出している。

レゲエまじりのゆるい歌が流れている。ばら色の空とマジック・アワー。

隆一はあくびをした。急いで探す必要はない。誰もの動きがのんびりとしている。

「こっちに来てみるか」

隆一は自分の膝を叩いたが、犬は席に陣取り、動こうとはしない。

サーファーたちが波に乗っている。秋口のフロリダ・ビーチでは、大きな低気圧やハリケーンに伴ってスウェル《うねり》が起きやすく、このフォートローダーデールもサーフィンの適地として有名だ。予報では確か、いまも熱帯低気圧かトロピカル・ストームが近づいているらしい。うねりを狙って来るファンも多いのだろう。

ビーチハウスが流しているBGMが、イエスタデイ・ワンス・モアに変わった。一九七〇年代のゴールデンナンバー。親の世代の懐《なつ》メロだ。

〝ほんとにいい時だった。

そんな昔でもないけど、ある時期、すごく楽しく過ごしたの。

当時流行《はや》ってたシャ・ラ・ララ、とか、ウォウ・オウなんてフレーズに、いまでもときめくあの数年かそこら。

懐かしい歌を聴きながら振り返ると、ちょっと切ない。

いまは、いろいろ変わったから〟


「あなた」

いつのまにか、人が立っていた。

「もう見つけたの？　お利口ねえ」

彼女の目は犬に向けられている。かけられた言葉も、明らかにワンコ向け。

どういうつもりなのか。

「あら、ごめんなさい」

彼女は軽く会釈《えしやく》した。どこかのグランマか。ミニダックスは尻尾を振っている。飼い主らしい。

「ちょっと力を貸してくださる？」

「構いませんとも」

何にせよ、年配女性の頼みとあっては断れない。

「ありがとう」

彼女はぱっと顔を輝かせた。ミニダックスは心得たようにチェアーから飛び下り、先に立ってゆく。

波打ち際から石段を数段上がると、ビーチ沿いの駐車場があり、ミニダックスが得意げに寄ってゆく方に、ハッチバックを開けたワゴン車が駐まっていた。

隆一を後ろに従《したが》え、シニアマダムは車の持ち主らしい女性に声をかけた。

「助《すけ》っ人《と》をお連れしたわ」

車には、サーフボードが立てかけられている。マダムを認めて立ち上がった女性は、ウェットスーツを着ていた。

若木のような体に、素敵な肩が乗っている。この肩となら、一生並んで添い遂げたい男は多いだろう。姿勢もとてもいい。

「本当にすみません」

彼女は恐縮の面持ちだ。髪はローポジションのシニョンにまとめている。前髪はタイトな八分分け。

「ぼくはリックだ。何かトラブル？」

とりあえず、隆一は尋ねた。

「サーフィンに来たんですけど、買ったばかりのこの車、スマート・エントリーなの。うっかりしてて、防水《ウオータープルーフ》バッグも持ってこなくて……」

——そうか。

普通なら戸惑うところだが、隆一には一瞬で話が呑《の》み込めた。サーファーがスマート・キーのことで愚痴《ぐち》をもらしているのは、何度か聞いたことがある。

トラブルシューターとしては、対応策を持っている。アリシアに教わった技だ。アリシアのボーイフレンドにはサーファーも多い。それも、いい男ばっかりだ。

たぶん大丈夫、といおうとした矢先に、シニアマダムが割って入った。

「彼女はケイト。三十分ばかりここで迷ってたのよ。見かねて声をかけたの。マジック・アワーが終わっちゃうわよ、って」

ケイトは困った顔で微笑んだ。

「前の車の鍵はステンレス製のものだったので、ウェットスーツのファスナー付きポケットに入れて海に出てたんです。でも、スマート・キーって電子機器でしょ？　水に漬けるとダメになっちゃうし」

彼女はスマート・エントリーの鍵を出して見せた。

スマート・エントリータイプのキーは、彼女のいう通り、電子機器だ。ポケットや鞄《かばん》に入れておいても、持ったまま車に近づけば自動的に鍵が解除されるため便利で、採用している車種も増えている。

ただ、確かに手ぶらで海に入りたいときには不便だ。完全防水のバッグに入れて身につければ、邪魔でも何とかなるのだが。

「それで、もう諦めて帰ろうかと」

彼女は鍵を出して見せた。スマート・キーの本体にメカニカル・キーが付属しているタイプのものだった。メカニカル・キーは、本体のリモコン部分が電池切れになったとき、ドアを開閉するためだけについている。

隆一はスマート・キーからメカニカル・キーを外した。メカニカル・キーは小さなステンレス・キーだ。

「これでドアをロックすればいいんだ。本体は車内に残せば大丈夫さ」

メカニカル・キーだけならウェットスーツのポケットに入れられる。

ケイトは首を振った。

「やってみたけど、ダメだったの。ドアは一度ロックできるんだけど、鍵がなくても開いちゃうんです」

隆一も、それは承知だ。車内にスマート・キーの本体を残せば、誰でも開けられる状態になってしまう。つまり、車上荒《しゃじょうあ》らしに遭う可能性が高まるのだ。

「そうなんだよね。でも任せといて。裏技がある。二分待ってて。すぐだから」

いうなり、隆一は浜へと駆け下り、ビーチハウスへ直行した。チップをはずんで調理場から分けてもらったあるものを手に、また駐車場へと駆け上がる。

「これでばっちりさ」

スマート・キーの本体からメカニカル・キーをはずし、調達してきたアルミホイルで本体を隙なくくるむ。

そのまま本体を車内に残し、メカニカル・キーを使って車をロック。

「……どうかな？」

ケイトはドアノブを開けようとトライしたが、今度はしっかり鍵がかかっていた。

「すごいわ。開かなくなった。どうなってるの」

彼女の口元に、白い歯がこぼれた。

スマート・エントリー搭載車の仕組みを知っていれば、驚くほどのことではない。車は常に微細な電波で信号を発していて、キー本体はそれを受信し、返信している。つまり、スマート・キー本体をシールド材料で覆《おお》い、電波の交信をブロックすれば、リモート機能は働かなくなる。

「電波を使えなくしたんだ」

電波を遮断《しゃだん》する材料として、手近で安い材料はアルミホイルだ。

ケイトは目を輝かせた。

「助かったわ。とっても。ありがとうございます」

彼女は隆一とシニアマダムに何度も礼をいった。

「任せてといったでしょう」

マダムは得意げだ。

「レオはいい人を見抜く名犬なの。リックさんとやら、あなた、犬を飼ってるわね」

隆一は図星を指された。

「レオが懐《なつ》くなんて、よっぽどだわ。それに、車や電気製品のことは、アジア系の方はお得意そうですもの」

マダムは推察《すいさつ》も働かせるらしい。

まあ、まんざらでもなかった。犬には選ばれたのだから。

「次はアルミホイルのかわりに、密閉できるスチール缶を車に置いておくといいよ」

日本でなら、海苔《のり》かお茶の缶というところだが。こちらならクッキーの缶あたりか。

「缶のなかにスマート・キーの本体を入れるのね」

「そう。きっちり閉まる缶を選ばないと電波が洩れるから、チェックしてから使って」

頷いてにっこり笑い、ケイトはボードを脇に抱えた。

「それじゃ、楽しんで」

「ありがとう」

「……まったく、それじゃつまらないわ」

マダムが口を挟《はさ》んだ。

「ケイト。この方お一人だったみたいだから。誰か待ち人がいたとしても、待ちぼうけってところね」

そうよね、と、隆一はマダムに念を押された。縁結びでもされているような形になって、思わず頷いた。

「……でしょ。ケイト、あなたも一人でサーフィンに来てる。これはチャンスよ。お互いに名乗るくらいはしなさいな」

爽やかにいい、マダムは優雅に身を翻《ひるがえ》して去った。レオは名残《なごり》惜しそうにこちらを二、三度振り返りながらついていく。

残されたほうは、ちょっと気まずい。

「……まいったな。気にしなくていいから」

ところが、ケイトは面白そうに続けた。

「レオのおかげで、あなたへの警戒が緩んでいるのは確かだわ。完璧な対策も気に入ったし。キーのお礼に、よかったら一杯ご馳走させて」

日が落ちた頃に、オーシャンフロントのバーで。

そういいおいて、ケイトはすべてが光の裡《うち》にある海へと向かっていった。彼女のシルエットの背後に、日は沈みかけている。均整のとれた、しっかりした筋肉。ウェットスーツが光に満たされ、ジャガーのように締まって見えた。女性サーファーがもっとも逞《たくま》しく崇高に見えるのは、波に立ち向かってゆく不敵なひとときだ。

ケイトがパドリングしていくまで、隆一は見送った。

ホテルのダイニング・バーであらためて会ったとき、隆一はワンショルダーのブラックドレス姿のケイトを褒《ほ》めた。

「ありがとう。家に戻って汗だけ流してきたの。リック、この町は初めて?」

「そうなんだ。君は長いのかい」

「マイアミ市内よりずっと住みやすいのよ。治安もいいし」

「別荘も多いらしいね」

フォートローダーデールは、どこにいても水路が目に入る保養地だ。目の端にブルーの画素が組み込まれてくる。

　このホテルのダイニングからも、縦横《じゅうおう》に水脈を繋《つな》いできた運河が、小さな河口に落ちてゆくのが眺められた。掘割に面して、小ぶりのボートがあちこちに係留されている。

「仕事を聞いていいかな」

「振り付け師なの」

「コレオグラファーか。すごいな。アーティストなんだ」

「聞こえはいいけど、ブロードウェイで活躍してる組とは違う。でも、好きな仕事よ」

「どこで教えてるの」

「リタイアメント・ホーム」

「え」

「高齢者向けのオプション・プログラムに、グループ・レクレーションがあって、軽いエクササイズ・ダンスを依頼されているの。この町にはアッパークラスの人たちが冬に来るし、ホームで老後を過ごす組も、お金には余裕のある人。健常者がほとんどのリタイアメント・ホームはもちろん、介助付きやフル介護のナーシング・ホームも少なくないから、ダンス・アクティビティの口には事欠かないわ」

「なるほど」

「八十歳でも踊れるように考えてるから。ステップは踏めない人でも、知っている曲になら乗れるの」

「必要とされてるんだね」

「そうなの。ありがたいことだわ」

ケイトは満足げだ。

社交ダンスでも、ディスコでもヒップホップでもないと、彼女はいった。

「似ているものを挙げるなら、スリー・ディグリーズが往年のヒット曲『天使のささやき』で踊ってる、さざなみみたいな手振りと体のスイングね」

あえて日本でいうなら、昭和の歌謡ポップスダンスといったところだろうか。

「昔の曲って耳に残るの」

「ああ。別の時間が流れてるよね」

「『イエスタデイ・ワンス・モア』なんかは定番ね」

「シャ・ラ・ララか。確かにな」

〝懐かしいメロディーに、
すべてのいい思い出がいちどきに、
まざまざと蘇ってくるの。
つい泣かせられちゃう曲もあるわ、
昔みたいに……。そう、それこそが過ぎさりし時ってこと〟

「だけど、ぼくらの世代にしたら知らない曲も多いんじゃない？」

「だからいいの。遠いから。昔のことなのに優しい未来みたいで」

「なんかわかるな。その感じ」

「踊りながら涙が出そうなときがあるのよ」

「羨ましい。ぼくでもいつかそんな経験できるのかな」

「好きな曲、ないの？」

どうも思い当たらない。聴きたい曲はいつでも、検索しさえすればサイトで聴けるからだろうか。

「だいじょうぶ。いずれは誰でも涙もろくなるから」

ジョークにまぎれさせてくれた。ケイトには気配りがある。

彼女のような人といると、隆一はなぜだか安心する。直接人とつながる仕事をしている人々。教員とか医療従事者、牧師、小売店の店主や店員、宅配便の配達員。自分の職種が、真逆であるからかもしれない。

ユーザーのためのサポートのバックアップ。

苦情はネットの上を流れ、大小を問わず、世界各地から間断《かんだん》なく押し寄せてくる。それらを統括《とうかつ》している立場だが、当事者たちと顔を合わせることはまず、ない。ないものだから憧れる。表情が確かめられる近いやりとりというやつに。そんなところかもしれない。実際にコミュニケーションを取れといわれれば、面倒になるくせに。

彼女の話は続いている。

「でも、ときどきお声がかかって、ニューヨークかロスに行くの。本職は一応ダンサーのつもりだから」

「ロスならぼくの地元だ。観に行くよ。次のときには知らせてくれ。君はフェイスブックか何かやってるの」

「SNSはやらないの。苦手で」

「そうか」

「あなたは？」

「やってない。だけど……」

自分について話す番だったが、続かなかった。

リックことリュウイチ・コビキバシ。

過去のプライヴァシー情報の一部は、ネットにだだ洩《も》れだ。名前を入力して検索すれば、過去に報道されたことが出てくる。本当のこととゴシップがごっちゃになって。

アリシア・マーニーと付き合うからには、そういう憂《う》き目《め》に遭《あ》うことを覚悟しておくべきだった。

名だたるファッション・アイコンのフィアンセだったと明かすのは、もう何十分かあとでもいいだろう。

「腹減ったよね。席を移して何か食おうか」

話題を変えた。

何だか後ろめたい。ケイトに対してでなく、アリシアにだ。ただ魅力的な人と楽しく食事しているだけなのに。

と、スマホに着信が入った。

アリシアからだ。

いつもこうなのだ。彼女は心を見透《みす》かしたように連絡してくる。しかも電話だ。

「ちょっとごめん」

ケイトに告げて席を立つ。

「もしもし」

アリシアの声は不安げに揺れている。

「リック、どこにいるの」

頼りなげに名を呼ばれた。必要にされているようで、かつて心を満たしていた輝きが戻ってきた気がする。

「いま？　フォートローダーデールなんだ」

「あたし、困っているの」

「どうしたんだ」

「こっちに来てもらえない？」

彼女に請《こ》われると〝出張中だから〟とか〝仕事なんだ〟なんて断りをいえなくなるから不思議だ。

「何かあったのかい」

「パパのことなのよ」

「ブルーノ？　悪いのか」

周知の通り、彼は手術後の療養中だ。すわ急変かと胸が騒いだ。

「それは大丈夫だと思うわ。容体のほうは落ち着いてるって、医師が。そうじゃなくて、彼を尋ねて人が来てるの」

「来てる？　家族以外は面会謝絶だろう」

「そう。まだ話せる状態じゃないしね」彼女は声をひそめた。「あの人、眠っているうちに何かやらかしたらしいの」

――え。

一瞬、とまどった。だが、あり得ないことではない。何といっても、あのブルーノだ。彼についてなら、何が起きてもおかしくはない。

「詳しくは話せないのよ。この電話では」

「……そこに誰かいるのか」

「ええ」

「――こんな時間に？」

もう九時も近い。

「ねえ、何を話しても、いえ、メールだって傍受《ぼうじゅ》されかねないわ。だって……、国防総省から人が来てるんだもの」

「何だって?」

さすがに、のけぞった。

「とにかく、何をさて措いても、あなたにすぐに来てほしいの」

隆一は長嘆息した。

ここに来ているのは社命だ。それも、社が最優先としている〝オペレーション・レッド〟のため。

だが、迷いはなかった。

「わかった。すぐに戻るよ」

仕事も気がかりではあったが、隆一のなかではアリシアのほうが優先事項だ。『Eデザイン』のウェラーにはアポを入れ直せばいいと決めた。フォートローダーデールからロスに戻るには深夜の便もある。二、三時間で着けるだろう。

問題は、ケイト――、いい雰囲気になりかけていたのに。それに、腹も減っている。くそっ、彼女に謝らなくては。

ふいに、隆一はポケットに入れていたアイウェアを取り出してかけた。考えもなく、そうしてしまっていた。

潜在意識には、ずっとあったのかもしれない。『オッド・アイ・グラス』は、社が開発中の、眼鏡タイプのウェアラブル端末だ。『オッド・アイ』開発部門社員のうち選ばれた者の何人かは、実験用のグラスウェアを渡されている。一時は市販もしており、ウェアラブル機器だとわかるよう、大げさにデザインされていたのだが、掛けているだけで忌み嫌われたため、製造が見合わされている。

録画や録音機能もついているので、隠し撮りやレコーディングをされているようで不気味、と世評はさんざんだった。

だが、『オッド・アイ』は構わず開発を続けている。いま隆一が〝実装〟したそれは、開発中のデバイスなので、一見したところはノーマルな眼鏡に偽装されており、カメラや機器が内蔵されているとは気づかれない。

『オッド・アイ』が採用している小型カメラの技術進化は著しく、コンタクトレンズに組み込むことさえ、いまでは可能なほど微細で、気づかれることはまずない。

このグラスウェアには、人物認識機能が組み込まれている。目の前の人物の姿をネット上に公開されているデータベースとくまなく照合し、プロフィールが語る人物を瞬時にアイウェア上に表示する。トップに出てくるのは、推測された姓名だ。

製品化された暁《あかつき》には、プライヴァシー侵害が懸念されている。アイウェアを使ってアイデンティティを探られた者は確実に気分を害するだろう。

なのに、隆一がアイウェアを装着してしまったのは、未練からだった。自分の都合で機会を逃してしまうには捨てがたいケイトとのデートもどき。彼女のことをもっと詳しく知りたい。アリシアのもとに急ぐからこそ、いまの出会いが惜しくなる。男の哀しい習性だ。

カウンターに戻ると、ケイトは給仕長と話していた。そういえば、カウンターの向こうにバーテンダーはいなかった。で、食事のオーダーもまだだった。

「ごめん。急な事態で、ロスに帰らなくちゃならなくなった。よかったら君のぶんだけおごらせてくれ」

いい終わらないうちに、ケイトが目を上げ、こちらを心配そうに見た。困惑顔で彼女が何かいった。

隆一は戸惑った。

アイウェアに表示されている名前——彼女は、ケイトではない。

額を押さえ、隆一はうつむいた。

「……どうかした?」

「いや」

〝ケイト〟は再度、困ったようにいった。

「あなたにお客様だそうよ」

「え」

給仕長がこちらに向き直り、話しかけてきた。

「すみません。コビキバシ様」予約したときに告げた名前を、給仕長は覚えていた。「お話を伺いたいという方が、あちらにお見えなんですが」

ダイニングのエントランス近くに、もっさりした一組のカップルが待っていた。二人とも、デートにしては冴《さ》えない着こなしだ。あらためて眺めた。見覚えがない。

「知り合いじゃないみたいだ」

隆一はいったが、給仕長は申し訳なさそうに告げた。

「先方はご存じのようです」

給仕長はエントランスの二人に向かって頷き、彼らは近づいてきた。

「こちらにご宿泊のリュウイチ・コビキバシさんですね?」

「そうです」

男のほうがいった。

このとき、隆一のアイウェアには彼のプロフィールが表示された。

ホセ・ロドリゲス。巡査部長。マイアミ・デイド郡警察。

「警察の者です。少しお話を伺いたいんですが」

身分証を見せながら、ロドリゲス刑事がいった。

「エヴァン・ウェラー氏が今日亡くなったもので」

Chapter 3

1

男の眼のなかで、光がひしめいていた。

夥《おびただ》しい点描《てんびょう》が、天空の模式図に鏤《ちりば》められている。

彼はラップトップに目をやり、リアルタイムの人工衛星《サテライト》位置追跡《トラッキング》動画を確かめている。

事は着々と進んでいる。すべてが順調だ。目眩《めくるめ》くような天の高みに、彼はいま、至ってくらくらと存在しているような錯覚に陥《おちい》っていた。

——ついにやった。

充実感をかみしめる。

自分の意のままになるオブジェクトを空の高みに抛《ほう》り上げたのだ。壮大な大伽藍《だいがらん》を彩る星のひとつが——むろん衛星なのだが——、脳と繋がり、この指先ひとつで動く。

もっとも、遥《はる》か昔のように思える幼い頃、星座を夢中で探し、仰ぎ見たときのような高揚感はない。

人工衛星の一つや二つは、ものの数にも入らない時代になりつつある。稼働しているものだけでも四千を超える。

事情を知らない者からすれば、今日もまたひとつ、サテライト・トラッキングに見知らぬオブジェクト《物体》が増えたというだけのことだろう。

空は混雑している。

機器やエンジンのトラブルによる人工衛星の爆発や衝突などで破片になった残骸も、宇宙ゴミ《スペース・デブリ》となって飛んでいる。把握されているデブリの数は、一立方メートルを超えるものだけでも二万を超える勢いだ。ミリ単位で表されるレベルまで含めれば、一億を超えるともいわれている。

幾重《いくえ》もの夢のかけらが累積した空間は息苦しいくらいだ。

――だが、現時点で本当に価値あるオブジェクトは、そのうちの何台なのだろう？

人工衛星の開発は、およそ九割が電気電子と通信にまつわる世界。ほんの数年で、ある部分のテクノロジーは何世代ぶんも更新される。そのくせ、打ち上げ費用は何億とかかるため、使い勝手としては旧式のものが目立つのも事実だ。現在利用価値の高い精鋭は少数。男にとっては、そのなかに、現時点で最新の製品をひとつ加えたくらいの感覚に過ぎない。

振り返れば、追っ手も見えている。目的を同じくする衛星の開発は、目に見える勢いで進んでいる。

学会の動き。立て続けに出される論文。

だからこそ、先を急がなければならなかった。

アメリカにだけでも、数百万人の科学者がいる。科学はもはや、特別なものではない。そのなかで、理論の実効性を証明できる一番手は何人いるのだろう。

衛星の打ち上げは成功した。

――あとは実行あるのみだ。

リモート監視と制御のプロセスは、手元で行える。運用のための端末は、ＰＣ一台でこと足りた。地上と衛星を結ぶテレメトリ・データの暗号化回線は、大統領クラスに使われるのと同レベルの、秘匿《ひとく》機能に優れた長距離通信システムだ。ただし、なにごとにも万全はない。

どこかの――おそらく米国内の――情報機関が傍受してかぎつけ、追ってくることは考えられる。

──捕まるかもしれない。それも覚悟している。だが、空の彼方《かなた》で始まってしまったことを止めることは、誰にもできないだろう。

彼はオブジェクトを目で追っていく。ブルーノ・マーニーが『ピーコック（孔《く》雀《じゃく》）』と名付けたそれを。

三体のミラー衛星が本体から切り離され、四体がコンポーネントとなって軌道上にある。ミラーは光学コーティングを施した特注のものだ。

プランは時とともに、次の段階に向けて進みつつある。

『ピーコック』の能力を証明するときは、もう近い。宇宙から地上へ、大空間と雲の帳《とばり》を貫き、新たな恵みが降り注ぐ。

──あと三時間後。

男は固唾を呑んだ。

2

ブルーノ・マーニー邸のエントランスに隆一がたどり着いたときには、結局、朝の五時をまわっていた。

〝臨時パーキング〟とマーニー家では呼ばれているパーティ用の駐車場に、いかにも公的機関の御用車と思われるセダンが二台入っている。スモークガラスで内部は見えないが、ペンタゴンから来たとすれば、いずれにしても監視役の人間が残っているのだろう。

インターフォンは鳴らさない。かわりに電話で到着を知らせた。

遅れることはメールしてあった。アリシアの声は憔悴《しょうすい》している。

「遅かったのね」

「ごめん。ちょっと足をとられて」

「それって女の子絡《がら》み？」

アリシアはいつも、不満げを装《よそお》ってふざける。しかも鋭い。

「たいした話じゃないんだ。それよりお客さん方は？」

「来ているわ。とにかく入って」

〝ファミリー〟のガレージが開いた。

一瞬ではあるが優越感を感じる。単なる元フィアンセなのに。

屋敷にいくつもあるリビングのひとつが使われていた。

客は二人いた。

予想したような強面《こわもて》の男ではない。立ち上がったのは二人の女性だ。

一人は四十絡みといったところで、社交的に長けた雰囲気。艶めいた漆黒《しっこく》の肌。エレガントで視線が柔らかい。

彼女には見覚えがあった。

思わず見直した。あまりメディアには出ないが、女性の登用で目を惹いたDCIS《国防犯罪捜査局》の局長だ。

隆一は名乗りながら手を差し出した。

「初めまして。あなたは……〝狩りの女神《ディアーナ》〟ですよね？」

ダイアン・コーネル局長は苦笑しながら握手を受け入れた。

ラテン語のディアーナは狩りの女神の名だ。英語読みでダイアナ。国防の役職者に似つかわしい名だと、コラムか何かで読んだことがある。

「名前負けしているかしら」

返し慣れている口調だった。

局長は、本来の自分より何割か控えめに出ることができるタイプらしい。

もう一人は、エージェントのエラ・クルーガーだと名乗った。ティーンエージャーか？　まさか。それにしては蠱惑的《こわくてき》すぎる。ボーイッシュなショートカットにダークなビジネススーツ、角縁眼鏡。なのに、何かが一線を逸脱している。切れ長の目と赤ん坊のような唇がアンバランスなのか。

姿勢は二人とも抜群だ。朝の五時なのに、彼女らはテンションを高く保っている。

「あなたは『オッド・アイ』にお勤めだそうね」と、局長。

「ええ」

当たり障《さわ》りのない会話。でもそれだけでぞくっとさせられる。

おそらく、彼女たちはとっくに〝木挽橋隆一〟のバックグラウンドを把握し、検討を済ませているに違いない。

「犯罪捜査局がまた、どうして……？」

それも、局のトップがロサンゼルスまでお出ましとは。

アリシアがいった。

「局長は、ブルーノとは時々やりとりをしていたそうなの」

ブルーノには、各国の政府要人たちとの交流がある。サイバー絡みの犯罪が爆発的に増えているいま、『オッド・アイ』には、米国のみならず各国の司法・捜査機関が毎日のように協力を求めてくる。

表向きには、ユーザーの利便を第一にとうたっているが、『オッド・アイ』の実情は、社と司法機関の〝相互利益〟をベースに動くケースも多い。社のトップ、ブルーノ・マーニーにペンタゴンサイドの知人がいるのは、むしろ当たり前だ。

——っていうより、何か共同で手がけていたって不思議じゃないな。

隆一の推測からそう遠くないことを、コーネル局長が切り出した。

「アリシアにもいったのだけど、内々の話だと心得てくださる？」

尋ねかける口調だが、これはあきらかに命じているのだ。

〝イエス・マム〟

と転がされてしまいそうになるのを、隆一はこらえて曖昧《あいまい》に頷いた。

「彼は大丈夫よね？」

黙っていられるはずね、という顔で、局長はアリシアに向かって念を押した。

「この件は複雑なの。『オッド・アイ』についても調べる必要がある。といって、事情は伏せなくてはならないから」

「リックには、いてもらわないと」アリシアは嬉しいことをいう。「私には必要なの」

「いったい何があったんですか？　ＤＣＩＳが来るほどのことって」

まず答えたのはアリシアだった。

「本当。うんざりなんだけど、それがね——、あたしはぜんっぜん心当たりがないし。だけど、パパは人工衛星を作ってたっていうの」

「——何だって？」

唐突に星空の彼方に話が飛んで、隆一は面《めん》くらった。

「しかも、何と昨日それを打ち上げたんだというお話なのよ」

くらくらした。話の桁《けた》が違う。だが、それだけに——、ブルーノならあり得る。

隆一はあきれ、同時に感服した。

——実に興味深い。

〝あの人、眠っているうちに何かやらかしたらしいの〟

そうアリシアはいっていたが、これほどのこととは思わなかった。

「見せてあげて」

コーネル局長はクルーガー捜査官に命じた。

エラ・クルーガーが近づいてきて、タブレットを差し出した。画面にはサテライト・トラッキングが表示されている。

「これが、新しく軌道上に現れた人工衛星なの」

「衛星って……『スカイ・アイ』のですか？」

まず浮かんだのは、社の事業の一環なのかということだ。

『スカイ・アイ』は、四年ほど前に『オッド・アイ』が買収した衛星ネットワーク技術企業だ。衛星画像地図『オッド・マップ』の強化のために傘下《さんか》に収めた。いずれは人工衛星の打ち上げを予定していると、プレス発表したこともある。

傘下の企業が手がけている研究なら、話はわからないではない。

「いいえ。ブルーノのプライヴェートなの」局長はかぶりを振った。「それにはわけがあってね。人工衛星を打ち上げるには、巨額の費用がかかる。でも、社屋のような地上での価値ある物件とは違って、人工衛星には長いこと売買できるような確たる取引きがなかったの。打ち上げられた衛星は単体では資産担保にならなかったので」

「それはつまり——、衛星事業を自社の信用だけで手がけられる企業なり、もともと金のある者なりにしか手を出せないということですか？」

「ざっくりいってしまえば、ブルーノ・マーニーのような、ね。いまではケープタウン条約の宇宙資産議定書というのができて、法的な金融枠組みの整備が進められてるけど、まだ実効性にはほど遠いの。だから、ブルーノは個人で衛星の打ち上げ試験を行いたいと思っていた」

「『スカイ・アイ』の予算でなく？」

「そう」

「そして、国もそれに乗ったんですか」

「衛星を打ち上げるほどの予算は、国でも限られているのよ。だから、他国からの発射にせよ、彼が手がけるなら認める、と」

「……他国から？」

「彼は世界じゅうにつてのある人だから、国内で打ち上げるとは限らないでしょう。実際に、発射は公海からだったわ」

「しかし、なぜ、この衛星がブルーノのものだと分かるんです？」

「彼は、いずれ自前の衛星を試験的に打ち上げたいといっていたの。そして、国は──我々はそれを実際のところ陰ながら認めていた」

局長は話しはじめた。

「それは……少なくとも打ち落とさないって意味ですよね？」

「あなた、理解が早いのね」

「彼は──ブルーノは──、人の後追《あとお》いなんかはけっしてやりたがりません。彼が手がけるとなったら、最も新しい事象が盛り込まれているはずだ」

ブルーノのモットーはこうだ。

『人々に軽いめまいを起こさせるような事象を創らなければ、我々も先には進めない』

「だから、国はこう考えたんでしょう。人も資金も出さないけれど、口も出さない。実りがあれば甘い実は欲しい。ただし、何かが起きたら……」

「パパのせいってこと？」

アリシアが口を尖《とが》らせた。

その通りだ。でも、いい方はまずかった。

「すみません。あなた方のこと非難するつもりじゃ……」

隆一は局長の手前、語尾を濁《にご》した。

「それだけ、ブルーノは肝《きも》っ玉《たま》が太いってことです」

「いいの。ともかく、彼からのプランを我々はある程度知っていた。だけど……昨日の発射は、我々にとって不意《ふい》打《う》ちだったというわけ」

「本当にわけがわからないわ」

アリシアはため息をついた。彼女は眠そうだった。

「君、寝てないのかい」

「いいえ。ちょっと寝《やす》んだ。彼女たちにも客室を勧めたし」

「それならいいけど」

アリシアは、いつも無理をする。そしてときどきエキセントリックになる。

「ブルーノは入院中ですよ。このタイミングで大事なトライアルを始めますかね？」

「彼の意識は回復してないしね。病室には部下を詰めさせているわ」

「発射を予約プログラムすることはできますよね。日時をセットして自動的に発射するとか」

「手術で死ぬかもと考えて、生きているうちに試したいと考え、あえて強行したとも考えられるわね」

「ですけど、彼の性格からしたら、それはないですよ。同じことなら頭がはっきりしているうちに行《おこな》って、自分の目で結果を確かめるはずだ」

「それは同感ね」

ドアにノックがあって、軽食とコーヒーが人数分運ばれてきた。朝食用にとアリシアが運ばせたのだ。

隆一には懐かしいストロベリーとエバミルクつき。こんなときでない朝にありつけたらよかったのに。イッツ・イエスタデイ・ワンス・モア。

メイドが下がったところで、局長は大きく息をつき、話を再開した。

「彼の――マーニー氏の――目的なんだけど、そのプライヴェートな衛星で、彼がしようとしていたのは、マップや衛星写真の充実なんかじゃないわ。彼は宇宙からの発電を試みようとしていたの」

隆一は目をむいた。

「発電――ですか？」

「ええ」

宇宙からの発電。

局長のそのひとことで、隆一の頭は急速に回り始めた。

自分がにわかに担当させられている『レッド・オペレーション』にも、かなりの部分関わってくる話だ。

ブルーノ・マーニーは、つねに電力を欲しがっていた。

『オッド・アイ』にとって、究極の難問は、電力の調達だ。

あらゆるフィールドで〝省エネ〟が進められていくなか、デジタル情報産業界では、世間に逆行して、エネルギー消費量が増す一方なのだ。

「そのことなら、ブルーノはいつも悩んでいたわ」アリシアがいった。「ユーザーのために始めた事業なのに、彼らの資源を収奪する結果になるなんて……って」

その通りだった。

「データではどうなってるって？」

局長は捜査官のエマを顧みた。

「はい。米国内のデータセンターが使用する電力総計は、国内総消費量のおよそ三パーセントに達しようとしています」

——三パーセントか。

アメリカ人百人あたりの電力使用量のうち三人分が、すでにデータセンターに呑み込まれている計算だ。

「世界じゅうのデータキャリアの消費電力を総合すれば、すでにイギリスの総消費量の二倍を超えており……、二年に一度は倍増の勢いです」

考えるにつけ、恐ろしい状況だ。

「情報のビッグ・バンね。この加速度的な状況には終わりが見えない。そこが問題なの」

局長は告げた。

休む間もなくデジタルデータは生成され、保管され、呼び出され、利用される。デジタル化が衰える兆しはない。最重要のものから、ちりやゴミのようなものまで、何もかもがごっちゃにデータとされる。データのストレージもトラフィックも、爆発的な勢いで増える一方だ。

当然のことながら、そのデータを保存し、処理するストレージセンターでの電力使用量はうなぎ上りになる。

未来のことを考えると——そう遠くない未来だが——、隆一も含め、『オッド・アイ』社員のなかには危惧《きぐ》を覚えている者も少なくない。

情報の集積によって電力不足が起こり、データセンターが——、いやIT産業そのものが——破綻するのではないかと。

当の『オッド・アイ』じたいが、データセンターを多数保有し、大量の——公表はされていないが、アメリカの二、三の州を足したくらいの——電力は日々、確実に消費している。

「『オッド・アイ』には、そのネックに取り組むチームがあるのよね？　確か〝省エネマネジメント・チーム〟とか」

と、アリシア。

「確かにね。でも、省エネは抜本的な対策ではないんだ。低消費電力を目指してハードウェアを開発することで、同じような業態の他社に比べると、三分の一ほどの発電量に抑えられてるって聞いているけど」

『オッド・アイ』の誇る研究者たちは、そのチームのためにかなり動員されている。それでも、ユーザーやデータは刻々と、瞬時も休むことなく増え続けており、とても追いつかない。

コーネル局長に指摘されるまでもなく、起死回生的な策はない。『オッド・アイ』社員たちも、エネルギー問題を認識してはいる。

――知ってはいるけどさ、ヤバい問題だから普段は考えないようにしているんだ。生命保持のために必要不可欠のエネルギーが、いまや〝データの保持と活用〟のために、業界で湯水のように使われている状況だなんてさ。

データセンターには膨大《ぼうだい》なサーバーがある。一センターあたり十万～数十万台といったレベルだ。

サーバーが稼働しているだけで膨大な電力を食うだけでなく、熱を持ちやすい機器と、そこで働く社員にとって適正な温度に調整する必要がある。つまりは多くの場合、エアコンが欠かせない。

「おまけに、クラウドビジネスがセンターの電力消費に拍車をかけているので」

隆一の話に、局長は軽く頷いた。

いうまでもない話なのだ。

多くの個別企業が、自社の膨大なデータをデータセンター提供企業に預け、いわゆる〝クラウドサービス〟による保管を利用しはじめている。

商売になると見て、クラウドベンダーとか、データセンター事業者などと呼ばれる企業が出現し、それぞれにしのぎを削《けず》るなか、自前のデータセンターを所有する『オッド・アイ』は、大容量のデータ保存領域提供を売りに、クラウドサービスを行っている。ユーザーは個人から大企業まで幅広い。ライバルの『カリブー』も、ここのところクラウドサービスに力を入れている。

ところが、急に広がったクラウドの利用により、データのトラフィック量が桁違いに増加し、データセンターの電力消費量もまた、未曾有《みぞう》の勢いで増える結果となっている。

「それで、ブルーノは困ってた。あの人は先を読むから。電気を買うのを止めて、自社で発電したいって聞いたことがあるわ」

アリシアがいう。

「原発を買うとか？」と隆一。

「それはない。ブルーノは持続型クリーンエネルギーが好みだもの」

「そこが今回の試みにつながる。衛星を使えば、太陽光発電ができるのよ」

コーネル局長が打ち明けた。

「それ、すごくブルーノらしい考えじゃない」アリシアは顔をぱっと明るくした。

「陽射《ひざ》しを集めて力にするって。ブルーノが実現させたら、新しい〝太陽神〟神話が語られることになるわね」

「残念ながら、開発を始めたのは彼が最初じゃないの。並行して、各国で類似のプランが動いている最中。ただし、どこもまだ実験段階だけど」

「宇宙から発電……なんて、そんなこと可能なんですか？」

「上空三万六千キロにもなると、衛星は太陽光にほぼ一日中照らされることになるの。大気がないから、照射エネルギーが強い。地上比の約十倍のエネルギーが利用できるとされているわ」

「どうやって電気を地上まで届けるの？」

アリシアにも興味が湧いたらしい。

「ミラー衛星で太陽光を受けて、太陽電池に集める。そのエネルギーをマイクロ波かレーザーにして、アンテナ経由で地上に送る形になるでしょうね。まあ一般的な話なのだけれど」

「ブルーノの……、いやその、彼がしたことかどうかはまだわからないけれど、発射した衛星は成功しているんですか」

「軌道には乗ったわ。発射は成功でしょう。でも、いまの段階では、この先となると未知としかいいようがないの。それで私たちはここに来ている」

局長の唇がいったん、一文字に結ばれた。眉根も寄せられている。

「あの衛星はいま、とてもグレーな状況なの。アメリカの法的には、あの衛星発射を咎《とが》める手立てはないわ。公海からの打ち上げなんだし。さらに難しいのは、軌道上に収まってしまったいまとなっては、あの衛星がどんな機能を備えているか、詳細を確認することができないということ」

「つまり――、目下は犯罪ではない？」

「立件できないわね」

ＤＣＩＳが扱うのは国防犯罪だ。

「でも、どう考えても異常事態ではある。ブルーノは、発射当時には意識がなかったし、発射地点には誰もいなかった。通常、衛星の実験となれば、何十人ものスタッフや科学者が立ち会って発射を行うものなのに」

「とすると、やはり、彼には発射するつもりがなかったとしか思えませんね」

「……だったら、誰なの」

アリシアの問いはもっともだ。

「これからどんなケースが起きても不思議ではないのよ。あの衛星を誰がコントロールしているのか突き止めないと」

「ブルーノとともに太陽光発電衛星の開発に携わっていた人間は、分かっていないんですか」

「ブルーノのような経営者は、詳細は語らないものよ。利得は秘すことから生まれるものだもの」

局長はそういったが、隆一にはもうひとつ別の声も聞こえる気がした。

〝国は、あえて詳しくは知ろうとしなかったの〟

あるいは、すでに知っていて、知らんふりをしているのかもしれない。

彼らはそれができる立場だ。

「ブルーノ・マーニーが目覚めしだい、彼に話してもらう必要があるわ。といって、まさか彼をたたき起こせるはずもないでしょう。で、アリシアには悪いんだけれど、ブルーノのプライヴェートに踏み込ませてもらっているの」

——最悪だ。

「もうですか」

早すぎる気がした。

「ええ。でも、捜査協力という形でね」

「仕方ないみたい」アリシアが諦めたようにいった。「パパの衛星が誰かに〝盗《と》られた可能性〟ってことで、私たちは被害者ということになるらしいわ。そうでもしないと、何かあった場合に、ブルーノが罪を問われかねないというのよ」

「何かって、どんなことです？」

「衛星は、いろいろできるから……。真っ先に考えられる例をいえば、敵国の軍事衛星に転用されるのではないのか、とか」と局長。

軍事転用。確かにそれも考えられる。事態は思った以上に大ごとのようだ。

「できるだけ、騒ぎを大きくしたくないのだけど」

局長がつぶやくのも当然だ。

巨大ＩＴ企業『オッド・アイ』の現役総帥《そうすい》のもとに——それも彼が人事《じんじ》不省《ふせい》のときに——ＤＣＩＳの捜査が入ったとなれば、それだけで天地をひっくり返したような大騒ぎになる。

「ブルーノの弁護士を同席させて、彼個人のPCや書類はエージェントとやらにチェックしてもらっているけど」と、アリシア。「ただ、あの人はプライヴァシーのデジタル保存を嫌っているし、つい先日も——入院の前に——終活《しゅうかつ》だとかといって、身辺整理をしたばっかりだから、パパラッツィに喜ばれそうな材料はなさそうよ」

　アリシアは、ブルーノの承諾なしに捜査機関の介入を許したことを、自分自身に納得させているようないい方だった。

　ブルーノの私的領域がかき回されたところで、彼女が納得し、傷つかないのなら隆一はそれでいい。

　ビブラート音が響いた。エラのタブレットだ。

「局長」

　エラはコーネル局長に近づき、画面を示した。

　しばらくもの思わしげに見入っていた局長は、ゆっくりと顔を上げた。

「始まったわ」

「何がです」

「宇宙からの発電がたったいま、開始されたと思われるの」

「え」

「なぜ、そんなことが分かるの？」

アリシアが聞いた。

「ブルーノの衛星から地上めがけてビームが送られただろう事象を、ミッション・コントロールセンターが捉えたから」

局長の答えは明快だった。

「これで、発電の試験だったことは確実になったわ」

「よかったと思っていいのかしら？」

アリシアは首を傾げる。

「ひとまずは。でも油断はできないの。第一に、受電の予定地が、ブルーノから国に伝えられていたのとは違う」

「……受電？」

聞き慣れないことばが出てきた。隆一が聞きとがめたのに、エラが反応した。

「宇宙からの発電を地上で受けとることです。受電する方法には、いくつかありますが、ベーシックなのは、大規模な受信アンテナを設置してエネルギーを受けるやり方です。事前情報によれば、マーニー氏はインドネシアに受電装置を設置していたはずなんですが、コントロールセンターが察知した受電地は、バルチク国の『オッド・アイ』データセンター近くだと」

「土地の持ち主は分かっているの？」

「すぐ判明したようです。……エヴァン・ウェラー、マイアミ在住。アメリカ国籍の男がそのエリアを買っています」

「……あ？」

エヴァン・ウェラー。

たったいま自分の聞いた言葉が信じられず、隆一は自然に小さな声を洩らした。今日会うはずだった男だ。

「やはり、心当たりがおありのようね」

局長に見据えられた。

背筋が寒くなった。いったいどういうことなのか。

「あなたがなぜ遅れてきたかは、マイアミ警察から報告を受けているのよ」

エラが告げた。さすがに彼らは手回しが早い。

「ウェラー氏がどんな人物なのか、聞かせてくださる？」局長はやんわりと攻め込んできた。「私たちが、わざわざここであなたを一晩待たせてもらったのには、そういうわけもあるの」

3

隆一は、ホテルを訪ねてきたロドリゲス刑事とのやりとりを思い返した。

「おそらくは事故だと思いますが」

エヴァン・ウェラーが亡くなった、と刑事はいったのだ。

「遺体が夕方発見されまして」

「なぜ、ぼくのところに？」

会うはずの相手の急死にはもちろんのこと、すぐにマイアミ警察が来たことにも驚かされた。

「ウェラー氏の息子さんに連絡がつき、彼が社用のスケジュールを調べたところ、こちらであなたとのアポイントが入っていると教えてくれたので」

「残念ですが、あまりお役に立てそうにないな。ぼくはまだウェラー氏と面識はないんです。初めて会うことになっていたから」

「あなたは今日ここに着いたの？」

アリバイ調べだろうか、大柄でつんとした鼻の女性の刑事――リサ・テイラーだったか――に尋ねられた。

「空港に到着してからこのホテルまではまっすぐ。それからビーチに。いまは食事に」

「それでデート？」

テイラー刑事はカウンターのケイトを試すように眺めた。

余計なお世話だ。お邪魔虫《じゃまむし》が入らなければな。

いらっとしたが、構《かま》っている場合ではなかった。

「ぼくが彼に会うことになっていたのは明日ですよ」

「では、まだ会っていない？」

「そういいましたよね」

「そうですか。彼の自宅はマイアミ市内ですが、奥さんにはビジネスの出張で二、三日フォートローダーデールに行くといい、二日前には出たようです。ですから念のため確認に来ました」

「どこで亡くなったんです？」

「実際には、ウェラー氏はキー・ラーゴに宿泊していました」

キー・ラーゴ。

それは、死さえ輝かしい思い出にしかねない場所だ。

フロリダ半島の東端からメキシコ湾にかけて、珊瑚礁《コーラル・リーフ》の島々で神が描いた美しい弧状の連なりがある。

糸に通した真珠玉のように、互いの島は迂曲《うきょく》する海上の道でつながれている。長さ二百五十キロにも及ぶキーズ諸島のアーチに近在する島は、八百を超えているらしい。キー・ラーゴは、そのキーズ諸島のなかでも大きい島の町だ。

界隈《かいわい》一面が海。

あの浅瀬になら、人間の生命も漉《す》き入れていったん晒《さら》し、青に融《と》かしてしまいたくもなる。

隆一の脳裏には、夥《おびただ》しい気根《きこん》を張り出すマングローブの根元に横たわる男が浮かんだ。水に沈んだ男の青白い面には、鱗《うろこ》型の水紋が揺れている。

現実とは無関係に、思い浮かべたフロリダ・キーズの死体は自由で眩《まぶ》しく、魅惑的だった。

ロドリゲス刑事は続けた。

「実際のところは、ウェラー氏が発見されたのは、キー・ラーゴから海路か空路でしか行けない小島近くの海です」

「事故ってどんな？　彼は泳いでいたんですか」

　離岸流に流された、水泳中やダイビングでの心臓麻痺、ヨットやボートが転覆。フロリダ・キーズとあらば、海がらみの事故は珍しくない。

「水死です」

　ぼかされた。

「私も社に帰って報告しなければいけないので、差し障りのないところを教えてくれませんか」

　刑事たち二人は逡巡していたが、テイラーのほうがいった。

「聞きたいこともあるし、いいんじゃない？　この人の身元ははっきりしている」

　女性刑事、テイラーのほうが先輩かキャリアが上らしい。

「あなたは『オッド・アイ』の社員ですよね。ウェラー氏はあなたの社とのおつきあいが深いとか」

「ええ」

「まさか、あなたはゲームのメンバーじゃないよな」

　ロドリゲスが、唐突に疑いの目を向けてきた。

「ゲームって、フィッシングか何かですか」

「ゲームのために来たんじゃないのか」

「とんでもない。ぼくは単純に会社の用でアポを入れてます」

「知らないのね？」とテイラー。

「どういうことですか」

「ウェラー氏は独特な趣味にはまっていたみたいなの。すごく金をかけた、凝ったゲームで、一部のリッチな人間たちが取り憑《つ》かれている」

「どんなゲームなんです」

「素人芝居みたいなものよ」テイラー刑事がいった。「ウェラー氏は、敏腕エージェント役に扮して、麻薬マフィアに誘拐された女性を救い出すという遊びをしていたの。シナリオがあって、〝プレイヤー〟と呼ばれる顧客たちが主役級を務める。それから、俳優が雇われていて脇役を演じ、ストーリー通りに動くわけ。その様子はプロのムービーカメラマンによって撮影されて、ごく私的な映画になるの」

「素人でもジャック・バウアーばりになれるわけか」

「それ風だけど。お金さえ払えばね。今回のシナリオも凝っていたわ。ロケは無人島のオーナーに借りたコテージを中心に、島の周囲で行われていた。小型の水上機もチャーターして、本物さながら」

「ウェラー氏は主役だったんですか？」

「ええ。でも残念ながら、彼は今日はヒーローにはなれなかった。ロケ中に事故が起こったの」

「撮影中に？」

「ムービーの制作業者は過失を問われるかもしれないわね。エージェント役のウェラー氏を木箱に入れて、海中に投げ落としたの。脱出シーンを撮るはずだったんだけど、木箱の蓋が水圧で開かなくなったみたい」

エヴァン・ウェラーは箱に閉じ込められたまま海に沈んだ。

「海にダイバー役やカメラのスタッフもいて彼を助けようとしたし、すぐに救助を呼んだのだけど、遅かったの」

「本当に事故なんですか」

「それはうちの署でいま調べているわ。ただ、これまでも同じシナリオで別の顧客が演じているの。それも何度も。スタッフもこのシーンには慣れていたそうよ。なので、誰もが安心していた」

「確かに、今日は波も高かったんだ。低気圧が近づいてきているからな」

ロドリゲス刑事がいった。

「海は甘く見ると怖い。深さが一メートル増しただけで、水がにわかに重くなる。予測可能だったかが問われるかもしれないが、事故寄りの可能性が高いと思いますね……」

彼は肩をすくめた。

「ゲームのシナリオにはアクションあり、ロマンスもセックスもあり。はまった者にはたまらないでしょう。見知らぬ素人が何人か混じっているのも刺激になるらしいが、これじゃスリラーだ」

「お気の毒に、ご家族は彼がこの手の趣味を持っているとは知らなかったそうよ」

「事故の瞬間は撮影されていたんですか」

テイラー刑事は頷いた。

「……ところで、あなたは彼とは何の話があったの？」

テイラー刑事は情報を求めてきた。ごまかすつもりはなかった。調べればすぐわかるだろうことだけは話した。

ウェラーが『オッド・アイ』データセンター用地のコンサルタントであること、自分は新しい用地について進捗《しんちょく》具合を聞くために来たことを。

マイアミ警察とのそんなやりとりを、隆一はDCISの二人にかいつまんで話した。

「では、エヴァン・ウェラーが衛星発電の件に関わっていることは知らなかったんですか？」

エラ・クルーガー捜査官の、眼鏡のなかの瞳がより細められた。凝視されている。

「初耳ですね。いま知ったところなんだ」

ウェラーがバルチク国に〝受電〟用の土地を買っていたなんて。

「彼の話は、おおむねマイアミ警察サイドの報告と合っているわ」

ダイアン・コーネル局長が縛《しば》りを緩めてくれた。

「そうなると、ウェラーの水死は事故ではない……？」

「他殺の面からも調査する必要があるでしょうね」

「あなた方は、すでにウェラー氏も調べているんですか」

「宇宙太陽光発電の当初の受電予定地は、インドネシアの離島の予定だったの。その土地を手配したのも『Eデザイン』、つまりウェラーだったのよ」

局長の説明を聞いて、隆一には納得できる点があった。

――バルチク共和国。

東ヨーロッパのこの国は、武装勢力グスタス郷士団が跋扈《ばっこ》し、ヴァルミエラ首相が暗殺未遂の憂き目にあったばかりだ。

「バルチク共和国のことは、ぼくもウェラー氏に聞くつもりでした。あの国には『オッド・アイ』のデータセンターがあるので」

『オッド・アイ』のデータセンターは現在、世界に十五箇所ある。

米国内に六、ヨーロッパに二、アジアに三、その他地域に四。

この分布は、同様のデータセンターを持つ企業のトップテンを見てみても、たいして変わらない。

データトラフィックの速度を上げ、レスポンスを速くするためには、ユーザーの近くにデータセンターを置くことが重要だ。また、ヨーロッパでは、EU内に一つは必要になる。EU内では法制上の決まり事が多く、いろいろ使い勝手がいいからだ。

バルチク国はEUには加盟していない。この国でのデータセンター開設は『オッド・アイ』では古いほうだった。

「紛争はセンターの運営に影響を与えると思われたので、ぼくもあの国の政争の記事を追いかけたりしていたんです」

バルチク国では電力が安いのだ。

データセンターの候補地の優劣は、電力の値段にも左右される。

だが、センター所在地に今回のクーデターのようなトラブルが発生した場合は、サービスに障害が発生しかねない。

「いまのところ、社のデータセンターには被害が及んでいないようですが、あの国はきな臭い。早急に他国に代替地を用意すべきエリアなんです」

「バルチク国の電気は、そもそもロシアの送ってくる天然ガスが安く卸《おろ》されたからこそ安く買えていたんだと思うわ」

さすがに、国防に携《たずさ》わるコーネル局長の指摘は、さらなる深層に及んでいた。バルチク国の発電は、ガスでまかなっている。

「その仲介役として一役買っていたのがオストヴァルトエネルギー大臣なんだけれど、彼の信用がロシアで失墜したの。そのとばっちりを受けたのが首相。だから、今後はロシア由来の天然ガス量が絞られて、電力も相当値上がりすると思うわ」

隆一がにわか勉強でつけた知識を、局長のそれは上回っている。

「それでブルーノはバルチク国に宇宙太陽光発電を導入しようとしたんですね」

「おそらくは」

うまく運べば、見込まれるコストのロスを埋めるばかりでなく、エネルギーのコストが大幅に節減できる。

「けれど、衛星から落とすエネルギーの実験地はインドネシアの離島の予定だったの。そもそも電力がないところに、試験的に供給してみようと、話はまとまっていた」

宇宙太陽光発電のメリットはとてつもない。送電が難しかった離島や山間部にまで、電気を供給できる。しかも太陽光は恒久的に利用できる。

エラがまたタブレットに何か表示した。衛星写真だ。バルチク国の『オッド・アイ』データセンター付近がアップになっている。

「ここに、受電アンテナらしきものが見えます」

データセンターからは多少離れているが、確かに巨大なアンテナ状のものが見えた。

「インドネシアのほうにも、受電設備が見られます」

エラはジャワ海とバンダ海の中ほどあたりの島を映し出し、施設を拡大した。局長は頷いた。

「そちらには至急人を送って設備を確認させるわ」

こともなげにいえるのは、さすがにＤＣＩＳの長だ。

「ともかく、あなたにも手伝っていただくつもり」

「――ぼくですか？」

有無をいわさぬ口調で名指されて、引いた。

「そこまでのけぞるほどの大役じゃないのよ。ウェラー氏の遺族のもとやオフィスには、どのみちあなたも行くでしょうから」

そうだった。本来の用務がある。

むろん、ウェラー氏の急死については、サイクス上級副社長に報告済みだ。彼も驚いていた。

ウェラー氏亡きいま、彼が率いていた『Eデザイン』のなかに、データセンター用地のコンサルティングを引き継げる者はいるのかどうか。

弔意《ちょうい》を示すための遺族への訪問も含め、彼の社の状況を見てくるようにと命じられている。〝レッド・オペレーション〟は続行中だ。

「即刻、状況を把握してきてくださる？　もちろん、あなただけに任せるなんてことはしない。クルーガー捜査官が同行する。それから」

局長は席を立った。

「私たちのことは『オッド・アイ』には口外無用よ。あなたがたの社についても、関連の有無を調べることになるし。あとはクルーガー捜査官を通して連絡するわ」

4

エラ・クルーガー捜査官は、航空機のアポを取るといって席を外した。

「マイアミにストームが近づいているって。リック、あなた無事に行けるかしら」

アリシアが呟いた。

「向こうへは三時間ばかりだからな。ハリケーンは午後からだろう。まだ便も欠航にはなっていないさ」

隆一はいった。エヴァン・ウェラーの家はマイアミにある。トンボ返りでフロリダへ戻る必要があった。

「どうなるの」

アリシアは不安げだった。ブルーノの現状のことだけでも、彼女は手一杯なのだ。

「君はそのままでいいんだ」

隆一はいった。困っているアリシアは、普段にもましてきれいに見える。

「じゅうぶん休んで、あとは気が向いたらブルーノを見舞えばいい。手術はうまくいったんだから、そのうち目覚めるさ。で、すぐに何でも聞ける」

「そうなのかしら」

彼女は懐疑的だ。別の意見があるようだ。

「ブルーノは何でもあたしに話すってわけじゃないわ。これまでだってそう。……っていうか、あたしの意見なんか聞かれたことがない。いつだって、心がよそにあるみたい。デジタルがとか、世界の未来がとか、そんなことばっかり。家族の気持ちなんか頭にないの。あたし、自分が彼のお飾りってだけじゃないかと思うことがあるわ」

正直いって、それはわかる。ブルーノの結婚が長続きしなかったのも、同じ理由からかもしれない。

「血が繋がった娘じゃないからかな」

何かにつけて、アリシアはそういう。

「それは違うと思うよ。彼みたいにムーブメントを成立させた人間は、何かの力に巻かれて、世を動かす歯車のようになってしまうことがあるんだ。そうなると、周囲には細かく気を配っていられなくなる」

「特別ってこと？　あたしたちはそれにつきあわなくてはいけないの」

「そんなこと必要ない。君は自分を生きればいいんだ。ブルーノだって、そんなことを望んでないよ」

「あの人はどうしたいの？」

「君に幸せでいてほしいんだよ」

ブルーノのことに託して、隆一は自分の気持ちを口にしていた。

「何もいわないのは、君を心配させたくないだけなんだ」

「……だとしたら、あたしたち、ブルーノがなぜ人工衛星のことを話さなかったかを考えるべきじゃない？」

はっとした。

そういう見方で考えたことはなかった。確かに、会社の金を使わず私費でしたことにせよ、世間にアピールしながら人工衛星の開発をすることもできたはずだ。

宇宙からの発電は、成功すれば社会的なメリットが大きい。〝よりよい社会〟を創ろうと考えるブルーノならオープンにしそうなものなのに。

秘密にしたのはなぜだろう。

独占的に開発し、利益を得たかったのだろうか？

それも、これまでの彼の思考回路とは矛盾する気がする。彼は利益よりもまず発想を大事にしてきた。ルールを重んじないため、裁判になるケースもよくあるが、それにしても、金のためというよりは我が道を遮らせないためだ。

　トラブルが予測される事業であっても、構わず進める。訴えられたら、それはそれで対応する。やらずに終わるより挑戦を選ぶ。そうやって『オッド・アイ』を成功させ、巨大化させてきた。

　国防総省との兼ね合いか。いや、彼なら誰との約束も歯牙《しが》に掛けない。

　ブルーノが開発を秘していたのには、何か理由があるはずだ。いったい何なのだろう？

「それよりも、リック」

　アリシアが身振りで隆一の掛けている眼鏡をさした。

「それはアレでしょ」

　隆一は頷いた。

　開発中のアイウェアを彼女は知っている。一度見せたことがあるからだ。

　彼女はあきれながらも、期待する表情になっている。

　何にせよ、アリシアはいつだって隆一が自分を窮地《きゅうち》から救ってくれると思い込んでいる。婚約は破棄したくせに。

　仕方がない。彼女には逆らえない。にっこりしていてもらいたいのだ。

アイウェアを掛けたままでいたので、端末はＤＣＩＳ局長の話を録っていた。

すでに、隆一はさっきトイレに立ったときから、まずは〝調査〟をはじめていた。疑問を入力していく。ブルーノが始めたデータセンターのための人工衛星と宇宙太陽光発電。そこに、国防犯罪を扱うＤＣＩＳがからんできたのは、他国により軍事衛星に転用される可能性があるためだと、コーネル局長はいった。つまり兵器となるのか。だとしたら、その衛星はどんな機能を持つのか。

自分なりの情報ルートに疑問を乗せる。

同時に、コーネル局長の話を部分的にテキスト化し、話し手などまずい情報は伏せてある人物に送った。貸しがある人間――元国防高等研究計画局《DARPA》のドクター・マシュー・バーネット――宛てに。

ドクター・バーネットは元の職場でプログラム・マネージャーをしていた。彼の研究は人間を『戦士《ウォー・ファイター》』と化すための能力増強だったので、人工衛星は畑違いかもしれないが、軍事研究には分野が交わるケースも少なくない。何かヒントを得られる可能性はある。

ダイアン・コーネル局長からは、ＤＣＩＳが捜査に乗り出したことは口外無用だといわれている。が、誰にも何も話すなとはいわれなかった。

むしろ「あなたにも手伝ってもらう」といっていたではないか。勝手な理屈かもしれないが、少しは〝ブルーノ流〟を標榜《ひょうぼう》し、勝手にやらせてもらう。

アリシアに、隆一はわざと顔をゆがめてみせた。

「もう、リックったら。変顔《へんがお》しないの」

噴《ふ》き出した彼女に頰を引っ張られ、たしなめられた。

それが嬉しいなんて、いったいどうなっているんだ。

「急いでください」

航空機のアポを取るため席を外していたクルーガー捜査官が戻ってきた。

「何時の便？」

彼女はかぶりを振った。

「空軍基地に着き次第です。そこから専用機で出ます」

5

「本当のところを話してください、ビールさん」

国防総省の一室では、訊問めいたやりとりが始まっていた。

洗練されたサマーツイード・ジャケットにグランジ風ロング・ヘアの魅力的な男に、ダイアン・コーネル局長が詰め寄っている。

「国防研究技術局長によれば、あなたは『プラン・ピーコック』に携わっている民間人の一人だそうね」

「ええ」

ジョン・ビールはまっすぐに見返してきた。視線は揺らがない。

「博士と話したんですってね」

「そうです」

「いつのこと」

「一昨日です」

「そのとき、博士が予告を口にしたというのね？」

「いま考えればそうです。ですが、予言めいた博士の話はいつものことで、気に留めてなかったんです。ブルーノ・マーニーは療養中と聞いているし、彼が快復しなければ何も始まらないだろうと踏んでいましたからね」

博士とは、元ペンシルヴァニア大教授のレイモンド・カニングハムを指している。

カニングハムは、ブルーノ・マーニーと組んで人工衛星を創り上げたと目されている宇宙機応用工学者だ。

「どこで話したの?」

「『エネルギーソリューションワークショップ&エキシビション』の会場です。彼はぼくを見つけて近づいてきました」

通話やメールは証拠が残りやすい。会って話すのがいちばんだ。内密の話をさりげなく、面と向かってするには、日常的な場所がもっとも適している。

その点、専門的なコンベンションや学会は、密談をしたい者にとって便利だった。その気になれば、全米のどこでもこの手の催しには事欠かない。

「ご存じのように、これまでも、この手の催しで博士と内々の話をすることはよくありましたから」

コーネル局長は頷いた。

ポートレイトによれば、カニングハム博士はどこか不遜な面ざしではあるのだが、優秀な科学関係業界の仲間うちではよく見られるものなので、まったく人目を引かない。大規模会議場用《コンベンションセンター》ICタグを提げ、群れに溶け込んでいるとなれば、なおさらだ。

いっぽう、ビールも場慣れしている様子だ。

局長は、手元に届いたジョン・ビールに関する資料に目を落とした。

ジョン・ビール、三十九歳。データセンター業界の団体『ブルーバリュー』協会代表。

彼は若くしてすでに代表の座に就いており、ビジネスと科学を結びつける役割を担っている。

『ブルーバリュー』協会のボードメンバーには、『AT&T』、『オッド・アイ』、『カリブー』、『DELL』、『IBM』、『INTEL』をはじめ、日本やヨーロッパのIT企業やデータセンター事業者、公共事業、エネルギー企業など、親アメリカ派情報産業のトップ企業が名を連ねている。

業界の大物たちを説いてジョン・ビールが新しい団体を立ち上げたのは、六年ばかり前のことだ。相手は大手ばかりだけに、おいそれとはことが進まないのが普通だが、『ブルーバリュー』は着眼点が違った。

『ブルーバリュー』は、各社のデータセンターが地球上でかなりの割合のエネルギーを加速度的に消費しつつある状況に目をつけ、データセンターに特化した省エネ協会を創立したのである。

業界が資金を拠出しあい、データセンターの省エネ化のための技術や知恵を産学一体で生み出し、共有する。

その取り回しを、旗振《はたふ》り役となって行うために設立されたのが、ジョンが立ち上げた『ブルーバリュー』協会だ。

エコロジーの市民団体を率いていたジョンは、業界団体の参謀へと転身した。

だが、目的は似ている。データセンターに消費されてゆく膨大なエネルギーの蛇口《じゃぐち》を徹底的に絞ることだ。同時に、新しい〝水源〟も見つけなければならない。

大手の数社が乗ってくると、乗り遅れまいとみなメンバーに加わり、資金を出し始めた。問題がそれだけ切実だったためだ。

ベーシックなことから、ジョンは始めた。エネルギーが安く手に入り、政治的な不安要素の少ない国、地震の少ないエリア探しといったことから。彼はそういった国々を説いてまわり、進出IT企業への税を軽減してくれるよう話を運んだりもした。

さらに、新しいエネルギー創出の芽を探すことも怠らなかった。大学やセミナーを歩き、省エネや恒久的・持続的エネルギーの研究プログラムに従事する面々を訪ね、データセンターへの導入を進めてきた。

その甲斐あって、いまではアメリカのオレゴン州、ノースカロライナ州など数州のほか、フィンランド、ベルギー、シンガポール、香港などにデータセンターの安定的な拠点ができている。

「あなたと博士とは長いの？」

「ブルーノ・マーニー氏とぼくを結びつけたのは、国防研究技術局長ですよ」国と関わりがあるのだから信頼してくれといいたげに、ジョンは口を尖らせた。「博士とはそれからで、まだ一年ほどです」

――つまり、国防総省は〝戦略〟に必要だからと、ジョン・ビールをプランに取り込み、利用しているのだわ。

コーネル局長はそう見た。

国、ブルーノ・マーニー、レイモンド・カニングハム博士、『ブルーバリュー』協会。この四者絡みで『プラン・ピーコック』は進められてきた。もっとも、プランの段階に応じて、関わる深さは異なる。

コーネル局長はさらに尋ねた。

「で、カニングハム博士は何か起こるとほのめかしたの？」

「例の衛星の実験が、近々成功する。成功は協会にとってもとても喜ばしいことだろう、といっていました」

「何と答えたの」

「もちろんです、と。恒久的なエネルギー源は、どの社も求めているものですから」

「それから何と？」

「『ピーコック』タイプの発電衛星を各社に売り込んでほしいと。ぼくは実験が成功すれば全力で後押しすると答えました。ちょっと気になったのは、そのあとの一言です」

「どんなこと」

「〝アフリカ北西沖で低気圧が発生した。風の勢いが上がっていて、クラウド・クラスターが熱帯低気圧に変わるだろう。アメリカ海洋大気庁もアキュウェザーも、ハリケーン到来を予測している。今後のフロリダの状況をつぶさに見ておいてほしい。期待していてくれ、ジョン〟と」

となると、実験は第二段階に進んでしまうだろうと、コーネルは推測した。

博士は気候から逆算して実験をスタートさせたに違いない。カニングハム博士が見切り発射に関与している疑いは濃厚になった。

――一刻も早く、博士を確保しなくてはならないわ。

「状況はどうなってるんです？　ＤＣＩＳがぼくを呼んだということは、何か事件が起きたとしか思えませんが」

不安げなジョンに、局長は切り出した。

「あなたはエヴァン・ウェラー氏とは面識があるの?」

「ウェラー氏……? ええ。業界では知る人ぞ知る男です。彼はブルーノの下で働いている。データセンター用地のベテラン・コンサルタントですよ。親しくはないけれど、話したことはあります。用地の情報はうちの協会にとっても重要ですから、アドバイスを貰いたくて食事をしたり」

「収穫はあったの?」

「不毛な用地についてはけっこう教えてくれて、参考になりましたね。ノウハウもいくつか。彼自身が押さえてる土地については洩らしませんでした。ビジネスですから当たり前ですが。逆取材もありました」

「何を聞かれたの」

「うちのボードメンバーは大手が多いですからね。彼は用地だけでなく、データセンター建設に特化した建築用材や業者にも通じています。その仲介も手がけてました。その点では取引先が『オッド・アイ』に限られるわけではないでしょうし、野心があるみたいでしたよ。副業的になんだろうけど」

「どこか紹介したの」

「ぼくがアレンジしたのは『カリブー』だけでした。あそこは後発なので。でも、彼はアメリカの大手ほとんどとはコネがあったようですよ。その彼が何か？」

「ウェラー氏は亡くなったの」

「本当ですか」

ジョンは驚いてはいたが、理性的にことを受け止めているようだ。所詮《しょせん》は他人事ということか。それとも性格か。

「……いつです？」

「昨日よ。あなたは商用でニューヨークにいたそうね」

「ええ。昨日のことでしたら、日本の事業者数社を招いてレセプションを行ってました。秘書に聞いてくだされば、ぼくの行動はおわかりかと」

ジョンのアリバイは、すでに裏が取れている。

局長はいった。

「我々はウェラー氏の死と『ピーコック』の関連を調査しているところなの。このタイミングからして……」

「それじゃ、とうとう衛星の実験は始まったんですか。ぼくに何の連絡もなかったのはどういうことなんです？　ウェラー氏は殺されたんですか」

彼の好奇心に火をつけてしまったようだ。質問が連発された。

「いまは、これ以上は話せないわ。あなた、博士の居所に心当たりはない？」

「残念ながら」

コーネル局長は、これまで通り何も口外しないようにとジョンに告げ、彼を解放したあと、考えにふけりながらモニタにウェザーニュースの動画を呼び出した。

ウェザー・キャスターの柔らかな声が流れてくる。

東南部では、雲行きが怪しくなっているようだ。

〝……十日前に大西洋のアフリカ北西沖で発生した低気圧は熱帯低気圧に発展し、カリブ海へと向かうルートを西に進んでいます。アメリカ海洋大気庁によれば、この熱帯低気圧は時速三十八マイルで進んでおり、マイアミの東四百マイルでトロピカル・ストームに変わると見られています。さらに勢力を増しながら西進し、ハリケーンとなって午後三時頃には上陸する見込みです。以下の地域にはすでにハリケーン警報が発令されています。避難地域の方は速やかに指定の避難所に逃れてください〟

フロリダ半島周辺の地名が読み上げられていく。

今年もフロリダ半島はハリケーン・シーズンを迎えている。ラジオで報じられているハリケーンが上陸するとすれば、今年三個目の到来だ。

——第二段階か。

ダイアン・コーネルは、思わず十字を切った。

我々の〝戦略〟は、神の領域を侵してはいないのだろうか？

6

マイアミは湿っぽかった。小粒の雨含みの風が梢《こずえ》を揺さぶり、時折りざわめきを増すが、さほど強くない。ハリケーンはまだ到来していないようだ。

エヴァン・ウェラーの家族とは『Eデザイン』のオフィスで待ち合わせている。

内陸部のツイン・タワーはコンプレックス・ビルで、低層はショッピングフロア、上階には数十社のオフィスが入居している。

ハリケーン警報が出されたせいか、店舗はほとんど閉まっているが、ビルにはちらほら人がいた。

オフィスの窓にも、雨が小刻みに吹きつけている。

『Eデザイン』の受付には人がおらず、隆一がインターフォンを鳴らし、『オッド・

アイ』から来たと名乗った。

「どうぞ、お入りください」

男の声で応答があり、ロビーに通された。

「あいにくの天候ですね」

声の持ち主が奥から現れた。さらっとした髪、紺のニットジャケット、白ポロ、トリコロール・マリンのカラーベルト。小憎らしいくらい爽やかだ。マイアミ・ビーチに終日いても溶け込むだろう、育ちのいい青年。

彼の後ろから、華奢《きゃしゃ》な女性と彼女に手を引かれた男の子が現れた。

エリック・ウェラー。

隆一のアイウェアには、青年の名がすでに表示されている。

「ウェラーです」

声も爽やか。彼はエヴァン・ウェラーの息子にしてこの社の副社長だ。

「エリックといいます。親父の使いっ走《ぱし》りをしてました。こちらの二人はヘザーとバートです」

ヘザーはエヴァンの妻にしてエリックの義母、バートは義弟にあたる。

「お悔やみ申し上げます」

隆一は挨拶を交わした。クルーガー捜査官のことは同僚だと紹介した。

「あなたのこと、知ってます、リック」エリックがいった。「アリシア・マーニーの元フィアンセですよね」

頷いた。こういうことはよくある。アリシアは全米のファッション・アイコンで、代々の彼氏もゴシップ・メディアにさらされる。

「三番目の元フィアンセですけどね」

「ぼく、あなたのファンなんですよ。センスいいですよね」

こそばゆかった。

「自宅にご案内できずにすみません。家は避難区域に入っておりまして。こちらのオフィスは区域外ですし、隣のタワーにホテルがありますので、家族はそちらのほうに泊まってます。父の葬儀の支度もしたいのですが、いまはとても……」

「ハリケーンでは仕方がないですよ」

「ええ。通過を待ってからでないと、人も集まらないんです」

ヘザー・ウェラーは疲れた顔でいった。オフィスの窓にも、雨が小刻みに吹きつけている。

「お察しします」

「急なことでしたから、ヘザーはショックを受けてます」

ヘザー・ウェラー。レンズ上に現れたサイト上のデータによれば二十九歳。元インテリア・デコレーター。エリックの姉くらいの歳だろう。再婚組にはよくある話だ。

彼女の経歴を見れば、ロビーを飾る深みのあるレッド・カラーのソファと白のチェスト、太陽の残光のようなクリムトの装飾的アブストラクト・アートが誰の趣味だかよくわかる。

「マーニー氏には親父がよくしていただいてました。その後はいかがです?」

エリックの口からは如才ない挨拶が出た。学生なみに若く見えるが、データによれば彼は二十七だ。

「マーニーが伺えれば良かったんですが。あいにくまだ術後の安静中で、社の者も会えておらず、失礼しています」

こちらも礼を返した。

「社のお話でしたら、ヘザーたちにはロビーで待っていてもらいますか?」

本当に気の利《き》く男だ。

「そうですね。先に社用を済ませましょう」

「では、こちらへどうぞ」

応接コーナー付きのプレジデント・ルームに案内された。

「ほかでもないのですが、うちの社のデータセンター用地コンサルティングの件で」

隆一は切り出した。

「ええ。こうなったいま、ぼくも頭を悩ませています。何しろ、仕事のほとんどは親父が取り仕切っていましたから、勝手がわからなくて」

「あなたは何を？」

「事務的なことです。社の留守番。……といったって、飾りのようなものです。親父は出張がちで、スケジュール管理も自分でこなせる人でした。親父なしで仕事を続けられそうかというと、ぼくは自信がありません。それに、ここ四、五ヵ月ばかりは開店休業状態だったんですよ」

——そうだったのか。

初耳だった。

「お聞きしたいのはそのことなんです。うちのブルーノ・マーニーはあの通り独断専行型なもので、彼に聞けずに役員が困惑しているんですが、データセンター用地の選定が滞っているのはなぜなのか、と」

「それは不思議だな」エリックはちょっと哀しげだった。「ぼくは、親父が切られたんだと解釈してました」

「切られた？　マーニーが仕事を頼まなくなったということですか」

「だと思います。ぼくの知る限りでは、親父がミスをしたか何かで揉《も》めていたみたいですね。それで仕事が進まなくなった。そのうち、マーニー氏が脳腫瘍で入院したとメディアで伝えられて、あとはずるずる、自然に今日まで来ちゃいました」

坊ちゃん育ちなのだろう、エリックには屈託《くったく》がない。

「おかげさまで、親父はもうリタイアしても十分なくらい稼いでくれてました。ですから、事業を止《や》めてくれても、家族としても何の文句もないんです。不慮《ふりょ》の死っていうんですか？　アクシデントを考えての遺言書も法律事務所に預けられていましたし。ただ、仕事が途切れてちょっとショックだったのかもしれません。それで趣味に走っちまったのかな……」

「ウェラー氏はインドネシアやバルチクにも島を購入されていますよね。これは個人で買われたんですか？　それとも、データセンター用地として？」

これまで聞き役に徹していたエラ・クルーガー捜査官が尋ねた。

「よくご存じですね。ぼくは大いなるムダだと思ってました。旧ロシア領とか、遠いアジアの国の、何もない無人島とか。島の個人オーナーになるなら、それこそフロリダ・キーズのほうがましなのに。島のほうは、いずれはリゾートにしたいと聞いた気がしますが」

「行かれたことは？」

「ありません」

エリックは人工衛星や発電のことは何も知らされていないようだ。

「ウェラー氏がうちのマーニーと揉めてたってお話ですけど、原因はわかりますか」

隆一にはそちらが気になった。

「ぼくも聞いてみたんですが、親父は話したがらなかったです」

「見当つかない？」

「いろいろ考えてみました。親父の仕事って、そんなに複雑じゃないんです。百エーカーくらいの土地で、電力と水を格安で使えるところを探す。親父はもともと電気通信畑にいて、送配電網を見たり、電力会社と交渉するのは得意でした。あとは、地域のまとめ役や行政の地域振興セクションと話したりね。条件が合わなければ次の自治体へと進む。あとは地道に足で稼ぐ感じです」

「最初はそうでも、いまは世界じゅうに選定エリアが広がっていますよね。仕事も複雑になったのでは？」

「国は違えど、やることは同じだといっていました。通訳や法律家が入るだけだと。で、考えられるミスといえば、地元とのトラブルかとも思いましたけど、そのあたりを考え始めるときりがなくて」

土地がらみのことだけに、想像はつく。地元の有力者や地権者との関係、環境団体との軋轢《あつれき》、政治家との調整、雇用問題。どれかがひっかかっても不思議ではない。

「誰かに恨みを買うようなことはなかったんですか」

エラが探りを入れた。DCISはエヴァン・ウェラーが殺されたという前提で調べたいのだ。

「どうでしょう。確信はないですが、ぼくには思い当たりません。同じことをマイアミ警察からも聞かれているんです。親父の水死が事故ではない可能性もあるんじゃないかっていい出してきまして」

エリックは受け容《い》れかねているようだ。

「ただ、親父はそもそも覆面《ふくめん》で土地探しをしていました。誘致企業が『オッド・アイ』だと地元に明かしてからは、むしろ御社が矢面《やおもて》に立ってくれますので、トラブルがあっても片づいているんじゃないかと、勝手ながらそう思っています」

確かに『オッド・アイ』にはお抱えの優秀な法律家が何人もいる。

「それよりも、ぼくには何となくひっかかることが」

エリックが呟いた。自信なさそうだ。

「……というと？」

「これなんです」

彼はいいながら立ち上がった。父親のものだろうデスクに歩みより、革製ハイバック・チェアーの下を指さす。

隆一とエラも、デスクの裏に回り込んだ。

デスク下には、オフィスには似つかわしくないものが置いてあった。電子レンジだ。

「――これは？」

「親父に指示されて、ぼくが買い集めたんです」

「何のために？」

「さあ。ぼくはいわれたとおりに動いてました。世界のあちこちから、何十台か購入したんです」

「レンジをですか」

「そうです」

「機種はこれですか」

足下のレンジを隆一は示して尋ねた。アメリカではあまり聞かないメーカーのものだ。

「いいえ。ほかにも違うメーカーのいくつかの機種を入手しました」

「そのレンジはどうされたんです」

「それが、皆まとめて『オッド・アイ』に送ったんです」

「うちの社にですか」

「ええ。このレンジはそのときの残りで、父がなぜかここに置いているので、妙だと思ってました」

「確かに妙だな」

「父の出張がぱったり止んだのがその前後なので、気になっていました」

「何なんだろうな。うちのどのセクションに送ったのか、わかりますか」

「ええ。それでしたら伝票が残っていると思います。レンジのリストも必要ですか？」

「あれば助かります」

彼は書類を探しに部屋を出た。

プレジデント・デスクにはPCが放置してある。

「ハッキングしないのか」

隆一は、半分本気でエラをけしかけた。DCISの捜査官なら、PCのセキュリティをブレイクするくらいはお手の物だろう。

「その必要はないわ。エリックには何も隠すつもりがないみたい。マイアミ・デイド警察が父親の死の真相を調べるために見せてほしいと要請したら、応じたそうよ。警察はディスクをコピーして分析している」

エラはあっさり告げた。

ほどなく、エリックは戻ってきた。彼が手にしてきた送り状の控えによれば、電子レンジの送り先はロスにある『オッド・アイ』のハードウェア検品ラボだ。

「検品ラボか」

「レンジをテストしたんでしょうかね」

「こちらで調べてみますよ」

隆一は社宛にメールを打った。自分なりのルートにも乗せる。

「奥様にもお話を伺いたいんですが」

エラが話を先に進めた。

「呼びましょう」

エリックはインターフォンでロビーを呼び出し、ヘザーはバートと手を繋いで入ってきた。

「こっちへおいで」エリックがバートを抱え上げた。「こいつの相手はぼくがしています」

ヘザーは、見るからにやつれていた。

「驚くばかりで、どうしたらいいのか」

「奥さんはご主人の趣味をご存じだったのですか」

エラの切り出し方ときたら、まるで訊問のそれだ。ヘザーは首を横に振った。

「いいえ。まったく。外でアドベンチャーゲームみたいなことを楽しんでいたなんて。でも、わかっていたら止めたかといえば、できなかったかもしれないわ。あの人らしいし、好きなら仕方がないもの。でも、教えてくれてもよかったのに。それに、こんなに危険だったなんて……」

彼女はため息がちだ。無理もない。

「自分がうつつを抜かす物事に関しては、男って秘めたいものなんですよ。とくに母親やパートナーだと決めている女性には明かせない。くだらないと思われそうでね。

ぼくもそうですよ」

　隆一がなだめる一方なのに対して、エラは現実的に切り込んでいく。

「事故現場にいた業者の責任は重いですよね。何かいってきているんですか」

「代理人が謝罪かたがた来ました。アクシデントの原因を調査中とはいってきたわ。マイアミ警察も詳しく調べてくれるそうよ。それにしたって……、何かわかったところでエヴァンは帰ってこないもの」

　ヘザーは唇をかみしめた。

「……結局は、夫が何を考えているのかなんて、妻にはわからないものね。子煩悩《こぼんのう》で優しかったからそれで満足していたけれど、彼にとって家族の時間は退屈だったのかしら」

「まさか。余計な心配をかけたくなかっただけじゃないでしょうか。ところで、ご主人から仕事の話は何か聞いていませんか。心配ごととか」

「会社のことにはノータッチなんです。逆にお伺いしたいくらい。主人が亡くなったら、やはり『オッド・アイ』さんとのご縁は薄くなるのかしら。エリックがいってましたけど、ここ半年ばかり仕事が進んでいなかったって。それでかどうか、主人には聞かれていたの。バルチク国にしばらく住むのはどう思うかと」

「バルチクですか」

「ええ。あちらでなら仕事にはこと欠かないからって」

「どう答えられたんです？」

「子どもが小さなうちはアメリカで暮らしたいっていいました。バートはヒップホップが得意なんですよ。だから、いまは本場のこちらにいさせたいし。主人は納得してくれていたみたいだったわ」

エヴァン・ウェラーは『オッド・アイ』以外の企業とも組もうと思っていたのだろうか。

「失礼ですが、会社のほうは続けられるおつもりですか」

『Eデザイン』は株式非公開企業だ。多くの場合、株主は創業者とその家族、あるいは資金提供者、そして取引先で占められている。創業者エヴァンが遺した持ち株は、家族に分配される。

「エリックが続けたいというなら、喜んでやってもらいますが、私にはとても」

今の段階では、ヘザーには会社経営への関心はなさそうだった。先ほどからの様子では、エリックも仕事には貪欲ではない。働かなくても済むからだ。

総資産五百万ドルを超える超富裕層世帯の人数は、アメリカに四万人弱だという。

その一握りのグループに属している者ならではの〝哀しいが、困りはしない〟光景に見えた。

高額所得者とて、身内の死亡に関する悲しみもショックも等しくあるはずだが、遺族に遺されたであろう巨額の資産が、優しくすべてをくるんでしまう。

エヴァン・ウェラーの家族は、主軸を失ったところで、いたわりあいながら何とかおっとりとやっていけそうだ。

「私どものほうからも、またご連絡いたします」

社交辞令でそう口にしたが、ここを再び訪れることはないだろうと、隆一は感じた。

気のせいか、雨は収まっているようだった。

7

「フロリダ半島に接近していたハリケーンは……」

TVでは、気候に関するニュースが続いている。

浜に揚《あ》げられた船、避難エリアに向かうため数珠《じゅず》つなぎになった車、閑散としたビーチなどが映し出された。

つい今しがたまでハリケーン警報が発令されていたために、船舶《せんぱく》は港へと避難し、マイアミ・ビーチは閉鎖されていた。

画面にはウェザー・キャスターが現れ、状況を語り始めた。

「トロピカル・ストームは勢力を増しながら進み、マイアミ東三百マイルで風速七十四マイルに達し、ハリケーンとなってクリスと名付けられました。海洋大気庁の予測では、クリスはハリケーン・カテゴリー2まで発達すると見込まれ、地区の住民たちによる避難が始まっていました……」

だが。

そこにゆるキャラの子熊、テッドが現れ、アニメ声で茶々をいれた。

「予報は大きく外れました」

笑い声が沸いた。

ウェザー・ショーのセットでは、キャスターとゆるキャラが進行をつとめている。

「そうなんだよ、テッド」

キャスターもバツが悪そうに笑いながら続けた。背後に天気図が現れた。

「ハリケーン・クリスは、来なかったんだ」

「どうなっちゃったの？」

「上陸寸前に勢力を削《そ》がれて、風速三十五マイルの熱帯低気圧になったのさ」

「何で予報を外すのさ」

テッドはふくれた。

「海洋大気庁に文句をいってくれ」

また笑い声。

「そんな暇ないよ」テッドはスケジュール帳を取り出した。「ビーチの予約を入れ直さなくちゃ」

「テッド、嵐が弱まってもビーチはまずいぜ。波がまだまだ高いからな」

ゆるキャラから画面に向き直り、キャスターは告げた。

「熱帯低気圧が通過するまでは突風や高波による事故の恐れがありますので、国立ハリケーンセンターからオールクリアの発表があるまで、外出の際にはじゅうぶんご注意ください……」

「フロリダ半島のハリケーン警報が解除されたわ」

ダイアン・コーネルＤＣＩＳ局長はスマートフォンを置いた。

「米国海洋大気庁では、消えたハリケーンの解析に躍起《やっき》だそうよ」

「ついにやったな」

ガッツポーズを二度、三度として踊り回っているのは、国防高等研究計画局長官のザック・スピノザだ。

「あいつらは見事にやってのけた」

国防総省の一室では、〝戦略〟を知る立場のトップ二人が状況を注視している。

といっても、ダイアンがこの件について詳細を知らされたのは、ブルーノ・マーニーの私的な衛星『ピーコック』が予告なしで発射されてしまってからのことだ。

「この天候の急変は世界中が注目しているはずだ」

「あなたは嬉しそうね」

ダイアンは皮肉な目で彼を見た。スピノザ長官は喜びを隠そうとしていない。

発見や発明は常識を変える。ときに〝妄想〟と思われることも、知見《ちけん》が重なれば実相《じっそう》となっていく。

科学者のなかには、そのためなら手段を選ばない者も少なくない。倫理と相反する部分は軽視されがちだ。科学分野では、変革に比重を置く人間が必ずいる。彼らは科学的見識や研究能力、そして管理能力といった高いスキルを、そのために使う。スピノザはその一人だ。

「私は純粋に……、祝いたいだけだ。またひとつ、人類の夢が叶った記念に」

「第二段階も成功ということね」

DCISのほうが、倫理という点には重きを置いている。ダイアンには法とのバランスに関する責任感がつきまとっていた。

大事なのは科学的成功だけではない。事象の急進には功罪がある。新たな手段が誕生したために、逆に国に価値や安全の度合いは下がってしまわないか？　人間のアイデンティティが脅かされるのではないか？　懐疑的にならなければならないケースがいくらでもある。

「シャンパンがあれば開けたいほどだ。こんな成果をこの目で見るときが来るとは」

長官は感無量《かんむりょう》といった様子だ。

「今日は、人類の手によってハリケーンが制御可能だと証明された初めての日となった」

ここ三十年ばかりのことをいえば、アメリカに甚大な被害をもたらしたハリケーンは二つ。

一九九二年に南ビスケーン湾からフロリダ半島南部・ホームステッドに上陸したハ

リケーン・アンドリューによる死者は六十五人、被害総額が約二百六十五億ドル。二〇〇五年にルイジアナ州東部に襲来した超大型のハリケーン・カトリーナによる死者はおよそ千五百人、一説には被害総額はおよそ千二百五十億ドルに達したともいわれている。

確かに、天が引き起こすこの災いを防げたらどんなによいかと、被災者ならずとも一度や二度は思ったはずだ。

ダイアンはぶるっと肩を震わせた。

「アンドリューやカトリーナのような大規模災害は、もはやスイッチひとつで防げる時代に入ったのね……」

十日前にアフリカ北西沖で発生した低気圧は、クラウド・クラスターから熱帯低気圧に変わり、トロピカル・ストームを経てハリケーン・クリスとなった。

レベル2まで成長し、上陸すると見込まれていたこのハリケーンを、衛星『ピーコック』は待ち構えて散らし、衰退させた。

「人知れず発射され、新しく高軌道に加わったブルーノ・マーニーの人工衛星は、ファースト・ステップとして宇宙太陽光発電を成功させ、セカンド・ステップとしてハリケーンを弱める実験にも成功した……」

スピノザ長官は歌うようにいった。

「マジックでもトリックでもない。発電に利用できる太陽光のエネルギーを高周波ビームに変え、台風の目を温めればよいのだから」

宇宙太陽光発電衛星の論理は、熱帯低気圧やハリケーン、台風などの嵐を弱めるためにも応用できる。

発電に利用するためには、太陽光のエネルギーを集めてビームにし、地上の受信アンテナに送る。それに類似したビームを嵐の渦に照射すれば、嵐の強弱が調節できる。

「人工衛星のパワーモジュールからサイクロンの内部にビームが照射され、温度が上がったために風力が弱まったんだ」

「嵐の勢いを人為的に変えられるのね。――まるで神のように――、思いのままに」

「君も『ピーコック』に乾杯するか？　太陽光発電にもハリケーン・コントロールのテストにも成功した」

「いいえ、まだだわ」

ダイアンは顔をしかめた。

「あの衛星は、これほどのクオリティでできあがっていたのに、なぜブルーノ・マーニーは意識があるうちにゴーサインをださなかったの？　発射はあなたにも通告されずに始まったのよ」

「それを調べるのは、君の部署の役割だろう」

新しい技術は賛嘆するが、アクシデントの収拾には、自分は関係ない。スピノザはそういいたげだ。

「ハリケーンが急に霧散《むさん》したことを、新しい衛星と結びつける国が出てくるかもしれないわ」

「どうかな。憶測《おくそく》は出るかもしれないな。だが、我が国からは何も発信するつもりはない。確証を得られる国はないと思う」

スピノザはいった。衛星追跡の研究では、アメリカが遥かに先行している。

「……、ともかく、このままでは不安ね。最悪の場合……」

『ピーコック』に搭載されている機能は、二種で終わりではなかった。このまま進めば、実験が次の段階――サード・ステップ――に進むと予想されている。

――ハリケーン・コントロールよりも、第三段階のほうが、社会に与えるショックは大きいかもしれない。

それだけに、ダイアンは慎重にならざるを得なかった。

「次のプロセスに移る前に、『ピーコック』を打ち落とすことはできないし」

彼女の呟きに、スピノザは技術的な裏打ちを加えた。

「人工衛星の撃墜《げきつい》は、中国がやってのけたことがある。自国のポンコツ化した衛星を実験的に爆破したんだ。だが、弾道ミサイルが届く程度の高度で——、低軌道のなかでも極めて低い、高度八百五十キロかそこらのものだ。『ピーコック』は、すでに高軌道に達しているから、いまのロケット技術ではほぼ到達不可能だね。さらにいえば、中国のこの実験は、宇宙に粉々のデブリを多数撒《ま》いてしまったとバッシングされている。たとえ可能だとしても、そんな風潮のなか、あえて衛星の破壊を行えば国際的に強い非難を浴びるだろうな」

「だったら、万が一のときにはどう止めるつもりだったの」

「簡単さ。メインのプロセッサ部分だけを自爆できるようにしてある」

機能さえ働かなくなれば、『ピーコック』は地球を回っている単なる物体のひとつに変わる。

「リモートコントロールできるということなのね」

「そうだ。だが、できるのは『ピーコック』のプログラムを知り、コントローラーを持っている者に限られる」

「あなたの手元には？」

「ない」

「なぜ、確保しなかったの」

「君にもわかっているだろう？　我々には——国には——、この衛星に関して負うべき責任はないんだ。第一、国はこの手の衛星を開発できない」

だからこそ、彼らが必要だったと、長官はいった。

「では、ブルーノ？」

「だと考えていたがね。いまとなっては、カニングハムが持っているとしか思えないな」

サード・ステップ。

スピノザは、プランで起こるはずだったことについて言及《げんきゅう》しようとした。

「予定では、あるエリアで……」

そのとき、ドアにノックがあった。

会話は中断された。配下の捜査官の入室を、ダイアンが許可した。

「カニングハム博士の所在がわかりました」

入室しながら、捜査官が告げた。

「ブルーノの衛星に向けて発信された信号から割り出された彼の所在地は……」

ダイアン・コーネル局長は、聞くなり指示を出した。

「すぐに彼の確保に向かいなさい」

8

「で、エヴァン・ウェラーの死亡に関する警察《そちら》の捜査状況はどうなっています？」

エラ・クルーガー捜査官が尋ねた。

エラは機能的に事を進めていくタイプらしい。エヴァン・ウェラーのオフィスに隣接したタワー・ホテルに、マイアミ・デイド警察のリサ・テイラー刑事を待たせていた。

「事件の詳細を話しても構わないんですか」

テイラー刑事は、DCISの捜査官に同行している隆一を見て訝《いぶか》った。

「彼はこちらの協力者なの」

エラは必要最低限の事だけを告げ、テイラーは肩をすくめた。

「彼、アリシア・マーニーの元フィアンセなんですってね。まあ、こっちはDCIS

に責任を持っていただけるなら構いませんが」

隆一はゴシップフィールドのプチ有名人にすぎない。それでも、名が知れていることじたいが、相手に幾分かの安心感を与えるらしい。

「不審な人物が上がってきました。これを見てください」

エラはタブレットの画面に動画を呼び出した。

「キー・ラーゴにある、プライヴェート空港のゲートの監視カメラです」

映っているのは、台車を押している男だ。濃紺のキャップと同色のポロシャツは、ラグランスリーブの部分だけが鮮やかなオレンジ色だ。パンツは白ジャージー。配達員のこの制服は、コマーシャルで見たことがあった。

ウォーターサーバー・メーカー、アクアステーションのものだ。台車のカートにはサーバー用のウォーターボトルが積まれている。

「顔が見えないわね」

と、エラ。配達員はキャップを深く被《かぶ》っている。

テイラー刑事は頷いた。

「偽者だからです。近辺の営業所全てに尋ねたけれど、ここへの配達はなかった」

「なぜ彼が怪しいと踏んだの」

「この奥に、例のムービー制作会社が通年レンタルしている水上機の格納庫がありま す。同じガレージが、撮影用の大道具や資材の置き場にも使われているんです。ウェラー氏が水死した海域から引き揚げたものからは――遺体も含めてですが――、他殺に結びつくようなものは何も出てきませんでした。ただ、現場にいた者たちの聴き取りで気になる話が出たもので」

「どういうこと」

「ウェラー氏が入っていた木箱を抱え上げたスタッフ三人のうち二人が、いつもより箱が重い気がしたというんです」

「ウェラー氏の体重は？」

「彼の妻によれば、八十キロぐらいだったそうです。木箱じたいの重さが四十キロあるそうで、合わせれば約百二十キロになります」

「それを三人で？」

「ええ。水上機から海に滑らせて落としたわけですが」

「誰も不審に思わなかったのかしら」

「木箱の底部にはコロタイプのキャスターがついているそうですから、移動は転がす形で、楽だそうです。運び手の人数ぶん、重さは分散されますし、瞬間的なことですからね。それに、ユーザーの体重を一々、気にしているわけではないらしいです。木箱は、百三十キロくらいの人間までは優に浮かぶ造りになっていて、それ以上の体重の客は断っているとか。ウェラー氏はあきらかに、そこまでの巨漢《きょかん》ではないですしね」

「箱の素材の違いは考えられない？　重い木、たとえばローズウッドの箱だったとか」

比重の違いで、沈みがちな木材もある。

「海から回収した箱は、浮力がある桐箱で、乾かしてみたら重量は四十・三キロでした」

「ウェラー氏が重いものを持っていたわけでもないのよね？」

「ええ。ともかく、誰かが何かの仕掛けを施すとすれば、可能性が高いのは資材置き場だろうと。入れ替わりの激しいスタッフや出演者などを含め、人の出入りが多いということで、そちらに署員を向かわせました」

搬入・搬出のため、ロケ時のガレージはほぼ開けっ放しだという。

「唯一、カメラが据えられていたのがこのゲート。当日出入りした人間のなかで、IDが不明なのはこの男だけだったんです」

「どういう触れ込みで入ってきたの？」

「駐車場に社名入りのワゴンで乗り入れ、スタッフの一人にアプローチしたそうです。セールスキャンペーン中で、ミネラルウォーターの無料お試し期間だから置いてほしいと。その申し出をスタッフがプロデューサーに伝え、すんなりオーケーが出て、男がウォーターサーバーを設置していったと」

テイラー刑事は、動画を早送りした。

「彼がゲートから出て行くところも録画されてます」

「ずいぶん長時間いたのね」

タイムコードを見ながら、エラがいった。入ったのが八時十分、出たのが九時五十分。その間、一時間半ばかり。

「やはり、何か仕掛けたんでしょうか」

ゲートを出て行く男の姿。こちらも顔は映っていない。

「ちょっと止めて」エラが何かを見とがめた。「変ね」

「ええ。気づきましたか」テイラーが、画面の台車を指した。「男が搬入したものは、サーバー一台に、五ガロン入りのウォーターボトルが三本でした。で、搬出しているこのシーンでは、ボトルが二本に減っている。サーバーに設置したのが一本とすれば、確かに残りは二本なんですが」

テイラーは透明のガロン・ボトルをクローズアップした。

「二本とも、中身が空《から》になっているんです。こういう推測は可能です。この男が、木箱のなかに水を注入した」

「どうかしら。箱に水が入っていれば、中に入ったウェラー氏はさすがに気づいたんじゃない？」

確かに、底が水浸しになりそうだ。

「まだあるんです」

テイラーは搬入シーンを再び呼び出した。

「ウォーターサーバーの下を見てください。簀《す》の子とスポンジ状のマットがあります。これが、搬出時にはなくなっています」

「どういうこと」

「同じものが、海に沈んだ木箱のなかに入っていて、死体の引き揚げ時に回収されています。つまり、こういうことではないでしょうか。この男は人目を盗んで木箱の底にスポンジを敷き、水をしみこませた上に、簀の子で嵩上《かさあ》げをした」

「ちょっと待って。その推測は成り立つとしても、五ガロン入りのボトル二本分の水では、四十キロ足らずにしかならないわ」

五ガロンは約十九リットル。水は一リットル一キロなので、五ガロンならおよそ十九キロになる。二本分を丸ごと注いでも、三十八キロ。

「ウェラー氏の体重に三十八キロを足しても、百十八キロ。木箱は加重百三十キロまでオーケーだとすると、計算上は浮いていることになるわね」

エラは首を傾げた。

「そうなんです。それに、スポンジに水をしみこませたとしても、あの木箱の底面積からして、十ガロン以上だとたぷたぷになると思います。それこそ気づかれてしまうでしょうね」

「いや、あり得るんじゃないかな」

隆一は思わず口をはさんだ。捜査官と刑事の女性二人が、同時に反応を示した。

「いってみて」

「どう思うの」

「そんなに期待しないでくれよ。可能性の話なんだから。ボトルの中身が、ミネラルウォーターじゃなかったとしたら、どうだろう」

「……水じゃない？」

テイラー刑事は戸惑っている。

「あ」エラは声を上げた。「そうね。あり得るわ」

「たとえば、重液《じゅうえき》だったとか」

隆一は指摘した。

「……〝重液〟？」

テイラーが眉を寄せた。

「水より重い液体さ。無色透明の重液もあるからね。たとえば、水の三倍重い液だったら、五ガロンで五十七キロになる」

「……っていうことは」

「十ガロンなら百十四キロになるわね」

それだけで、力士かレスラー一人分くらいに相当する重さになる。木箱が沈むのも頷けるというものだ。

「そんな液体があるの？」

「重液には何種類もあると思う。それこそ、化学屋さんに聞いてみたら。CSI《科学捜査班》とかに」

「箱に残渣《ざんさ》があるかもしれないわね」

「ええ。海水以外の何かが残っているとは、誰も思っていなかったと思います。鑑識に詳しく調べさせます」

　テイラーは、携帯で警察本部と連絡を取り始めた。

「海水に溶けきっているかもしれないけどね。さらっとして溶けやすい重液もあるらしいわ」

　エラは付け加え、話を男に戻した。

「何者にせよ、この男は内情に通じているわね。木箱のことにしても、ムービーのシナリオやこの資材置き場を知らなければ出来ないことだもの。一度は下見をしていると思うわ」

「あ、ちょうど何か送られてきました」携帯を、テイラーはチェックした。「下見の件は我々も考えていて、同じ監視カメラのデータと照合させていたの」

　顧客やスタッフのリストと照らし合わせたらしく、顔写真とプロフィールが三人分送られてきていた。

「顔が見えていないから、正確とはいえないけど、体格からしたら、この三人が近いと割り出されたようです」

　隆一も覗き込む。なかの一人に、エラは目を留めて頷いた。

「こちらでも追跡中の男だわ」

Chapter 4

1

瞼《まぶた》を閉じていても妻は美しい、とレイモンド・カニングハムは思った。

——あの頃のように。

かつての彼女は感情を隠さず、日輪《にちりん》のように笑ったり、涙をほろほろとこぼしたりした。喜びも怒りも、気むずかしさも、意志の強さ、高さも持ち合わせて、それらを力いっぱい表現した。

だから。

口角《こうかく》に皺が刻まれてきても、それは微笑みの名残を思わせる。肩をくるんだストールからすっと伸びた首筋は、母にはならなかった女の稚《おさな》さをまだ残している。

頬から顎にかけての線は年齢なりに削げているが、咲いて出たような唇は、そこから表出する声にいつでも膨らみを与えた。

二人は、並んでソファに掛けている。レイモンドの肩には、妻の立てる寝息がかかっていた。

ここはガラスドームの下だ。

彼は屋敷にドームを作った。無窮《むきゅう》無限を象徴する空を、いつでも仰げる。

見上げれば満天の星だ。

漆黒に近い藍色のところどころに、瑠璃《るり》色のグラデーションが滲む。紫紺《しこん》、濃茶《こいちゃ》、濃緑《のうりょく》のコズミック・カラーがあい重なった無《む》辺際《へんざい》の階層に、ラテ・アートのように刷《は》かれた銀河《ミルキーウエイ》がまばゆい。

気が向けば、レイモンドは妻をドームの下に連れ出す。

そうすることで、かつての自分から見れば、らくらくと生きているのだと実感できた。彼女は自分の側を離れはしないし、空も手が届きそうなところにある。無数の星が埋め尽くす夜だけではない。恬淡《てんたん》と行き交《か》う雲も、ふと陽が織りなす七色の虹も眺められた。

ドームは開閉できるうえに、ガラスをモニタに変えて、デジタルプラネタリウムを映し出すこともできる。

妻の髪の香りがした。彼女はジャスミンの匂いを髪にまとわせている。今日も馴染みの美容師が来たばかりだった。

うたた寝の時間は、夢のように過ぎてゆく。もう数十年もこうしていたのだろうか。

いつのまにか、自身も寝入っていた。

揺さぶられて、起こされた。

「ね、あなた」

切羽《せっぱ》詰まった声だ。

「どうした?」

目が慣れるのに時間がかかった。部屋は暗かった。夜空のマジックは消えている。

雲が垂れ込めた晩には、こんなことになる。

妻が見入っている携帯の画面だけが強い明かりを放っていた。とても古いタイプのそれだ。ミレニアム前後に発売された、カメラ付き携帯電話と呼ばれていた頃のもの。

「……私たちの写真はどこに行ったの?」

彼女は操作しあぐねているようにも見えた。

「見せてごらん」

すんなりと、妻は携帯を差し出した。写真を呼び出してやる。

結婚記念日にパリに出かけ、クリニャンクールの蚤《のみ》の市を冷やかしたときの二人。ベトナムの古い港町ホイアンで、田舎暮らしを半月楽しんだときのスナップ。髪をゆるく束ねた細身の妻。アオザイに裸足でバルコニーに立つ妻。透き通った袖。白麻に銀糸で刺繍された蓮の花。

古い画像だから画素は少ない。なのに、甘い香りが漂ってきそうな写真ばかりだった。どれもがそのまま絵になっている。

榛色《はしばみいろ》の瞳のクローズアップ。

彼女がその目で蓮の葉を見て〝葉脈がきれいね〟と笑ったのを、レイモンドは覚えている。とても見切れるものではない。メモリには何千枚という写真のデータが残っている。

「あなたは素敵よ。これまでも、これからも……」

暗がりで、彼女に囁《ささや》かれた。

「どこにいるの？　あなた」

明るい光源に見入った直後には、暗闇が見えづらい。

彼女がそのことをいっているのなら、良かったのだが。

妻がいぶかっているのがわかった。

「どこにいるの、……？」

彼女は名前を呼んだ。意思では禦《ぎょ》しきれないような響きが込められている。

それは俺の名ではない、とレイモンドはため息をついた。

同時に、彼女もそのことに気づいたようだ。うろたえ、怯えた目がおろおろと見開かれた。

なだめようとした。

だが、パニック状態になった彼女の手は震えている。歯は小刻みに鳴っていた。祈り混じりの言葉を呟き、彼女はストールの下から塊のようなものを取り出した。

――銃だ！

安全装置は外されている。妻は銃口をこちらに向けた。

彼女の口から、野獣めいた呻《うめ》きが響いた。

彼女は、レイモンドが到達不可能な世界にいる――昔から。

引き金が引かれた。

2

「ごめんな、小ウメ」

ペットシッターに連れられて、小ウメが戻ってきた。

社内に設置されたサポート・セクション『ステーション』に頼めば、備品調達からペットのケアまで、コンシェルジュ的な業務もこなしてもらえる。『ステーション』は二十四時間オープンで、コンビニなみに便利だ。

隆一がその日のうちにロスの自宅に戻れたのは、フロリダのハリケーン予報が外れ、軍の専用機で飛ぶことができたためだ。

エラ・クルーガー捜査官は、ブルーノ・マーニーの入院先へと向かった。

話しかけても、小ウメはそっぽを向いている。機嫌は直らない。

仕方がない。こういうときには、アリシアにビデオ電話を頼むに限る。

もちろん、失礼のないよう、まずは小ウメの名でメールを入れる。しばらくすると応答があった。

「どうしたの、コ・ユーミーちゃん？　ほらっ、ママですよ。おいでっ」

画面にアリシアが現れ、話し始めると、小ウメはにわかにぴくりと耳を立て、ママにかじりつこうと、隆一の膝を――というよりタブレットを――めがけて飛んできた。

アリシアの状況は、ラインでおおざっぱに分かっている。彼女はブルーノの病室にいる。セレブ用の個室は、もちろん、続き部屋つきだ。家族の寝泊まりはもちろん、電子機器を持ち込めば仕事もこなせる。

ブルーノの様子にも変わりはなかった。

画面ごしに、アリシアは小ウメをさんざんあやした。隆一をよそに、お二人さんがおたがい満足げになったあとに。

「ね、こっちに来てくれる?」

アリシアがいった。

「いいよ」

後先を考えず、口から答えが出てしまう。

本当は何もかもを整理する時間が欲しかったのだが、アリシアの頼みには代えられない。

それに、よく見れば、彼女はサインを出しているではないか。ローズレッドのVネックニットを着ている。

『オッド・アイ』のレッド・ブレザーを真似て、アリシアが作ったわがままルール。

〝緊急かつ、何ごとにも優先しなきゃならない任務があるの〟という意味だ。

「きれいな色のニットだね」

「ありがとう」

「でも、何の用があるんだ？」

隆一はわざと聞く。

「フロリダでのことも聞きたいし、一人じゃ寂しいの」

アリシアは、わざと外す。

「その言葉がききたかったんだ」

ここは本心だ。

「小ウメはどうする？」

「連れてきて。ちょっと会いたいし。シッターさんを呼んでおくから、病院のパーキングで待ち合わせましょう」

病院内は、さすがにペット禁止だ。コンパニオンアニマルとしてなら見舞いに行けるが、注射とか、風呂に入れてからとか、条件がいろいろある。

シッターが来れば、小ウメはアリシアの屋敷に預けられる。お泊まりできて、兄弟の小マツや小タケ――アリシアにいわせればマットとターク――と会えるのだ。

「オーケー、じゃ、出るよ」

現金なもので、隆一は正気《しようき》づいてきた。

細切れに車中や機内で仮眠を取っていたので、頭がうまく働いていなかった。総計すればかなりの時間寝たので、眠り足りているはずだったのだが。

――集中しよう。

支度《したく》をしながら考え始めた。

こんなときは、時系列で疑問を見直してゆくことだ。情報も集まってきている。

一つ目は、ブルーノ・マーニーが宇宙太陽光発電衛星の開発を周囲に秘していた理由。

これについては、ＤＣＩＳが絡んできたことから、衛星が国家安全保障面に応用できるものだろうと推察できる。つまり、兵器にも使える機能が備わっている可能性が高い。

では、どんな兵器なのか。

これについては、ドクター・マシュー・バーネットから情報が送られてきていた。

彼は、すぐに『非致死性兵器』プログラム開発の一環ではないかと指摘してきた。国防総省では、かねてから人間を死に至らしめずにノックアウトする兵器が研究されている。

ドクター・バーネットが携わっていたのは兵士改造だが、生物学関連のレベルでも、この手の研究は進められてきた。

例えば、催眠剤や臭気剤、鎮静剤、自白剤。これらはすでに軍事行動の選択肢に組み込まれている。

〝同じ非致死性兵器で、最近の地上戦で効果を上げているものに、耳をつんざく不快な音響兵器や、テイザーガンがある。それらのなかで、宇宙太陽光発電に関連づけるとすれば、疑いもなく『指向性エネルギー兵器』だろう。残念ながら私には専門外なのだが、地上では、すでに実装されている兵器もある〟

ドクター・バーネットはそう書いてきた。

おもに暴動の鎮圧用にすでに一部活用されているというその兵器とは、マイクロ・ミリ波を用いたものであった。

実際に開発されたのは、相手に対してマイクロ波の照射を行うことができる小型装甲ジープ。

資料によれば、適切な距離を確保して低エネルギーのマイクロ波を数秒間照射すると、エリア内の人間の皮膚下〇・四ミリ程度にまでビームが浸透し、火傷には至らないが皮膚の水分が蒸発、温度が五十四度程度にまで上がるというもの。ビームを受けた者は、痛烈な痛みを感じ、戦意を喪失する。そんな仕組みだ。

宇宙太陽光発電に関するダイアン・コーネル局長の説明を、隆一は重ね合わせた。宇宙からのエネルギーは、いかにして地上まで届けられるか。アリシアのそんな問いに対して、コーネル局長はこう説明した。

〝ミラー衛星で太陽光を受けて、太陽電池に集める。そのエネルギーをマイクロ波かレーザーにして、アンテナ経由で地上に送る形になるでしょうね〟

と。

――なるほど。マイクロ波ビームかレーザービーム。その手の電磁波を地上に照射する発電衛星は、ターゲットを変えればそのまま兵器になるわけか……！

ブルーノはそれを承知で開発をしていたのだろうか。だとすれば、周囲に極秘にしておくのも頷ける。予告なく発射された彼の人工衛星に、国防総省が絡んでくるわけも。

それはそれとして、二つ目。

エヴァン・ウェラーは他殺の疑いが濃い。エラ・クルーガー捜査官によれば、犯人と目される男に関しては、ＤＣＩＳが確保に動いている。そのあたりは任せるとして、ウェラーはなぜ殺されなければならなかったのだろうか。

フロリダでの手がかりときたら、ウェラーが『オッド・アイ』のハードウェア検品ラボに電子レンジを送ったという、きわめて頼りないもの。

「あ。……えーと」

電子レンジという単語を、今日どこかで見た気がして、隆一は自分の資料ファイルを検索した。

──あった。これだ。

ドクター・バーネットが添付してくれた資料のファイルに、こんなセンテンスが見つかった。

〝……マイクロ波ビーム照射器開発を米軍とともに行い、プロトタイプを供給した軍需製品企業は、一時期、電子レンジメーカーとして名を馳《は》せており……〟

──何と。

隆一は自分のうかつさに呻いた。

電子レンジとマイクロ波とは、切っても切れない関係ではないか。電子レンジはマイクロ波で食品を加熱する調理家電だ。

――ウェラーは、そのレンジの何を調べようとしていたんだろう？　社の検品ラボにオーダーしておいた検品の結果は、すでに届いている。

ファイルをクリックする。

エヴァン・ウェラーが送ったレンジは三十二台。そのうち、不具合が発見されたものは計十二台。メーカーは東南アジアのものが七、ヨーロッパが三、中東二。製造元はまちまちだが、症状は同じだ。

確認された症状はいずれも――、〝マイクロ波洩れ〟。

――マイクロ波が、洩れた？

庫内アンテナから放射されてくるマイクロ波が庫外に洩れた。

ありえない話ではない。

自宅のレンジ周辺を使用時に測定器で測ってみると、微弱ではあるが電磁波が出ている。だが、完全シールドは無理にしても、国際的に漏洩防止のガイドラインが決められており、それに則ってマイクロ波がシールドされているはずだ。

今回の検品ラボでひっかかった製品は、その数値をはるかに超えるものばかりだった。不良品ということになる。

小ウメをキャリー用のバッグに入れ、車に向かいながら、隆一は検品ラボの担当者に電話を入れた。ラボから貰っているレポートには、製品名と洩れたマイクロ波の数値が羅列されているだけで、肝心なことがごっそり抜けている。

「何でしょう？」

夜分だが、相手が出るのは、この件は特命事項だと念を押してあるからだ。

「レンジの件で聞きたいんだ」

「どうぞ」

「不良品のマイクロ波洩れの原因は？」

「それも必要ですか」

「もちろん」

「すでに、かなり前に会長にレポートしたんですが」

「それが見たかったんだ」

「出さないように命じられてまして」

妙だった。

「レッド・オペレーションの意味は分かっているよね。社命なんだ」

「責任は持っていただけますよね」

「任せてくれ」

……といっても、責任者はサイクス副社長だ。あえて触れなかったが。

「では、送ります」

「詳細はファイルで見るが、急いでるんだ。口頭で簡単にレクチャーを頼む」

「わかりました」担当は話し始めた。「該当製品の症状はすべて同じでした。扉部からの洩れですね。原因は、扉のガラスに組み込まれている金属塗布《とふ》フィルムのワイヤーメッシュが粗雑で、シールド性能が低下したものです」

「メーカーのミスなのか」

「レンジの製造メーカーはばらばらなので、シールドフィルム供給元を調べたところ、一社でした」

「どこの社？」

「インドネシアの『マットメッシュ』というメーカーですが、サイトで調べたところ、すでにこの社はありません。不良のレンジはすべて、製造時期がおよそ六年前のもので、その頃に供給されたものだと思います」

「製造メーカーに確認したのか」

「会長に指示されていたもので、個々の社には不良品の件と知らせての連絡はしていません。ただ、一ユーザーとして供給元の名を聞き出しました」

「そうか。『マットメッシュ』に関しても、資料はあるだけ送ってもらえるかな」

車に乗り込み、隆一はラボとの通話をいったん打ち切ると、別のルートに『マットメッシュ』社の名前を回し、洗ってもらえるように手配した。おそらく金属加工の会社であることも添えて。

『オッド・アイ』社内には、昔のデータの掘り起こしに長けた、アーカイブ・サーチの達人がいる。いったんサイト上に乗ったデータのなかには、ユーザー本人や企業が消去・削除したつもりでも、その気になれば見られる過去ログがいくらでもあるのだ。

社内の〝アーカイブ・セクション〟には、過去の十年分のWEBページ・コンテンツが蓄積されている。過去のサイトやクローズされたWEBページを調べるのには、これだけでもかなり役立つのだが、その道には、世界中のログを集めている業者や人間たちのネットワークができており、スペシャリストは動画さえ見つける確率が高い。

――それにしても。

シールド用ワイヤーメッシュの不良にブルーノ・マーニーが関心を示したのはなぜ

なのか。エヴァン・ウェラーはどう絡んでいるのか。

——ブルーノの衛星が、マイクロ波ビームを照射する兵器に転用できる。対して、ワイヤーメッシュの役割は、マイクロ波をブロックすることだ。

攻撃に対する防御、防衛。

そこまでは見当がついた。だが、謎を解くには材料が相当足りない。

衛星を発射したのは誰なのか。エヴァン・ウェラーを水死に至らしめた男と同一なのか。だとしたら、その目的は……？

確たる目的なしに、ことは始まらないだろう。何らかのテロなのだろうか。

ドクター・バーネットは、背筋が凍るようなことをも示唆してきている。

〝地上で開発中の指向性エネルギー兵器の場合、開発のネックになっているのは、大きなエネルギーを生じさせるためには装置も大きくする必要性があることだ。そのため、目下地上で実用化に至っているものは、距離に限界があり、非殺傷型小型装甲ジープ搭載モデルの場合、照射可能範囲は数百ヤードの圏内《けんない》に留まっている。

パワーだけについていえば、上空で爆発する爆弾タイプのマイクロ波兵器ならすでに開発されているが、こちらは影響の及ぶ範囲が数百から数千キロと広すぎるのが課題だ。

ところが、宇宙太陽光発電衛星ともなると、利用できるエネルギーは太陽ベースとなり、とてつもなく膨大になり、電磁波のうち、レーザーのような殺傷レベルのビームでさえ、どの地点にも苦もなく照射できるようになる。そのうえ、ターゲットもピンポイントに絞ることが可能になると予測できる〞と。

この手のエネルギー照射衛星の運用が始まった場合、考えられる悪用の手段はいくらでもあるだろう。

隆一はアクセルを踏んだ。

3

ヘリのローター音が、森の静寂を破っている。

ホバリングしながらヘリが照らし出しているのは、ドーム屋根を持つ湖畔の家だ。地上でも投光機がオンにされたため、家が楼閣のように浮かび上がった。

ＳＷＡＴが、すでに屋敷を取り囲んでいる。捜査官がまず先に立ち、銃を構えながら深いアプローチに小走りで乗り込んでいく。

屋敷前のロータリーには、車が駐められている。ナンバーを照合したところ、レイモンド・カニングハムの妻の親が所有するものだとわかった。

にわかに明るくなったため、屋内でも異変に気づいているはずだ。

先頭に立っているのは、ロドリゲス刑事だ。ポーチに向かうステップを上がり、踏み込もうとしたそのとき、バルコニーの窓に明かりが灯った。

「あそこだ。いくぞっ」

ロドリゲスがドア脇の壁へと貼り付き、ＳＷＡＴがドアを破った。

数人は一階の各部屋へ。別の数人は上階へと駈けあがった。

「クリア」

「ここにはいません」

バルコニーに面した寝室は空だった。

残るは、さらなる階上だ。

三階のフロアは映画館や劇場のそれのように、ホワイエ風のつくりだ。ドーム部屋に通じる扉は、ずっしりとした防音の観音開きになっている。

銃を構えた隊員たちは、お構いなしになだれ込んでいく。

一歩踏み込み、ロドリゲス刑事は息を呑んだ。

天球儀《てんきゅうぎ》の内側にいる。地球を模した球体が、自分の上に浮かんでいる。それを取り巻くのは、子午線《しごせん》や赤道が弧を描く複層のベルト。空一面には、燦然《さんぜん》と鏤《ちりば》められた星々。

「どなたかね」

中央に置かれたカウチ・ソファから男が立ち上がった。

「マイアミ・デイド警察だ。そっちは」

「私か？　カニングハムだ」

「レイモンド・カニングハムだな？」

「そうだ」

声は落ち着き払っている。

「あんたにはエヴァン・ウェラー殺害の容疑がかかっている。あんたを逮捕する。両手を上げてこっちへ来い」

「ずいぶん大げさだな」

警察チームの第一の目的は、カニングハム博士を拘束し、ＤＣＩＳに引き渡すことだ。ＳＷＡＴは、彼を死に至らしめないようにと命じられている。

カニングハム博士の所行と思われる衛星発射の件では、彼を拘束しようがない。しかし、殺人容疑が加わったとなれば別だ。

レイモンド・カニングハム博士は、両手を上げてこちらを向いている。彼は武器を所持していないことを示していた。

——が。

彼の後ろから、女が現れた。

彼女の一定の時間を独占できたとしたら、ともに過ごす者にとっては充実した時だったに違いない。

そう信じたくなるような面差しだ。年齢を超えた闘士のように、同志のように、何度も夢の糸を紡《つむ》ぎ直すことができそうな。

彼女は銃を構えていた。

銃口は、乱入してきた者たちには向けられてない。彼女が銃を突きつけているのは、カニングハム博士の背であった。

場は緊迫した。

ＳＷＡＴの何人かが、彼女に狙いをつけた。彼らはカニングハム博士の命が第一だと命じられている。

「どこにも行かせないわ」

彼女の口調はうわずっている。

「行ったりしないよ」カニングハムは、手を上げたまま頭だけ振り返った。

「あんたの奥さんか？」ロドリゲス刑事が尋ねた。

「そうだ」

「奥さん、銃を下ろしてください」

じりっと、隊員が間合いを詰める。撃つことを辞さない構えだ。

彼女は何も耳に入らない様子で、微動だにしない。

「妻のしていることを真に受けるな」カニングハムが向き直った。彼は妻をかばう位置に立っている。

「私には、もう時間稼ぎは必要ない」

「どういうことだ」

カニングハムは、上げたままの右手で天上を指さした。

「もうすぐ、すべてがわかる」満足げな笑み。「待ちきれないくらいだ」

「何が待ちきれないの？」

妻の声に、カニングハムは振り返る。

「君は知らなくていいんだ、何も」

彼の体がふらついた。ぐらり、と酔いどれのように一度、大きくバランスが崩れた。女はふと笑みを浮かべ、委細《いさい》構わず引き金を引いた。

……と。

銃口が火を噴《ふ》き、衝撃で女がくずおれた。

隙を突かれて、何が起こったかわからないうちに、突進した隊員にカニングハムは取り押さえられた。

「……何をするんだっ！」

床に倒れながら、カニングハムは身を振りほどこうともがいた。だが、どこか力が弱い。

ロドリゲス刑事は走り寄り、彼の妻が取り落とした銃を脇に蹴り飛ばした。

修羅場になれている者の目には、状況ははっきりしていた。妻のほうを狙っていた隊員が、カニングハムの肩越しに、彼女めがけて発砲したのだ。

「何て……ことだ」

彼はがくりとうなだれた。

「……弾は……ない。モデルガンだ。……妻は認知症なんだ……」

彼の声は、途中でうわずり、聞き取りにくくなっていった。

「……誰か……、彼女を……」

カニングハムは白目を剝いた。

「おいっ」

様子が変だと気づいた隊員が、朦朧《もうろう》としてゆく彼を揺すぶった。

が、そのときには、カニングハムは仰向けにのけぞり、口を利けなくなっていた。

突入の様子を本部でモニターしていたＤＣＩＳのダイアン・コーネル局長は、大きなため息をついた。

隊員がカニングハムの妻を撃ったのは、指令通りだ。指示を出したのは局長だった。仕方がなかった。使ったのは麻酔銃で、彼女の命に別状はない。

誰も予測できなかったのは、カニングハムがそのまま意識を失ってしまったことだ。

「様子はどうなの」

インカムで現場に尋ねる。

「息はしています」

失神したということだろうか。あるいは、脳卒中？

「救護班を呼んで、バイタルの状態を確かめさせて。異常がなければ、すぐに気付け薬を打ち、訊問できるようにしなさい」

現場には、医師が控えている。

ドームでのカニングハムは楽しげだった。放っておけば、ハミングさえ始めそうだった。何かを払拭《ふっしょく》したかのように。

局長は直感し、歯噛《はが》みした。

――遅かった……！

遥か上空で、確実に何かが起ころうとしている。

カニングハムの落ち着きぶりは、誰一人手の届かない空の高みで、プログラムがスタートしたことに由来しているのだろう。

――いったい、何をしたというの？

コーネル局長は、サテライト・マップ上の『ピーコック』を、不安げに注視した。

サード・ステップ。

次のプロセスは、予定通りのエリアで行われるわけではあるまい。彼は、ターゲットを定めているのだろうか。

——とすれば、どこを？

「彼の血中から、睡眠薬の成分が何種類か検出されました」

「寝室からは、同じ成分のアンプル瓶が見つかっています」

相次《あいつ》いで、現場から報告が上がってきた。

どうやらカニングハムは自分で自分をノックアウトしたらしい。

〝もう時間稼ぎは必要ない〟

と彼はいったが、スピノザ国防高等研究計画局長官《DARPA》によれば、どこかに衛星システムのコントローラーがあるはずだ。そのありかを吐かされるのを恐れてのことだろうか。だとしても、なぜ彼は国外に逃げなかったのだろう。その気になれば、時間は十分あったはずなのに。

「できる限りの手法でカニングハムを目覚めさせなさい」

DARPAでは、睡眠覚醒サイクルコントロールの研究も行い、種々の薬剤を開発している。とはいえ、いったん眠り込んでしまった者の意識を完全に回復させることは難しい。また、たとえ目覚めさせたところで、彼が口を割らないつもりなら埒《らち》があかない。

「徹底的に家捜しをして」

コーネル局長は、現場にそう命じるほかなかった。

4

メールの着信音が鳴った。

病院の駐車ブースに乗り入れ、隆一はファイルを開いた。

アーカイブ・サーチの達人からだ。添付資料が送られてきている。

インドネシアの金属加工会社『マットメッシュ』について、かつてサイト上に掲載されていたデータを読んでいく。

――これは。

自社あてに、隆一はまず電話を一本入れた。部分的に、疑問が解け始めていた。ジグソー・パズルのピースが揃い、画の一部がにわかに判然としてゆく。

続いて、エラ・クルーガー捜査官に電話を入れた。

「コーネル局長に繋いでほしい」

「何の件？　重要なの？」

「至急なんだ。ウェラーの件で、気になることが出てきた」

「どういうこと」

「いいから繋いでくれ。グループ通話できるだろう？」

説明を繰り返すのは二度手間になる。しばらく保留されたあとに、局長が出た。

「何かあったの」

局長は眠そうではない。むしろ緊迫した声だ。

「作戦中なの。手短かにね」

「すぐに、警告を出してほしいんです」

「誰に？」

「犯人の狙いはデータセンターだと思います。うちの社のような情報集約企業やクラウドベンダー、データセンター提供企業のどこか」

「……なぜそう判断したの？」

局長の口調が切迫したものに変わった。注意を引いたようだ。

「ともかく、急ぎなんです。まずはムダを承知で、データセンターを持つ企業のうち数十社に向け、できるだけ全てのデータを、自社データセンターの外にバックアップするよう通達してください」

「ちょっと待って」局長は隆一の言葉をいったん遮《さえぎ》った。「スピーカーフォンにして会議の材料にするわ」

続いて、促された。

「説明して」

「衛星を発射した人間が何を起こそうとしているのか、部分的に読めた気がします。それは、あの衛星は、宇宙発電のために開発したものですが、同時に兵器になる。それは、あなた方が——というか、国が——乗り出してきたことからも明らかです」

「前置きはいいわ」

「そうですか。では」

隆一は、かなりの部分を飛ばして、結果だけを告げた。

「ブルーノとウェラーは、ある金属加工企業の件で揉めていたようです。その企業は、ナノ金属塗布技術を用いたシールドメッシュ・フィルムを製造していました」

「それで?」

「マイクロ波をシールドするそのフィルムは、電子レンジのガラス扉用にも出荷していましたが、同じ手法の製品が建築にも用いられているんです。データセンターの壁などの構造材にも。むろんご存じでしょうが、いまのデータセンターは、建築時からファラデーケージとして建てます」

「そうね」

局長の返事は短かった。

ファ、ファ、ファ、ファラデーケージ。

金属や金属メッシュなど導電性の材料で囲んだ箱や籠のことをそう呼ぶ。ファラデーケージの内部には電波が侵入できない。簡単にいえば、電波を遮断する金属製の保護ケースである。

一般的に、データセンターは主に避雷《ひらい》のために、ビルじたいがファラデーケージとなっている。サーバーなどの機器類を保護するためだが、そのレベルは実のところ、さまざまだ。古いセンターのなかには、鉄筋や鉄骨、アース等で雷の被害を防ぐだけというものも少なくない。電磁波まで遮る構造を考えるようになったのは、この十四、五年のことではないか。

金属加工企業の『マットメッシュ』はその点、先行していた。ナノ金属をフィルム基材に塗布して微細なメッシュ（網）を作った。

このメッシュフィルムをパネルやガラスに挟《はさ》み込めば、軽量の導電性構造材がリーズナブルなコストでできる。旧来の建築物のリフォームも容易というわけで、いまはなき同社のHPを覗くと、薄膜、軽量がセールスポイントになっている。

「その金属加工企業がかつて受注していた建築業者のクライアントのリストを送ります」

「わかったわ」

『マットメッシュ』の資材が渡ったと思われる企業は、錚々《そうそう》たるものだった。『オッド・アイ』や『カリブー』をはじめ、巨大データセンターを持つトップ企業ばかりだ。もちろん、企業サイドにしてみれば、壁のなかに挟み込まれるフィルムのメーカーまではさほど気に掛けていなかっただろうが。

隆一は続けた。

「少なからぬ数の大規模データセンターにこの金属メッシュフィルムが使われたと思われます。……ところが、このなかに粗悪品が混じっていたんです」

「――何ですって？　それは本当なの」

虚《きょ》を衝《つ》かれたような声が返ってきた。予想以上の反応だ。

「ええ」

「そんな欠陥品が通るわけがあるかしら」

「理由があるようです。その社の特許をラボで見てもらったところ、塗布液にナノ高分子が使われているのですが、そういう場合、液の調合が非常に微妙で、粘度《ねんど》を保ち、均一に塗布するのが難しいそうなんです。技術者がいうには、試験時にはクリアできても、日数が経つごとに塗布液が物質的に変化し、粘度がもろくなったのではないかと。たとえていえば、糊《のり》がそうであるみたいに」

糊のなかには、日が経つごとに固くなり、ひび割れを起こすものもある。

「で、遮蔽性能に問題が出た。そういうロットがあったわけです」

「……あり得るわね」

局長の声は、呻きに近くなっている。隆一はさらに踏み込んだ。

「ここからは、ぼくの推測です。エヴァン・ウェラーは、データセンター用地コンサルティングの傍ら、例のメッシュフィルムを建築会社に斡旋《あっせん》していたんじゃないでしょうか。欠陥品とは知らなかったのかもしれない。でも、あるとき、ブルーノかウェラーのどちらかが、電子レンジからのマイクロ波洩れに気づいた。そして、同製品が使われている建築物――データセンター――にも、欠陥フィルムが使われている可能性があると気づいた。当該企業が不審に思わなかったのも当然です。電子回路破壊のターゲットにでもされない限り、建物そのもののファラデーケージの性能を俎上に載せることはないですから」

そもそもが、ファラデーケージは非常時にこそ役割を発揮するものだ。

このことが原因で二人は揉め、ブルーノはウェラーへの仕事の発注を見合わせていたのだろう。

「いま、ぼくが懸念しているのは、犯人がファラデーケージに問題があるデータセンターを狙うのではないかということです」

早口で続けた。

「ブルーノの衛星は、データセンターに必要な電力供給に使えますが、指向性エネルギー兵器にも転用できる。最悪、殺人兵器にもなり得るのでしょう。だが、狙いのひとつは、人やインフラを傷つけずに、ピンポイントで大規模な電子システムを破壊することですね。非殺傷兵器として用いるなら、マイクロ波レベルのパルスの照射で十分だ。無防備な施設は、ひとたまりもない。電子デバイスはもれなくクラッシュする。敵国に対しては大きな脅威になる……。それに対して、我が社のものも含め、大規模データセンターは影響を受けない。ただし、それは、ファラデーケージに確実に護られているという前提に立ってのことだ」

「あなたのいいたいことはわかったわ」コーネル局長は、先を急いだ。「リストに上がっている企業に対し、至急手を打つわ。確かに、遮蔽機能にトラブルが生じたデータセンターは、攻撃ターゲットになり得るわね。狙いがどこなのかは見当がつくの？」

「わかりません。そちらで何か摑んでいないですか」

ウェラーのパソコンのデータはマイアミ・デイド警察が押収している。ブルーノの私物も、ＤＣＩＳが調べている。

「至急見直させるわ。何かわかったらまた知らせて」

「衛星の軌道から割り出せませんか」

「それも計算させるわ」

「犯人は確保できてるんですか？」

「それはクルーガー捜査官から聞いて」

電話は切れた。局長は見切りが早い。聞きたい情報を出すだけ出させて、こちらが質問したとたんに突き放された。

とりあえず、いまできることはやった。

ヴォフッ、と、鼻息混じりに短く一声吠えて、小ウメが興奮し始めた。

急に立ち上がり、バスケットのなかを右へ左へと素早く旋回しては尻尾を振り振り、大はしゃぎ。

病棟へ通じるエレベーターからアリシアが下りてきた。シッターも一緒だ。

小ウメのためにでもなければ、アリシアがパーキングに隆一を迎えに来ることなんて、まず、ない。

ハグも同じだ。

「コ・ユーミーちゃーん！」

ウメと言えずに、アリシアはいつもそう呼ぶ。

まず小ウメ。ハグは小ウメだけってことが多い。アリシアの顔はくしゃくしゃだ。でも、今日はおこぼれにあずかれた。

妙なことに、アリシアのハグは携帯を手にしたままだった。しかも、ディスプレイは点けっぱなしだ。

「メール見た？」

軽いハグのあと、肘《ひじ》ひとつぶんほど離れ、彼女は目を細めた。

「……ごめん。まだ……」

隆一が言い訳を始めるより早く、アリシアは一歩飛びのいた。

「これっ」

こちらに画面を向けて見せられた。ダンスのような腰つきで首を揺らし、肩から手首までを小刻みに振っているので、携帯の画面がぶれてよく見えない。

隆一は目を凝《こ》らした。

「さっき、ブルーノが起きたの」

アリシアは鼻を膨《ふく》らませた。声は詰まっている。

「本当に？」

こくりと頷いた。

「見て」

携帯には、病室の様子が中継されてきている。

確かに、ブルーノは目を開けていた。

「やったじゃないか！」

「最悪の時は脱したんだって」

アリシアは半べそっぽい顔だ。

インカムを着けたエラ・クルーガー捜査官が、ブルーノのベッドの傍らにいた。

何か話しかけている。

「彼女、何をやってるんだ」

病室の音声が、わずかに洩れてくる。

「人工衛星の話や、捜査状況を説明してるの」

「じゃ、話せるのか?」

「言葉は発してる。話そうとしてる。でも、ちぐはぐなの」

「何か聞いてみた?」

「〝パパ、わかる?〟とか。頷いてた。病室にいるとか、手術の後だとか、私のことだとか。わかるって顔だった。だけど、自分の名前を間違えて、何度目かのママの姓をいったり。ろれつも回っていないし、家の電話番号もアドレスもいえなかったわ」

「医師は何て?」

「一時的に言語障害を起こすことは、術後きわめて普通なんだって。時間の経過とリハビリで回復傾向にはなるそうだけど」

「じゃ、彼女の話は理解できてるのかな」

「どうかしら」

「止《と》めなかったの?」

アリシアは首を振った。

「もともと、ブルーノは普通じゃないもの。捜査官が訪ねてきたのは彼の元へで、私のところではないわ。あの人は何にでも、自分で直《じか》に対応してきた人よ。彼の人生なんですもの、医師に止められない限りは、私がしゃしゃり出る幕《まく》じゃないと思うの」

冷たいわけではない。アリシアはブルーノ・マーニーを誇りにし、彼のプライドを傷つけたくないと思っている。

容易なことではない。

捜査目的にせよ、会わせないように法的手続きに出るほうがずっと楽だし、簡単なのに、アリシアはそうせず、彼女なりの筋を通す。そのためには、ブルーノがどう振る舞おうと、身内として結果を引き受ける覚悟が必要だ。

「でも、心配だから、根《こん》を詰《つ》めさせたりしないように、部屋を離れても様子を見られるようにしてもらったの。私も経緯は知っておきたいし。ともかく」

小ウメを抱き上げて思いっきり、アリシアは頬ずりした。

「目覚めた以上、ブルーノはこれからどんどん良くなると思うの」

「……もちろんだよ」

ブルーノの状況に幾分か安堵して、隆一は彼女のローズレッドのVネックニットをちらと見た。

隆一の表情に気づいて、アリシアはさりげなくいった。

「お使い立てして悪いんだけど、ブルーノの家のバーからストックの生ラ・フランス・ジュースとアサイー・ジュースを取ってきてくれない？　好みのカクテルジュースを作ってあげたいから、特製の氷も欲しいの。よければ、私の車を使って」

アリシアの車には、冷凍冷蔵庫がついている。

鍵を渡された。家の鍵と、車のスマート・キーと。

不思議なオーダーだった。だが、アリシアのレッド・オペレーションとあらば、従わないわけにはいかない。

「オーケー、取ってくるよ」

「お願いね」彼女はにっこりとして、小ウメを再び抱き上げた。「ごめんね、コ・ユーミー」

ママからペットシッターに渡された小ウメは名残り惜しげだが、ペットシッターの車には、小マツと小タケが待っている。彼ら三兄弟は、今晩はシッターとともにアリシアの家にお泊まりだ。

「会っていく？」

「いや、戻ってからでいいさ」

病室には寄らず、隆一はブルーノの屋敷に直行することにした。アリシアはエレベーターに乗り、戻っていった。

アリシアの車はわかっている。スマート・キーをポケットに入れ、彼女のアウディに近づく。鍵は素直に開いた。

不意に、昨日のことが蘇ってきた。

――ケイト。

フォートローダーデールのビーチ、マジック・アワー。

スマート・キーのことで困っていた素敵なサーフ・ガール兼ダンサー。ビーチに流れていたイエスタデイ・ワンス・モア。

隆一は彼女に裏技を教えた。アルミホイルでスマート・キーを隙間なくくるめば、リモート機能は反応しなくなると。

電子キーを、電波遮断材料で覆う。考えてみれば、海苔やお茶のステンレス缶にしても、立派なファラデーケージなのだ。

運転席に沈み込んだとき、チノパンのポケットに紙が入っているのに気づいた。ポケットを探ると、メモが出てきた。アリシアの字だ。

一瞬にして、トロピカル・ストーム前の波に向かってパドリングしていったケイトのシルエットが遠ざかった。彼女はケイトではなく、ウェブ上では一種の有名人だった。

ある時期、若いカップルたちが、互いにキスしている動画をサイト上に投稿することが流行った。彼女はそのブームに乗って、自分たちのラブラブぶりを中継して人気を博したカップルの片割れだった。

同時に、結婚したばかりのトロフィー・ワイフでもある。いまの夫は六十代の実業家だった。

そう知って、かなり引いた。

知らずにいたほうがいいことはたくさんある。アバンチュールだとしても。で、そっちの名は忘れた。覚えているのはサーフガールのケイトだけでいい。

それはさておき。

メモには、〝カクテル・シェイカーを忘れずに〟と書いてある。さっきハグしたときに、こっそり忍ばせたのだろう。

――待てよ……？

アリシアの謎めいた〝任務〟の意図が読み取れそうな気がした。

が、メールの着信音が入って、思考が遮られた。ドクター・バーネットからだ。

メールを開く。

ハリケーンという言葉が、目に飛び込んできた。

読み進めていく。

「……あ？」

『オッド・アイ・メール』を使って読んでいたのだが、突然画面がシャットダウンした。

読み込み直そうとした。

が、『オッド・アイキャッチ』ブラウザも開かなくなっている。

トラブルだ。

一般のユーザーも、最初はこの程度のことでは慌てないだろう。自分のPCの問題なのか、接続のトラブルなのか、設定が悪いのかと、試行錯誤をしてゆくはずだ。

――だが、違う。

状況を知っているからこそ、ざわっと総毛《そうけ》立った。

――ついに。

ブルーノの人工衛星から、何らかのエネルギーパルスが照射されたのだ。

端末をタブレットに替え、ウェブサイトをサーフィンしてゆく。どこもエラーメッセージの嵐だ。

「該当のページにアクセスできません」

「サーバーが見つかりません」

「ページを表示できません」

「サーバー内部で異常が発生しました。時間をおいて再度実行してください」

「予期せぬエラーが発生しました」

——間に合わなかったか……。

思わず唸った。

『オッド・アイ』を含む、複数企業のデータセンターがクラッシュしたらしい。

どこまで被害が広がるのだろうか。

ユーザーからは、苦情やクレームが殺到してくるだろう。

『オッド・アイ』は基本的にユーザーサポートをしない。それだけに、訴訟の山になりそうだ。

タブレットを後部座席に投げ、隆一は長いため息をついて車をスタートさせた。

Chapter 5

1

一晩が長かった。

朝になると、被害の状況はしだいにはっきりし始めた。

ブレイキング・ニュースでは、どの局も、昨晩の深夜から始まったサーバー障害を扱っている。

「トラブルの深刻さは、取材を進めるごとに増しています」

レポーターは、すでにトラブルの起きた現地のひとつに派遣されている。大手レンタル・サーバー企業が所有する大規模データセンターの前だ。

「こちらは、米国をはじめ、シンガポール、台湾、オランダなど世界各国に計十二ヵ所のデータセンターを運営中の企業『フィンレー・スマート』の米東海岸リージョンです。こちらでは、ストレージサーバーおよそ三万台あまりの電子回路が焼き切れました。同社の顧客一万六千社の顧客のうち、およそ二割に影響が出ています」

社員がインタビューに答えている。

「午前三時二十分頃、急にセンター内の電源が全て落ち、予備電源も使えませんでした。ストレージサーバーの破損状況は、現在調査中です。当センターの雷や嵐に対する対策は万全だったはずなのに、なぜ急にサーバー障害が起こったのか、原因を究明中です」

各州から同様の現地レポートが続く。ノースカロライナ、バージニア、ニューヨーク。いずれも東海岸だ。

『オッド・アイ』、『カリブー』も被害にあった。クラッシュしたセンターは国内の六ヵ所、所有企業はさまざまだ。

「障害の影響が及んだ顧客企業は、まだ把握しきれていませんが、十万社は下らないのではと見られています。なかには官公庁関連も含まれており……」

被害企業の多くが、業務に朝から支障を来《きた》している。

予約が必要なホテルや航空機、大規模イベント会場などでは、サイトによる業務の受付がストップし、運送業者や流通でも、配送が滞るなどの混乱が続いている。

一般ユーザーに及ぶ被害として大きいのは、関連企業主宰のメールやSNS、写真共有サービスサイトがダウンしていること。

「トラブルに見舞われた各社には、預けたデータが消失しているのではないかとの問い合わせが殺到している模様です。とくに大量のデータを扱っているクラウド・ユーザーからは困惑の声が上がっています」

ニュースでは、原因は現在のところ不明で、調査中だと語られている。

実をいえば、ターゲットになると予想された企業のそれぞれには、昨晩のうちに国防総省から、できるだけバックアップを分散するよう、指令が出ていた。

だが、その原因については秘されたうえ、マスコミに対しては調査中で通すようにと各社に指示している。

パニックが広がるのを避けるための根回しだった。

「こういったケースで、仮にデータが消失した場合、復元にはどれくらいかかるものなんですか」

スタジオでは、キャスターが専門のエンジニアに説明を求めている。

「電子機器が過電圧・過電流などで焼け焦げた場合ですが、どこが故障しているかは機器を分解してみなければわかりません。パーツが故障したのかもしれないし、マザーボードかもしれない。ですが、大抵の場合、内部の磁気記憶部分は金属ケースに収まっていますから、基板《きばん》の交換を行えば読み込めるようになります」

「復旧までにはどのくらいの時間が必要でしょうか」

「技術的には難しくないのですが、かなり大規模なトラブルですから、システム解析に数週間かかっても不思議ではありません。部品や技術者が、すでに手薄になっています。最も早くても数時間からの時間はかかりそうですね」

「ありがとうございました。ここで情報です。今回の件で直接的な人的被害はいまのところ出ていませんが、トラブルの発生したデータセンター内で昨晩働いていた人に対し、網膜《もうまく》の検査を受けるようにと国からの通達がありました。東海岸各州すべての医療機関では、そのための診療が無料で行われるとのことです」

キャスターがエンジニアに再び問うた。

「政府が出したこの指示から、何かわかりますか？」

「人の網膜の健康的被害が発生することから考えられるのは、マイクロ波などを浴びた可能性ですね」

「そういうケースが自然に発生することはあるのですか」

「太陽フレアでは、非熱的なマイクロ波が放射されると聞いたことがあります」

エンジニアの指摘を、キャスターが引き取った。

「しかし、この局地的な障害は太陽フレアが原因ではないようです。NASAは、同時間帯にそのようなフレアは観測されなかったと発表しています。ですが、自然発生的なものか、何者かの電子的なアタックかは、いまのところわかっていません……」

続いて、企業法務スペシャリストの弁護士が登場した。メディア御用達の彼女は、タレント顔負けの美人だ。キャスターの質問は、損害の賠償関係にシフトした。

「今回のトラブルに関して、ユーザーはかなりの補償を事業者に対して求めると思いますが、どの程度の補償額が見込まれますか？」

「そうですね。今回被害にあったデータベース事業者各社の場合、契約上で、データの損失に関して何重にも責任回避の文言《もんごん》を入れています」

彼女は完璧過ぎるほど揃った歯を見せて笑った。

「データを預かっていても、最終的なバックアップの責任は個々のユーザーにあるとされているケースがほとんどですね」

「……つまり、データ、データベース事業者に責任はない、ないと？」

「免責事項や損害賠償制限規程が数多く盛り込まれています」

「似たケースでご説明いただけますか？」

「著名なクラウド・サービス事業者が電源喪失によって起こした大規模トラブルで、

その社のミスだったとはっきりしており、復旧までに五時間かかったケースで、被害を受けたエリアのユーザーへ補償されたのは、十日分相当の無料チケットに過ぎませんでした」

「社会的ダメージの大きさに対して、ずいぶん少ない補償ですね」

「利用規約をよく読んでいらっしゃらないユーザーは多いです」

彼女はまた、歯を見せて笑った。

さらに、データセンター業界を代表して、『ブルーバリュー』協会のジョン・ビールが登場した。

キャスターが尋ねる。

「物足りない補償に腹を据えかねて訴訟を選ぶユーザーも出てくると思いますが、どうお考えですか」

ジョンの答えぶりは堂《どう》に入っている。

「会員各社がそういったお叱《しか》りに与《あずか》ることも考慮に入れ、当『ブルーバリュー』協会では、クラウド特約付き保険事業を拡大するよう、各金融機関に要請を続けて参り、多くの賛同を得て、補償ができる仕組みの構築を進めております」

「つまり、データベースのユーザーは、自費でそういった保険に加入すべしということとですか？」

「ユーザーが被《こうむ》る損失を補塡《ほてん》するための最良の手段だと考えています。特約付きの保険にさえ入っていれば、トラブル時にも保険金が支払われ、安心してデータセンターを使っていただけるのですから」

ジョン・ビールは、ここぞとばかりに、保険によるサポートサービスさえ使えば、データセンターは安心して使えるものだと強調した。

結局、どちらに転んだところで、データベース事業者だけは損をしない仕組みになっているのだ。

発生が深夜だったということもあり、始業前でもある朝のニュースは、比較的落ち着いた報道だった。

騒ぎが過熱したのは、マスコミ各社に宛て、犯行声明が届いてからだ。それは郵送されてきたという。

昼過ぎからは、この犯行声明を中心に報道がヒートアップしていった。

「ショッキングな内容が明らかになってきました。この声明によれば――」

まず、犯人がサーバー障害を起こした手法が記されていた。人工衛星からターゲットを狙い、マイクロ波を照射して、電子機器をクラッシュさせたこと。

続いては、その人工衛星がブルーノ・マーニーが個人で所有しているものであるということが明かされた。

さらに、人工衛星開発の当初の目的は〝宇宙太陽光発電の開発〟であったこと、その発電に用いる技術を応用し、同衛星にエネルギーパルスの照射機能を付加したことをキャスターが読み上げたときには、スタジオじゅうがどよめいた。

「送り主として犯行声明にサインしているレイモンド・カニングハムは、自分はブルーノ・マーニーとともに人工衛星を極秘に開発していた者だと述べています……」

動機に関しても、犯行声明は簡単に触れていた。

〝私はブルーノ・マーニーを憎んでいる〟

と。

『オッド・アイ』の大立者が絡んでいると知れたことで、事件はさらに衆目を集めた。

それとともに、世間を驚かせたのは、以下の記述だ。

〝データセンター業界を束ねる『ブルーバリュー』協会のジョン・ビールは、電子機器を空からクラッシュさせる兵器がいずれ完成することを知っていた。それを承知のうえで、業界の利得を護るため、顧客から広く金を集める保険を思いつき、世界中に普及させようと各国を歩いている。クラウド特約保険の類いを扱う金融機関のオーナーは、当のデータセンター所有企業がきわめて多い……〟

大企業に金が回ってゆく内情を、声明はすっぱ抜いていた。

レイモンド・カニングハムのプロフィールが各局で取り沙汰されはじめた午後になって、速報が入った。

〝レイモンド・カニングハム　殺人の疑いで当局がすでに勾留中〟

「あっけなかったな」

ＴＶのスイッチをオフにして、隆一は小ウメを膝に抱き上げた。

全ての被害を防ぐ結果にはならなかったが、『オッド・アイ』をはじめ、データセンターを所有する各社に対し、一足早く警告を発したことで、とりあえずは救えたデータも少なくはない。国防総省から各企業宛ての通達が出ていなかったら、被害はさらに広がっていただろう。

データセンターの復旧作業は、各社とも急ピッチで進められているはずだ。

――犯行声明か……。

この声明には、抜け落ちているものがある。

隆一には、そのことが引っかかっている。

ブルーノたちが開発した人工衛星には、カニングハムが声明で明かした機能のほかに、もうひとつ、隠された使い途《みち》があると推測される。

ハリケーンの制御だ。

来ずじまいだったハリケーンと宇宙太陽光発電を結びつけ、類似技術の応用でハリケーン・コントロールが可能だとメールで示唆《しさ》してきたのは、ドクター・バーネットだった。

フロリダでのことを思い返す。避難指示まで出ていた大型の嵐が、まるでなかったもののように消えた。

ハリケーン到来の予報が外れたといわれ、気にも留めていなかったが、指摘されてみれば不自然だ。

先日フロリダ半島の鼻先まで来ていたハリケーンを撃退したのは、彼らの衛星ではなかったのか？

開発者なら、人為的なハリケーン制御の成功を自慢げに述べてもいいはずだ。多くの人命を救えたのだから。

だが、そのことにだけは、ないことであったかのように触れてない。

——カニングハムは、何をしようとしているのだろう？

遥か彼方の衛星に思いを馳せながら、隆一はアリシアが見つけたものを眺めた。

2

「依頼人は、取引を望んでいる」

レイモンド・カニングハムは、大手法律事務所の辣腕弁護士を指名し、代理人に立てた。

センセーションを巻き起こしているさなかの事件だけに、弁護の引き受け手はいくらでもいる。

取調室には、ダイアン・コーネル局長がいた。

カニングハムの身柄は、マイアミ・デイド警察から、すでに密かにペンタゴンに移されている。

「エヴァン・ウエラーを殺害したことを認めるのね」

「それは、そちら次第だな」

弁護士がいった。

「要求は何？」

「無罪放免だ」

カニングハムがいった。

「何の見返りに？」

「……あんたは、ちょっと外してくれ。十五、六分ほどの間だ」

彼は、弁護士を外に追いやった。

「あんたがたも、彼には聞かれたくないだろうからな」

皮肉めかしていう。

「……だったら、なぜ弁護士をつけたの」

「国のためならと、あんた方は何でも揉み消す。口封じをされては困るから、メディアにあらかじめ声明を送ったんだ。弁護士も用心のためさ」

「身柄確保のときに服薬して倒れたのは、ことを起こすまでの時間稼ぎだったのね」

「そんなことを話している暇はない。私には、まだ切ってないカードがある」

「何のこと」

「とぼけるな。わかっているんだろう。犯行声明のなかで、私があえて触れなかったことを……」

「何がいいたいの」

いまは、胸中を少しでも吐露《とろ》させることだ。コーネル局長は、カニングハムを睨《ね》め据《す》えた。

「ハリケーンのことさ。あんた方は、私の矜恃《きょうじ》を傷つけた。私たちは——いや、私は——」

カニングハムは、人称をいい直した。

「私は、ハリケーンの被害で苦しむ地域のために、宇宙太陽光発電用の衛星を、天災軽減に転用できるように設計した。だが、あんた方の主目的は別にあった」

彼は、顔の前で組み合わせた両手にぐっと力を込めた。怒りを押し込めるかのように。

「気象兵器だ」

コーネル局長は、唇を噛んだ。ここぞとばかりに、カニングハムはいい立てた。

「あんたたちは、甘い餌《えさ》で我々を釣った。防災だの、人命救助だの。ところが、裏を返せば、同時に国は、武器として使える技術の入手を目論んでいたんだ。気象制御が可能な『ピーコック』は、嵐を減衰《げんすい》させるだけでなく、作り出すことも容易にできるのだから。いうまでもないが、気象兵器の開発は、一九七七年にジュネーブで採択された環境改変技術軍事使用禁止条約で禁じられている。だが、平和目的なら開発できる。このことを利用して、国は民間に——我々に——開発させた」

「『ピーコック』を使う予定はない。使わなければ、兵器ではないわ」

コーネル局長は、自分にいい聞かせるように沈んだ声を出す。

「とんだごたくだ」

「ただ」

「……〝ただ〟、何だね?」

「あるのなら、抑止力として持っているべきだと思うわ」

カニングハムは鼻で笑った。

「いい逃れにすぎないな。仮にこれが後世、使われることになり、人為的に起こされたハリケーンや津波で数知れぬ犠牲者が出たとき、開発者の私たちがどんな汚名を着せられるか、君は考えたことはあるかね? 我々がどんなに悔やむか」

「では、指向性エネルギー兵器としての機能を持たせた点はどうなの? それだって武器だわ」

「少なくとも、『ピーコック』には非殺傷レベルのプログラムしか搭載していない。あくまでも電子機器のクラッシュが目的だ。悪事を働く者のネットワークに打撃を与えるというのなら、それは存在してしかるべき武器だ。だが、気象兵器となれば話が違う。だからこそ、世界的に禁じられている」

カニングハムは身を乗り出した。

「データセンターをクラッシュさせ、混乱させたあなたが、その口で、よくいうわ」

「社会的実験をしてやったんだ。どのみち、実験はする予定だったからな」

「第三段階では、特別に設《もう》けられた実験用の施設にマイクロ波を照射する予定だった。それは安全性を確保した上でのこと。あなたのしたことはテロ行為よ」

「今回のことで、賢明な者は重要なデータこそ自分の手元でバックアップすべきだと、気づいたはずだ。そうすれば、データセンターのために世界中のエネルギーが食いつくされるおそれも薄らぐ」

彼はうそぶいた。

「さて。前置きが長くなりすぎた。気象兵器のことを、私は生涯黙っている。それが無罪放免の見返りだ」

「……断ったら？」

「話しはしないさ。そのかわり、実際に起こしてみせることになる」

カニングハムは自らの頭上を指した。

「『ピーコック』がいまなお動いていることを忘れたのかね」

「何を仕掛けたの」

忘れてなどいなかった。彼は何をするつもりなのか。

「第四段階の実験さ。あるエリアに異常気象を起こすよう、プログラムしてある」

「何ですって」

コーネル局長は、さすがに衝撃として感じ取ったらしい。

「台風が起きる。これから三時間後にだ」

「……まさか」

「〝神のように〟気象兵器は自在だ」

局長は青ざめた。

「どこを狙ったの」

「手始めに、まずは国外だ。だが、自国でないからといって油断するなよ。あんた方も、そこには拠点を置いている。常々、皆がアピールしている地域さ。いかにも安全だと」

「どこなの」

「さあ？　どこかな」

局長は、インカムで職員に指示した。

「至急調べさせて。現時点で熱帯低気圧の兆候が出ている地域を」

ほとんど間を置かず、エラ・クルーガー捜査官がタブレットを手に慌ただしく入室してきた。

「空軍気象局と海洋大気庁のデータです。確かに、おかしな動きがあります。ほとんど台風の起こらない赤道直下に熱帯低気圧ができつつあって……」

タブレット上には、熱帯低気圧の経路図が示されている。

「マラッカ海峡上？」

「イエス、マム。空軍の分析官によれば、この緯度で発生する嵐は極めて珍しいそうです。赤道の付近ではコリオリの力が働かないため、一九五一年から現在までにわずか二つの台風しか発生していません。二〇〇一年の台風　二〇〇一二六号・VA《ヴァ》MEI《メイ》と、二〇一二年の台風　二〇一二二四号・BOPHA《ボーファ》です」

　エラが伝えた。

「今回の熱帯低気圧は、すでに丸二日、この海域に留まっていて、その間突然、空中に昇温が発生したもののようです。中心気圧がぐんぐん低まっています。台風に発展するのは時間の問題です」

カニングハムの狙いの場所は、一目瞭然だった。

「……シンガポールね」

マラッカ海峡でかつて発生した台風VAMEIの上陸先は、シンガポールだ。コーネル局長は眉根を寄せた。

「いった通りだろう」

カニングハムはほくそ笑んだ。

シンガポールには、世界各国のデータセンターが集積している。

その理由の第一は、自然災害リスクの低さだ。シンガポールは、地震と台風にほとんど襲われないといわれてきた。

恵まれた立地にもとづき、政府が積極的にデータセンター企業を誘致し、電力・通信設備の充実を図ってもいる。

いまでは大手を筆頭に、四十あまりのデータセンター事業者が、アジアの拠点としてセンターを置いている。

極秘の事項ではあるが――、米国政府がらみのデータベース・センターも一部置かれている。日本をはじめ、友好国のシステムも多く運用され、インターポールのデジタル犯罪捜査支援センターがあるのもシンガポールだ。つまり、データの集積地ともいえる。

「そもそも、シンガポールは国土の七分の一が埋め立て地だとは知っているかね？　沿岸部はそもそも沼沢の低地ばかりだった。台風の到来がなければ結構だが、水の災害に耐えられるかな？　あんた方の施設も、今度は巻き込まれ、壊滅的な打撃を受けることになるかもな」

「まだ時間があるわ」

コーネルはエラに指示した。

「各企業に緊急事態を告げる準備をして」

告知を行えば、最悪の場合、重要なデータは被害を逃れられる。

だが。

「あそこにあるのはデータだけではない」カニングハムは思わせぶりをいった。「もっと影響が顕著《けんちょ》な島が」

局長の顔は苦り切っている。

「……ジュロン島が狙いなのね」

世界でも屈指の自然災害の少なさから、特定の重要産業がこの国に集中している。誘致された事業はIT企業だけではない。

最も名高いのは、一九九〇年代に埋め立てが始まり、漁村だった七つの島を埋め立てつないだ人工島のジュロン島だ。

都市部の向かいにあるこの島は、いまや世界屈指の一大石油コンプレックスとなっている。島の間にパイプラインが張り巡らされ、貯蔵タンクも数え切れない。

大規模開発された島は、原料としての石油の中継点となっているほか、島内の多数の工場が、多種多様な化学製品の産出拠点ともなっている。入島には入念なセキュリティチェックが義務づけられているほど、重要な施設がひしめいているのだ。

ジュロン島を台風が襲えば、コンビナートや重要施設が破損、倒壊するなどして、悪くすれば大火災となるおそれもある。

「どうする。時間がないぞ。シンガポール政府に避難命令でも出させた方がいいんじゃないか。私としても、人命は奪いたくないからな」

大惨事が予想される。

「立派なことをいったって、あなた自身も結局、『ピーコック』を破壊兵器として使うわけね」

局長は舌打ちした。

「あんたのいった通り、私は抑止力として、それを行使するのさ。生まれつつある〝怪物の嵐〟を止められるのは私だけだ」

口惜しげにデスクを叩き、コーネル局長はインカムを使った。

「私の判断できるレベルを超えたわ。国防長官に繋いで」

どのみち、長官室には取り調べの様子が中継されている。

「はい、……ええ。……、しかし……。判りました、サー」

長官とのやりとりを続けたあと、局長はエラに弁護士を呼び戻させた。

「取引について話しましょう」

局長は、淡々といった。

話が一足飛びに進んだことに関して、弁護士はやや面食らったようだ。だが、すぐに対応した。

「そちらの意向は？」

「大統領が恩赦の書面に署名するそうよ。ただし、殺人に関する有罪をいったん認めること。さらに、書面を渡すのは、彼があるプログラムのパスワードをこちらに渡し、プログラムが解除されたと確認してから。さらに、彼がこの取引について洩らしたときには、いつ何時でも、再び拘束するものとする」

「……あるプログラムとは？」

「あなたが知る必要はないわ。極秘の作戦に関わるものなの」

「恩赦の理由は？」

国家への貢献、あるいは組織犯罪やテロへの捜査協力などに対して与えられる恩赦が、自分の依頼人に適用されることが、弁護士には不思議なようだった。

「彼は多数の人命を救う作戦に貢献したの。未然に惨事を防いだ功績がある」

「……それ、どういうことです」

さすがに、弁護士も知りたがった。

「それも、詳しくは明かせないわ。ともかく国家に寄与したの。もちろん、政府の非公開記録には残すわ」

カニングハムは、少なくともフロリダ半島に襲来し、大きな被害をもたらしかけたハリケーンを未然に防ぐことには成功した。この際これを貢献と認めようと、国防長官が苦肉《くにく》の策《さく》を編み出した。

「了承しますか？」

弁護士の確認に、カニングハムは満足げに頷いた。

「プログラムの制御に必要なものはどこ？」

と、局長。

「貸金庫だ」

カニングハムは、銀行名と貸金庫の番号を口にした。

「すぐに取りに向かって」

ワシントンの銀行だった。カニングハムには、捕《つか》まることも前もって計算済みだったのだろう。

局長はインカムで命じ、手配させた。

「早くても二十分はかかるわね。その間に、手短《てみじか》に話して。あなたはエヴァン・ウェラーを殺したのね」

「そうだ」

「なぜ、彼は殺されなければならなかったの」

「死にたがっていたからだ」

「……何ですって？」

「殺してほしいと頼まれていた」

「信じられないわ」

言い逃れをするつもりか、と、局長は疑いの目を向けた。

「恩赦が得られるのに、この期《ご》に及んで嘘をつくはずがない」

「……いったい、どうして？　死にたいなんて、彼には死期が迫っていたの？　そんな医療情報はなかったわ」

「ジャンキーのように、彼は危ない目に遭《あ》いたがっていた。ビルとビルとの間に細いロープを張り、綱渡りを好んでする人間や、セックスのときに首を絞められて陶酔感を味わう者のように、命の瀬戸際を味わいたいと渇望していた。衝動の解消のために、彼は自分と折り合うための手段を見つけた。それが、例の素人芝居だった」

「そのことは聞いているわ」

「だが、あのゲームをしているうちに、よけい欲望が強くなり、素人芝居だけでは満足できなくなった」

より強い刺激を求めるのは、中毒的な傾向だ。

「私はウェラーに相談を受けた。彼はアクシデントによる死に憧れ、ついに衝動を抑えられなくなりそうだと話した」

「セラピストや神経科の医師に頼るべきだったわね」局長は憮然とした。「なぜ、そうせずにあなたに打ち明けたの？」

「このままでは仕事に支障が出そうだといった。データセンター用地確保の都合から、ブルーノは彼には宇宙太陽光発電のプランを打ち明けていた。そのことを、彼は世間に洩らしたくなるといった。胸中《きょうちゅう》を打ち明けられるのは、まず仲間内だけだったのだろう」

「発電のプランを洩らすことが、死に繋がるかしら？」

「とくに、彼が携《たずさ》わっていたバルチク国では、電力が大きな利権になる。大国ロシアとバルチク国政府の間で天然ガスをめぐる争いが続き、マフィアや武装組織が絡み、首相にまで危害が及んだ国だ。まるで〝映画のような〟エネルギーの奪い合いが起こっている。エヴァンは、その渦中に自分が巻き込まれ、ドラマチックに殺される夢を見るといった。現に、発電目的の土地を買い、受電設備も作った。あちらに移住したいともいっていた。だが、現実にことを運べば、余人《よじん》にも影響が出る。自分のわがままでは済まなくなる前に、劇的に死にたいと頼まれた」

〝殺してくれ〟と本人に頼まれて人を殺すケースがないわけではない。頼まれたことがはっきりしている場合は嘱託《しょくたく》殺人とされ、一般の殺人よりも刑は軽くなる。

「衛星の秘密を洩らされては困るから、あなたが誘導したんじゃないの？」

加害者が持ちかけて被害者が殺されることに同意した場合は、また罪の重さが違う。

「それは違う。懇願されたんだ。しかも、本人がいつ、どこでとは気づかないようにしてほしいと頼まれた。本物のスリルを味わいたい。最終的には、ショックのうちに死なせてほしいと」

「理解できないわ」

「金があり、家庭は円満。妻は美しい。子どもの未来も安穏《あんのん》とさせた。あとに残るのは何だ？　自分の生き様《ざま》と死に様しかない。ある種の人間は、自分の人生を思いのままに飾るためなら、何でもするんだ。私は彼の美学を引き受けた。それだけのことだ」

「ろくでもない話ね」

「本人にしてみれば違うわけさ。私が承諾したあとは、彼は目に見えて生き生きしていた。彼は喜んでいたよ。死の影が迫っているおかげで、一日一日が今生《こんじょう》の別れとなり、何もかもが愛おしく、寛大になった。家族もいっそう大切になったし、愛情を示しているといっていた。人生の絶頂期に自身で選ぶ不慮の死だ。わかってもらう必要はないが」

「このタイミングを計算して犯行に及んだの？」

「ウェラーの死の件は、なるべく暴かれたくはなかったが、警察もそこまで無能ではあるまい。が、いまなら、たとえバレても交渉材料があるうえに、世間の目を惹《ひ》く」

カニングハムは、誇らしげな笑みさえ浮かべた。

と、ドアが慌ただしくノックされた。

「貸金庫の中身が別室に届きました」

「さっそくプログラム解除にかかってもらいましょう。嵐が消える様子をこの目でリアルに見たいわ」

局長は立ち上がった。屈強《くっきょう》な局員二名が入ってき、カニングハムを伴って取調室を出、局内を移動した。

「では、入って」

カニングハムは入室した。

高層天気図や海面水温図、そのほか複数の複合3D天気図が何種類も、透明のモニターに浮かび上がっている。

最も大きなスクリーンには、衛星から捉えられた赤道付近の雲の様子が動画で映し出されている。

台風を示す厚手の渦は大きさを増し、刻々とシンガポールに向かおうとしていた。

「いまの状況は……これか」

「いいえ。それは四時間前」

コーネル局長は、あっさり否定した。

「——？」

カニングハムは戸惑う。

「現況はこっちよ。リアルタイムの画像を見せてやって」

エンジニアに命じ、局長は、雲の衛星画像を早送りさせた。

タイム・コードが現れ、四時間前から現在までの画像がコマ送りになる。渦を巻いていた雲は二時間ほど前から薄らぎ始め、一部は渦から外れて北東に流れ、霧散した。現在の時刻が表示されたときには、マラッカ海峡を含むアンダマン海からマレー半島を越えてタイランド湾、さらに南シナ海の範囲に、うっすらと筋状の薄雲がかかっているだけの状態になった。シンガポールの上空にあたる部分は、晴れている。

「……台風が……？」

カニングハムの問いかけが上《うわ》ずった。彼の目は、確かめるように画面に注《そそ》がれた。

「見当たらないわね」

コーネルは肩をすくめた。

「何てことだ……」

カニングハムが上げた声は、半ば呻きに近かった。

「台風は上陸しないみたいね」してやったりと局長は頷いて、貸金庫から取り寄せたコントローラーを取り上げて示した。「あなたには、プログラムを止められなかったことになるわね」

「誰かがプログラムを解析し、そのコントローラーを使ったのか？」

「いいえ。三時間前には、すでに解除されていたわ」

カニングハムの顔に、驚愕が走った。

「私のほかに、あのプログラムを止められるのは……」

ブルーノ・マーニーしかいない。

「ブルーノが目覚めたのか？」

「ええ」

「本当に？」

カニングハムの目が、一瞬だがなぜだか輝いた。

「でも、まだ混乱している。プログラムを止める思考力はまだ戻ってないわ。リハビリが必要ね」

彼は消沈した。

「……だったら、どうやって？」

コーネル局長は答えず、捜査官たちに告げた。

「彼を連行して」

3

「知らない花の名前を、二人でつけたことがあったの」

アリシアがいった。

「それが、変な名前になっちゃって。〃ワホワオ!〃とかって。即興だから」

花の形も匂いも、どこで見たのかも忘れていた。彼女の視線は、写真のうえをさまよいながら、失った何かを探しているようでもあった。

「あそこは〃ワホワオの広場〃だったってこと、思い出した。それも、あたしがつけた名前。あたしとパパと、二人だけにしか通用しない場所の呼び方」

隆一は覗き込む。写真は画像が粗《あら》い。画素数《がそすう》が少ないうえにピンぼけで、しかもぶれている。

何の変哲もない、山あいの野原に、白い花らしきものが乱れ咲いている。

「いまだったら、きっとサイトの図鑑で調べて、植物の名がわかるんだろうけど。この場所だって、土地のアンジュレーションの照合とかで、アドレスまで容赦なく割り出せちゃうかもしれないわね……」

アリシアがいいたいことが、隆一にはわかる。いまと昔の比較をしたいわけではない。

彼女は、人が世代を重ね、たとえ何億年たっても「そこにある」と思える時間と地点について話しているのだ。

景色や人が変わっても、繰り返し起こる、大切なひとときのことを。

「この頃、あたし、パパのこと〝マイディアパンプキン《カボチャさん》〟って呼んでた……」

アリシアが見入っているのは、旧式の携帯のなかに入っていた画像データだ。

この写真データは、ブルーノ・マーニーのものだ。

「何か飲む?」

アリシアに聞かれた。

「ラ・フランスとアサイーのカクテルジュース」

「いいわね」

彼女は笑って、ブルーノのバーの冷蔵庫からフレッシュ・ジュースと氷を出してきた。

ガラスの棚からカクテル・シェイカーを取り出す。

DCISは、ブルーノ屋敷から彼のPCや私物を持ち出したとき、彼のミニ・バーまでは調べなかった。

ブルーノ・マーニーは、ステンレス製のカクテル・シェイカーのなかに、SDカードとUSBメモリ、それに携帯まがいの大きさのコントローラーを入れていた。

「思いついたの。大事なデータを、パパならこれに入れているかもって」

アリシアはシェイカーを目の高さに上げて見つめた。

金属製のカクテル・シェイカーは、ファラデーケージになる。

「さすが、ブルーノ・マーニーの娘だ」

スマート・キー本体をアルミホイルでくるめば、電波の交信をブロックできると教えてくれたのも、アリシアだった。

「シェイカーのことは、パパが教えてくれたの。大事なデータをガードする裏技だって。太陽の巨大フレアが電子機器に悪影響するかもって、話題になったことがあったでしょ……」

かつて、太陽が引き起こした自然現象によって、カナダのケベック州で停電が起きたことがある。

太陽の表面では常時、大小さまざまな規模の爆発が起こっており、この爆発現象が揺らめく火炎（flare）のようだというので、太陽フレアと呼ばれている。フレアが起きるたびに、膨大なエネルギーが放たれ、確率は低いが、地球の磁気圏内にも押し寄せてくることがある。ケベック・クラスのフレアは年に三回ほどだというが、それでも電波通信に障害が出た。八百から五千年に一度は、ケベックのときの百倍以上のスーパーフレアが起きると見込む研究結果もあるらしい。

スーパーフレアともなれば、電子機器はほぼ使用不能になるという。

電子機器をカクテル・シェイカーに入れておけば、外部からのマイクロ波やレーザーはブロックできて、中身は無事だ。

例えば、携帯電話をカクテル・シェイカーに入れ、内部の電話をコールしてみても、繋がらない。通信も遮断されるため、携帯GPS追跡を撒くのにも使える技だ。

「ジョークっぽかったけど、シェイカーに入れておいたら、ちょっとした太陽フレアくらいまでは浴びても問題なしだって笑ってた。きっと、そのときには、自分たちが開発していたあの衛星の、指向性エネルギーのことがパパの頭にあったのね……」

ブルーノは、入院前に〝終活〟と称し、私物の身辺整理を終えていた。そのうえ、彼はプライヴァシーのデジタル保存は好まなかった。少なくとも、周囲にはそう思わせていたが。

アリシアにだけはわかるように、そっとデータをミニ・バーに忍ばせていた。レトロなSDカードのメモリには、撮影現場に会した当人たち以外にはまるで意味を成さないであろう写真ばかりがあった。アリシアの〝ワホワオ!〟のように。

そのなかに、小ウメたち三兄弟がおチビだったときの姿があらわれたときには――、さすがに、隆一もうるっときた。

アリシアは、けっしてブルーノのお飾りなんかでは、なかった。

前妻たちの写真もあったし、青春時代のものらしい写真も。誰かと誰かが出会った奇跡。どんな時間だったか、その場にいた者たちだけが知っている写真。

「気がつかなければ、読み出せなくなっている可能性もあったのね」

「相当古いからな」

カードにもUSBメモリにも寿命があって、安価なタイプでは一、二年、使い込んでいれば四、五年、長くて十年という程度しか記録を保てない。しかも、放置しておけば放電状態となり、こちらもデータが消える原因となる。デジタルデータの保持期間には限りがあり、けっして長期間頼れるものではないのだ。

コントローラーとUSBメモリは、件《くだん》の人工衛星に関わるものだった。目下気がかりなことだけは、最低限残しておいたのだと思われた。

それらを駆使して、DCISは、カニングハム博士に先《さき》んじて、衛星のプログラムを解除し、台風を防ぐことができた。

「もったいなかったけどな……」

ブルーノは、気象兵器をストップさせる際、衛星に搭載しているシステムのプロセッサを、リモートで自爆させるプログラムを組んでいた。

つまり、現段階では〝人工の嵐〟は起こせなくなった――、誰かが再度、新たな衛星を創って送り出すまでのあいだは。

これでよかったと思う反面、惜しい気もする。

災害防止のほかにも、善意で雨という〝資源〟を分配すれば、アフリカや中東を含む干魃《かんばつ》地域に降雨の恵みをもたらし、人々の豊かな生活を生む結果にも繋がる。

だが、それとは反対に、悪影響もはかりしれない。まさに魔法の杖だ。

いまはいったん打ち切られたが、技術が編み出された以上、そう遠くない日に同様の衛星が必ず作られる。誰かの意図で天候を左右できる時は刻々と近づいている。

その準備が、いまの社会にできているとは到底思えないが。

別の角度での問題もある。

データセンターを〝安全〟な適地にまとめて設置するという発想そのものも、再考する必要が出てきた。気象兵器が開発されるとなれば、データセンターが集中しているエリアは、逆に攻撃の狙い目となる。

デジタル・データは、いつ消されてもおかしくない時代に入ったということだ。それも、一瞬にして。

それを防ぐためには、大切なデータほど、分散してバックアップを分かち持つことが必要になる。企業は、消去したくないデータほど個々で保持したほうが賢明だ。旧来の本やアルバム、紙などのレトロな記録媒体こそ、代用どころか宝となるかもしれない。

デジタル・データもデータセンターも、即時にデータを活かすために、今後も使い続けられるだろう。ただし、原本データとしての永久保存には、そもそも向かない。

「記念に写真撮っておかない？」

アリシアがいった。

「いいね」

シェイカーを持ったアリシアの脇に立つ。いわゆる、携帯でのデジタル自撮りツーショットだが。

背景はバーとフルーツ。いわくありげな男と女。

後世の人間が見れば、そうとしか見えない写真だが。

アリシアとの写真は千年保《も》つといわれる和紙にプリントし、羊皮紙《ようひし》のアルバムに貼っておこうと、隆一は決めた。

4

強化ガラスを隔て、男たちは座していた。

収容者と面会者は、いずれも互いの顔を正面から見られず、目のやり場を探す。そのくせ、どちらも目を伏せるのが嫌なのだ。

大分、ぎこちない間があった。

だが、知った顔というのは困りものだ。互いの間の取り方がわかっているだけに、どうしても目がかちあった。

双方ともの口元が同時に緩《ゆる》んだ。気心の知れた者の条件反射だ。苦み走った顔を続けてもいられない。

とうとう、ブルーノ・マーニーがきまり悪そうに空咳《からぜき》をした。

「……お、お前は大バカだ」

ブルーノは舌打ちした。

「昔から、お前は、そ、そうーう奴だったよな」

まだ、言葉つきが戻っておらず、ときどき詰まり、言い間違える。病《や》み上がりなのだ。

囚人服を着たカニングハム博士は、額を左手で押さえたまま、同じ手の中指で、瞼《まぶた》を何度もこすった。頭を抱えているようにも、眠さをこらえるようにも見えるこのポーズは、ブルーノには通用しない。照れくさいときの癖《くせ》だと知れている。

「何のことだ」

カニングハムは、そのまま片目だけを開けた。

ブルーノの話しかたはスローだ。

「……俺のやりたいことを、何……でも先に——、やっちまって」

「お前が中途半端なだけだ。優柔不断すぎるんだよ。自分の尻も拭《ふ》けないから、こっちはじれったくなる」

「……」ブルーノは、もどかしそうに頭を振り、やっといった。「俺がやるべきだったんだ」

「いや。お前には、どのみちできなかった。お前が手を出せない状態のときなら、俺のやりたい放題だ」

「ああ。やってくれたよ」

ブルーノは、声に口惜《くや》しさをにじませた。

「何が起きたかがわかるくらいには治ったんだな。良かったじゃないか。でも痩《や》せたな。……それに老《ふ》けた」

こくりと小さく、ブルーノは削げた顎を引く。

「だが、いまだけだ。す……ぐに若返る」

あの人工衛星は、二人にとって負担となっていた。もちろん、かけた資金のことではない。

衛星による宇宙太陽光発電は、かなえるべき夢だった。それが指向性エネルギー兵器に転用できることに気づいても開発を続けたのは、施設のファラデーケージさえ完備させれば、データセンター業界には害が及ぶまいと、高《たか》を括《くく》っていたからだ。

続いて、カニングハムにひらめきが走った。技術を応用すれば、ハリケーンをコントロールできるだろうと。

そのときには、すでに国が絡んできていた。嵐制御の技術は両刃《もろは》の剣《つるぎ》だということも、もちろん二人は知っていた。

だが突き進んだ。完成を見る欲求に勝てなかったからだ。

——神のように。

いちどは空を動かしてみたい。

クリスチャンなら、雨が神の恵みであることを知っている。マタイの福音書《ふくいんしょ》によれば、洪水もまた神の御業《みわざ》だ。イスラム教でも、雨は神の意志によって起こり、アジアでは竜王《りゅうおう》が降雨の神である。

その高みに、人として初めて昇るチャンスを得て、迷った。

考えあぐねながらも続け、衛星は完成に至ったが、国にはまだ開発のさなかと告げておいた。

できてしまった以上、気象兵器として使われるおそれが拭《ぬぐ》えなかった。お互いの目のなかを覗き込みながら、二人はどうすべきかと出方についての話を続けてきた。

テストを兼ねて、最終的には壊してしまおうといい出したのは、ブルーノだった。

ハリケーンのコントロールまでの段階は、実験を続ける。そして、最後の段階で、故障に見せかけて衛星側のシステムのプロセッサを壊す。

瞬間的には〝神〟となった実感も味わえる妙案だったが。

ブルーノは行動に出なかった。悪くすれば死ぬかもしれない手術を受けるというのに。

「ウェラーは気の毒に」

ブルーノは、彼の悪癖《あくへき》は知らなかった。

「俺は、いい機会を狙ったんだよ、ブルーノ。ワイヤーメッシュの不良も利用させてもらった。いつまでもお前の陰に隠れているんじゃ、意味がないからな」

カニングハムが、プランをひねって実行したことが、ブルーノにはわかった。気象兵器を壊す口実として、彼は政府を脅すという、迫真《はくしん》の手段を盛り込んだ。

「俺だって、生きて還《かえ》るための手は打っていたのに」

ブルーノは負け惜しみをいった。

「いまや遅しだ」

にんまりと、カニングハムは返す。

「土壇場《どたんば》になって、誰かにプログラムを止められたことだけが誤算だったが、結果には変わりがない。ああでもしなければ……」

その先を、カニングハムは言葉にしなかった。

――気象兵器としての開発は進むいっぽうだっただろう。

「お前が誰かに、コントローラーを渡していたとはな」

カニングハムは多少、憮然としていった。

「娘に見つけられた」

「アリシアだったか。……なら、しかたがなかろう。人間を一人死なせた。報《むく》いを受けるべきだよな……」

どのみち、カニングハムには、台風でジュロン島を叩くつもりなどなかった。いずれにしても、衛星を壊し、いざとなればプログラムは止めるつもりだったのだ。

「奥さんは、悪いのか」

ブルーノは話を変えた。カニングハムの妻の病状が、いくつかのメディアで記事になっている。

「ああ。二年ほど前から、ああなんだ」

「知らなかった」

「俺のことを忘れちまった。それどころか、前の彼氏との仲を裂こうとしている悪人だと思い込んでいる。彼女の妄想が嵩《こう》じて、ときどき、殺されそうになるようになった」

「苦しいな」

「この機会に、施設に入れた。……妻の記憶障害は受け入れている。いずれはと思っていた。それよりも、俺との記憶が忘れ去られたことのほうがショックでな。妻があなって、写真なんかは二の次だと気づいた。俺をよく知っているのは、妻ともう一人。ブルーノ、お前だ。人間こそが、いちばんの記憶の保管マシンなんだよ。その二人のうち一人が認知症になり、もう一人も脳にダメージを受けるか、死ぬかもしれないとなったら、俺のことは誰が覚えていてくれるんだ？　俺は、世間の誰もが俺を記憶してくれるような騒ぎを起こしておきたくなった。お前を出し抜き、マイクロ波の事件を起こした背景には、そんな思いもあったのは確かだ……」

面会時間は、瞬く間に過ぎた。オフィサーが聞いている環境では、機微《きび》に触れる話はできない。それでも、阿吽《あうん》の呼吸で、いいたかったことは伝え合えた気がする。

ブルーノ・マーニーは、拘置所の前で迎えの車に乗り込む前に、一度天を仰いだ。雨上がりの日盛《ひざか》りだ。

ブルーノが、手術の前にゴーサインを出さなかったのには、理由があった。気持ちを決めきれなかったわけが。

――レイは、あの衛星が本当に壊れていると思っている……。

確かに、いま、プログラムは止まっている。しかし、衛星のシステムを高軌道上まで調べに行くことなど、誰にもできはしない。

——神は……!?

ブルーノは、足元を見下ろした。水たまりが残っている。男の痩せ細った顔が、一瞬だけ、ちらと水鏡のなかの入道雲《クラウド・ナイン》を過ぎて消えた。

本書のために、
中央大学理工学部応用化学科の小松晃之教授に
取材上の援助とご助言をいただいた。
この場を借りて、心からお礼を申し上げたい。
著者

解説

細谷正充（文芸評論家）

今、この本を手にしているあなたは、本書をどこで購入したのだろうか。昔ならば書店一択だが、現在では決めつけられない。ネットでの購入が当たり前になっているからだ。一九七〇年代から八〇年代にかけて、しだいに広がっていったパーソナル・コンピューター（パソコン）は、九〇年代に入って爆発的に発展。それに従い情報化社会が加速し、個人から企業まで、電子ネットワークに依存した環境が構築されていったのである。

たしかに昔に比べ、さまざまな形で生活は便利になった。しかし、何事にもプラスの面とマイナスの面がある。情報化社会の内包する問題とは、いかなるものか。それを小説のテーマとするのに相応《ふさわ》しい作家が、服部真澄である。香港返還にまつわる謀略を描いたデビュー作『龍の契り』から、作中に膨大な情報を盛り込んでいたではないか。二〇〇八年には、人々が超小型記録メディアを身に着けるようになった、近未来の世界を舞台にした『エクサバイト』も上梓している。そんな作者が、抜群のアイディアを投入して、情報化社会に切り込んだ作品が、本書なのである。

『クラウド・ナイン』は、二〇一五年九月に講談社より刊行された。プロローグを除いて、「ブラッド・ゼロ」「クラウド・ナイン」の二部で構成されている。「ブラッド・ゼロ」は「小説現代」二〇一四年十一月号及び一五年一月号に掲載され、「クラウド・ナイン」は書き下ろしだ。

プロローグに登場する、『オッド・アイ』の創始者であるブルーノ・マーニーは、講演で意気揚々たる宣言をする。ちなみに『オッド・アイ』とは、検索エンジン・サービスとビッグデータを中心にして、急激な成長を遂げた世界的企業だ。神の御業《みわざ》と思われていた稲妻を電流だと証明したベンジャミン・フランクリンを引き合いに出し、「神話のなかで神々が行っていた事象の多くが、いずれは人間の手で再現されるようになるでしょう」というブルーノ。だが、本当にそうだろうか。天を目指して建設されたことが神の怒りを買って崩壊したという、バベルの塔に関する俗説もあるではないか。そんなことを考えながら、「ブラッド・ゼロ」へと進むと、いきなり舞台がインドに飛ぶ。ここで登場する女性の生き方や、犬には人間以上に複雑な血液型があるという情報は面白いのだが、本筋を支えるサブ・ストーリーである。すぐに物語はアメリカに行き、主人公の木挽橋隆一《こびきばしりゆういち》（通称リック）が現れる。

ビッグデータを駆使してサッカー・ワールドカップの決勝トーナメントの全試合を予測した『オッド・アイ』。しかし準々決勝の第一試合で予想が覆り、アメリカが勝利する。ロスタイムにオーバーヘッドシュートを決めたパブロ・モスは、今やアメリカのヒーローだ。一方で『オッド・アイ』のトップ・アナリストたちは世界の笑いものになった。『オッド・アイ』で、ユーザーのためのサポートのバックアップをしているリックは、上司の命を受け、予測が外れた原因を調べることになる。ブルーノの養女のアリシアと婚約していて、職場に愛犬の小ウメを連れてくるなど、かなり自由な勤務をしていたリック。だが、エキセントリックなアリシアから、いきなり婚約を破棄され、社内での立場は悪くなっている。しかもアリシアは、パブロと付き合っているようだ。

リックには国際刑事警察機構《インターポール》から『オッド・アイ』に出向しているブラジル系日本人、マヤ・ディ・オルヴェイラがアシスタントにつけられた。しかし『オッド・アイ』で技術研修中というのはマヤの隠れ蓑《みの》で、実際にはある捜査——国際的なスポーツ賭博に関する不正——を命じられているという。アメリカの勝利の裏には、不正があったのか。リックとマヤは、アリシアと一緒にいるパブロを訪ねるのだが、ここから事件は意外な方向に捻《ねじ》れていく。

主人公が素人探偵となり事件を追う。物語の枠組みは、よくあるミステリーだ。だが、そんなことが気にならないほど、ストーリーが面白すぎる。読者は、インド人女性のパートを知っているので、これが事件と関係していることが容易に分かる。でも、何がどう繋がっているのかは、なかなか見えてこない。したがって強い興味を惹かれて、ページを捲《めく》ることになるのだ。この構成が巧みである。

もちろん事件の真相も素晴らしい。詳しくは書かないが、SF的なアイディアが、きわめてリアルに組み込まれているのである。だから本作は、SFミステリーといっていいかもしれない。しかも事件の構図には、何人もの思惑が複雑に絡まり合っていた。また、『オッド・アイ』の存在を通じて、情報化社会の諸問題も、ストーリーの背後に揺曳《ようえい》している。エンターテインメント・ノベルとして、非常に完成度の高い作品なのだ。

なお、主人公の木挽橋隆一は、クレバーでどこか摑《つか》みどころがない。でも、元婚約者になったアリシアへの態度には、人間らしさが感じられた。小ウメの扱い（本書には小ウメ以外にも、たくさんの犬が登場する。犬好きなら、それだけで嬉しくなるだろう）からも、性格が窺える。こうした描き方でキャラクターを立てる手腕は、さすがといえるだろう。

続く「クラウド・ナイン」では、個人情報の取り扱いから電力不足まで、いよいよ本格的に情報化社会の問題が扱われる。リックは上司から、再び厄介な仕事を命じられる。『オッド・アイ』がデータセンターを設立するための土地買収が、滞っているというのだ。この仕事をしているエヴァン・ウェラーは、ブルーノとしか面識がない。停滞の理由を調べろといわれ、エヴァンに会いに行ったリックだが、肝心の本人は不可解な状況（この設定が実にユニーク）に巻き込まれていた。事件か、事故か。謎は深まる。

その一方で、正体不明の人工衛星が打ち上げられるという騒動も発生。どうやらブルーノが関係しているらしいが、入院中の彼は実行できない。ならば発射したのは誰か。国防犯罪捜査局の局長まで出張《でば》ってくる中、事態はスケールを拡大しながら二転三転するのだった。

こちらも「ブラッド・ゼロ」と同じく、SF的なアイディアを、ミステリーのスタイルで描いている。情報化社会の中核である電子データが、クラッシュしたらどうなるのか。その可能性を、このような興趣に満ちたストーリーで表現したことに感心した。電子データに頼らない、人間の記憶が、一連の騒動を解決する鍵となる展開も心憎い。方法は別にして、もしかしたら今後あり得るかもしれない、情報化社会の問題点が鋭く抉《えぐ》られているのだ。

そして私は、この話を読んでいて、ある詩を想起してしまった。上田敏が訳したロバート・ブラウニングの「春の朝《あした》」の一節、

蝸牛《かたつむり》枝に這ひ、
神、そらに知ろしめす。
すべて世は事も無し。

である。技術の進歩により、人は神の領域に手を掛けた。だが、それが幸せに繋がるのだろうか。そらにある新たな〝神〟を知って、すべて世は事も無しなどと、いうことができるのか。ロバート・ブラウニングの時代は遠く過ぎ去り、私たちは己の生きる時代に戦慄する。ますます進むであろう情報化社会に生きる人類は、これから何を享受し、何を失うのか。エンターテインメント・ノベルの形で、作者は強く警鐘を鳴らしたのである。

ところで作者は、二〇〇五年の『海国記　平家の時代』から、歴史小説にも乗り出している。その最新の成果が、二〇一七年に刊行された『夢窓』だ。動乱の南北朝時代を背景に、高名な禅僧の夢窓疎石を狂言廻しにした、四つの物語が収められている。この世は虚無であり、すべては平等だと教える夢窓という存在が〝窓〟となり、現実に悩み苦しむ人々に真理の世界を覗かせるところが、作品のポイントとなっていた。

ここからは牽強付会になるのだが、別の世界を覗く窓ということから連想したのが、世界中で使われているパソコンのOS〝マイクロソフトウィンドウズ〟であった。もともとコンピューター用語であったウィンドウを商標登録のため複数形にしたといわれるOSの用途のひとつは、パソコンの画面を窓として、別の世界を覗くことにあった。この一点で、ジャンルも内容もまったく違った物語は、繋がりを獲得しているのである。

でも、それは当然なのかもしれない。そもそも小説が、物語という〝窓〟によって、別の世界を覗くようになっているではないか。しかも服部真澄の窓から見える光景は、実に多彩である。だから次々と開けられた窓の先にある、驚異の光景を、存分に楽しみたいのだ。

本書は二〇一五年九月に小社より単行本として刊行されました。
この物語はフィクションであり、実在する人物、地名、団体とは一切関係ありません。

|著者|服部真澄　1961年東京都生まれ。早稲田大学教育学部卒。'95年に刊行したデビュー作『龍の契り』が大きな話題となる。'97年『鷲の驕り』で吉川英治文学新人賞を受賞。以後、豊富な取材と情報量を活かしたスケールの大きな作品を発表し続けている。他の著書に『エクサバイト』『ポジ・スパイラル』『KATANA』「清談　佛々堂先生」シリーズ、『天の方舟』『深海のアトム』『夢窓』などがある。

クラウド・ナイン
服部真澄《はっとりますみ》

講談社文庫
定価はカバーに
表示してあります

2018年1月16日第1刷発行

発行者――鈴木　哲
発行所――株式会社　講談社
東京都文京区音羽2-12-21　〒112-8001
電話　出版（03）5395-3510
　　　販売（03）5395-5817
　　　業務（03）5395-3615
Printed in Japan

デザイン―菊地信義
本文データ制作―講談社デジタル製作
印刷――豊国印刷株式会社
製本――株式会社国宝社

ISBN978-4-06-293792-4

講談社文庫刊行の辞

二十一世紀の到来を目睫に望みながら、われわれはいま、人類史上かつて例を見ない巨大な転換期をむかえようとしている。

世界も、日本も、激動の予兆に対する期待とおののきを内に蔵して、未知の時代に歩み入ろうとしている。このときにあたり、創業の人野間清治の「ナショナル・エデュケイター」への志を現代に甦らせようと意図して、われわれはここに古今の文芸作品はいうまでもなく、ひろく人文・社会・自然の諸科学から東西の名著を網羅する、新しい綜合文庫の発刊を決意した。

激動の転換期はまた断絶の時代である。われわれは戦後二十五年間の出版文化のありかたへの深い反省をこめて、この断絶の時代にあえて人間的な持続を求めようとする。いたずらに浮薄な商業主義のあだ花を追い求めることなく、長期にわたって良書に生命をあたえようとつとめるところにしか、今後の出版文化の真の繁栄はあり得ないと信じるからである。

同時にわれわれはこの綜合文庫の刊行を通じて、人文・社会・自然の諸科学が、結局人間の学にほかならないことを立証しようと願っている。かつて知識とは、「汝自身を知る」ことにつきていた。現代社会の瑣末な情報の氾濫のなかから、力強い知識の源泉を掘り起し、技術文明のただなかに、生きた人間の姿を復活させること。それこそわれわれの切なる希求である。

われわれは権威に盲従せず、俗流に媚びることなく、渾然一体となって日本の「草の根」をかたちづくる若く新しい世代の人々に、心をこめてこの新しい綜合文庫をおくり届けたい。それは知識の泉であるとともに感受性のふるさとであり、もっとも有機的に組織され、社会に開かれた万人のための大学をめざしている。大方の支援と協力を衷心より切望してやまない。

一九七一年七月

野間省一

講談社文庫　目録

花村萬月　草《くさ》臥《ぶ》し日記〈萬月夜話其の二〉
花村萬月　少年曲馬団(上)(下)
花村萬月　ウエストサイドソウル〈西方之魂〉
花村萬月　信長私記
花村萬月　續信長私記
畑村洋太郎　失敗学のすすめ
畑村洋太郎　失敗学実践講義〈文庫増補版〉
畑村洋太郎　みるわかる伝える
花井愛子　ときめきイチゴ時代〈ティーンズハートの1987〜1997〉
はやみねかおる　そして五人がいなくなる〈名探偵夢水清志郎事件ノート〉
はやみねかおる　亡《ゴー》霊《スト》は夜歩く〈名探偵夢水清志郎事件ノート〉
はやみねかおる　消える総生島〈名探偵夢水清志郎事件ノート〉
はやみねかおる　魔女の隠れ里〈名探偵夢水清志郎事件ノート〉
はやみねかおる　踊る夜光怪人〈名探偵夢水清志郎事件ノート〉
はやみねかおる　機巧館《からくりやかた》のかぞえ唄〈名探偵夢水清志郎事件ノート〉
はやみねかおる　ギヤマン壺の謎〈名探偵夢水清志郎事件ノート外伝〉
はやみねかおる　徳利長屋の怪〈名探偵夢水清志郎事件ノート外伝〉
はやみねかおる　都会《まち》のトム&ソーヤ(1)
はやみねかおる　都会《まち》のトム&ソーヤ(2)〈乱！RUN！ラン！〉
はやみねかおる　都会《まち》のトム&ソーヤ(3)〈いつになったら作戦《ミッション》終了？〉
はやみねかおる　都会《まち》のトム&ソーヤ(4)〈四重奏《カルテット》〉
はやみねかおる　都会《まち》のトム&ソーヤ(5)〈IN《イン》堀戸《VADE》〉(上)(下)
はやみねかおる　都会《まち》のトム&ソーヤ(6)〈ぼくの家へおいで〉
はやみねかおる　都会《まち》のトム&ソーヤ(7)《怪人は夢に舞う〈理論編〉》
はやみねかおる　都会《まち》のトム&ソーヤ(8)《怪人は夢に舞う〈実践編〉》
はやみねかおる　都会《まち》のトム&ソーヤ(9)〈前夜祭《EVE》内人《ないと》side〉
はやみねかおる　都会《まち》のトム&ソーヤ(10)〈前夜祭《EVE》創也《そうや》side〉
勇嶺《はやみね》薫《かおる》　赤い夢の迷宮
橋口いくよ　猛烈に！アロハ萌え
橋口いくよ　おひとりさまで！アロハ萌え〈MAHALO HAWAII〉
服部真澄　極楽行き〈清談佛々堂先生〉
服部真澄　天の方舟《はこぶね》(上)(下)
早瀬詠一郎　つげの箸〈裏十手からくり草紙《みき》〉
早瀬詠一郎　平手造酒
早瀬乱　三年坂火の夢
早瀬乱　レイニー・パークの音
初野晴　1/2の騎士
初野晴　トワイライト博物館《ミュージアム》
初野晴　向こう側の遊園
原武史　滝山コミューン一九七四
原武史　沿線風景
濱嘉之　警視庁情報官〈シークレット・オフィサー〉
濱嘉之　警視庁情報官　ハニートラップ
濱嘉之　警視庁情報官　トリックスター
濱嘉之　警視庁情報官　ブラックドナー
濱嘉之　警視庁情報官　サイバージハード
濱嘉之　警視庁情報官　ゴーストマネー
濱嘉之　鬼手《きしゅ》〈世田谷駐在刑事・小林健〉
濱嘉之　電子の標的〈警視庁特別捜査官・藤江康央〉
濱嘉之　列島融解
濱嘉之　オメガ　警察庁諜報課
濱嘉之　オメガ　対中工作
濱嘉之　ヒトイチ　警視庁人事一課監察係
濱嘉之　ヒトイチ　画像解析〈警視庁人事一課監察係〉
濱嘉之　ヒトイチ　内部告発〈警視庁人事一課監察係〉
濱嘉之　カルマ真仙教事件(上)(中)(下)
橋本紡　彩乃ちゃんのお告げ

2017年12月15日現在